# HISTOIRES
# A VOUS GLACER
# LE SANG

# RECUEILS D'ALFRED HITCHCOCK

## *CHEZ POCKET :*

HISTOIRES TERRIFIANTES
HISTOIRES ÉPOUVANTABLES
HISTOIRES ABOMINABLES
HISTOIRES À LIRE TOUTES PORTES CLOSES
HISTOIRES À LIRE TOUTES LUMIÈRES ALLUMÉES
HISTOIRES À NE PAS FERMER L'ŒIL DE LA NUIT
HISTOIRES À DÉCONSEILLER AUX GRANDS NERVEUX
HISTOIRES PRÉFÉRÉES DU MAÎTRE ÈS CRIMES
HISTOIRES QUI FONT MOUCHE
HISTOIRES SIDÉRANTES
HISTOIRES À CLAQUER DES DENTS
HISTOIRES QUI RIMENT AVEC CRIME
HISTOIRES À DONNER LE FRISSON
HISTOIRES À LIRE AVEC PRÉCAUTION
HISTOIRES DRÔLEMENT INQUIÉTANTES
HISTOIRES PERCUTANTES
HISTOIRES À FAIRE FROID DANS LE DOS
HISTOIRES À DONNER DES SUEURS FROIDES
HISTOIRES À VOUS GLACER LE SANG
HISTOIRES À SUSPENSE
HISTOIRES À FRÉMIR DEBOUT
HISTOIRES À VOUS FAIRE DRESSER
LES CHEVEUX SUR LA TÊTE
HISTOIRES RENVERSANTES
HISTOIRES QUI FONT TILT
HISTOIRES À FAIRE PÂLIR LA NUIT
HISTOIRES NOIRES POUR NUITS BLANCHES
HISTOIRES À VOUS METTRE K.O.
HISTOIRES DIABOLIQUES
HISTOIRES FASCINANTES
HISTOIRES QUI VIRENT AU NOIR
HISTOIRES À VOUS COUPER LE SOUFFLE
HISTOIRES À FAIRE PEUR
HISTOIRES TÉNÉBREUSES
HISTOIRES À LIRE ET À PÂLIR
HISTOIRES CIBLÉES
HISTOIRES À RENDRE TOUT CHOSE
HISTOIRES EN ROUGE ET NOIR

# ALFRED HITCHCOCK
présente :

# HISTOIRES A VOUS GLACER LE SANG

Titre original :

*GET ME TO THE WAKE ON TIME*

La loi du 11 mars 1957 n'autorisant, aux termes des alinéas 2 et 3 de l'article 41, d'une part, que les *copies ou reproductions strictement réservées à l'usage privé du copiste et non destinées à une utilisation collective*, et, d'autre part, que les analyses et les courtes citations dans un but d'exemple ou d'illustration, *toute représentation ou reproduction intégrale ou partielle, faite sans le consentement de l'auteur ou de ses ayants droit ou ayants cause, est illicite* (alinéa 1er de l'article 40).
Cette représentation ou reproduction, par quelque procédé que ce soit, constituerait donc une contrefaçon sanctionnée par les articles 425 et suivants du Code pénal.

© 1970 by H.S.D. Publications, Inc.
© 1984, Pocket pour la traduction française.
ISBN 2-266-06401-0

# Une amère victoire

par
Elijah ELLIS

Malheureusement, je crains bien que vous ne mentiez, monsieur Hastings, dit le lieutenant de police d'un ton clément; si clément que je ne compris pas tout de suite la portée de ses paroles. Puis leur sens m'apparut clairement.

Je me penchai sur ma chaise et tentai d'accrocher son regard. C'était un homme de forte carrure aux cheveux ébouriffés, avec un rictus légèrement ironique au coin des lèvres et de larges cernes sous les yeux. Il avait à peu près mon âge, environ quarante ans.

— Maintenant, écoutez-moi, dis-je d'une voix qui se voulait indignée.

— Non, c'est à vous de m'écouter, trancha le lieutenant. Nous sommes en mesure de prouver que vous avez menti sur plusieurs points; ce qui, par conséquent, démolit votre version de ce qui est arrivé à votre femme cet après-midi. Votre histoire ne tient pas debout, Hastings.

J'étudiai les motifs du tapis brun et gris qui s'étalait sous mes pieds, sans y trouver la moindre inspiration. Je me sentais broyé par ce sentiment d'échec qui m'était devenu familier, mais je m'acharnais :

— Je vous ai dit la vérité.

Aucun des deux officiers de police, le Lieutenant Snyder et un sergent nommé Corsi, ne prit la peine de me répondre. Nous nous trouvions tous les trois dans le salon de mon appartement. Il était presque minuit et j'étais fatigué, exténué; j'avais peur — mais pas pour la raison qu'on était en droit de supposer. Il ne m'était pas encore venu à l'esprit qu'on pourrait m'accuser du meurtre de ma femme.

Le sergent Corsi prit la parole pour la première fois depuis que les deux policiers étaient arrivés, il y avait environ un quart d'heure.

— Pourquoi ne pas avouer ce qui s'est réellement passé? Dites ce que vous avez sur le cœur, vous vous sentirez beaucoup mieux.

Je secouai la tête.

— Très bien. Reprenons depuis le début, dit le Lieutenant Snyder. Vous êtes rentré chez vous peu après cinq heures, cet après-midi. Votre femme n'était pas dans l'appartement. Vous avez remarqué que la porte de la cuisine donnant sur l'extérieur était ouverte, et vous êtes sorti sur le palier. Vous avez vu votre femme étendue au bas de l'escalier de service. Vous avez dévalé les marches et découvert qu'elle était morte – manifestement à cause de la chute. Est-ce exact?

Je passai une main sur mon visage.

— Je vous ai raconté tout ça la première fois que vous êtes venus. Je vous l'ai déjà dit et redit, et vous continuez à me poser des questions...

— Est-ce exact? répéta le Lieutenant.

— Oui, c'est exact, criai-je excédé.

— Non, c'est faux. On vous a vu entrer dans l'immeuble à quatre heures et demie, pas à cinq heures.

— Eh bien je... je me suis peut-être trompé sur l'heure.

— En effet. Ça fait environ une demi-heure, trois-quart d'heure de battement... Vous avez trouvé votre femme au pied de l'escalier de service et vous avez pensé qu'elle était tombée. Exact?

J'acquiesçai avec lassitude.

— C'est encore faux, dit le Sergent Corsi. Oh, elle est bien tombée mais elle était déjà morte.

— Comment...

Le mot m'avait échappé.

— Comment le savons-nous? intervint le Lieutenant Snyder. Par le médecin légiste. Votre femme a été étranglée, monsieur Hastings. Elle est morte vers trois heures de l'après-midi, plus de deux heures avant que vous l'ayez trouvée... d'après votre déclaration.

Je sentais de grosses gouttes de sueur ruisseler sur mon visage. Je n'avais pas pensé à cela. J'avais été pris de panique et n'avais songé qu'à sortir de l'appartement le corps de Marie pour faire croire qu'elle était morte par accident.

Mais, effectivement, mon histoire ne tenait pas.

— Et je vous en prie, n'essayez pas de nous dire qu'elle a dû être tuée dans la cour, là où vous l'avez découverte. Les personnes qui occupent l'appartement du dessous au rez-de-chaussée, M. et Mme Brown, sont passés par là peu avant cinq heures. Ils auraient été obligés d'enjamber son cadavre pour atteindre la porte de service de leur appartement; et ce n'est pas le cas. Qu'en dites-vous, monsieur Hastings?

— Je ne sais pas.

Je tentais désespérément d'imaginer une explication plausible, mais mon cerveau semblait bloqué.

— Vous prétendez toujours avoir dit la vérité?

— Oui, mais oui!

— Comme vous voudrez.

Les deux officiers de police se levèrent.

— Je vous arrête, monsieur Hastings, reprit le Lieutenant Snyder, pour le meurtre de votre femme, Marie Hastings. Je vous informe que vous êtes en droit de prendre un avocat et que vous n'êtes pas obligé de faire la moindre déclaration.

Il continua de parler, mais je ne l'entendais plus. Aussi incroyable que cela puisse paraître, jusqu'à ce moment précis je n'avais jamais envisagé qu'on pût me soupçonner du meurtre de Marie.

Dans un état second, je me laissai guider par les deux policiers. J'attendis passivement que Corsi eût éteint la lumière, fermé à clef la porte de l'appartement, et sortis de l'immeuble en les suivant jusqu'à leur voiture.

Pendant le trajet vers le poste de police, Corsi, qui était assis à côté de moi sur la banquette arrière, me demanda doucement :

— Pourquoi l'avez-vous tuée? Un brusque accès de colère à propos de quelque chose de précis? Allez, je comprends ça. Ma femme et moi, nous nous querellons comme chien et chat.

Je me tournai vers lui et le fixai avec un étonnement parfaitement sincère.

— Je ne l'ai pas tuée. Je l'aimais plus que tout au monde. Je n'aurais même pas pu imaginer lever la main sur elle. Je l'adorais!

C'était la vérité, et cette vérité première était la raison pour laquelle je ne pouvais admettre l'autre vérité... devant quiconque, pas même moi.

Au poste de police, ils reprirent l'interrogatoire, non sans m'avoir préalablement fourni des précisions supplémentaires concernant mes droits, fait signer la déclaration par laquelle je renonçais à l'assistance d'un avocat, et s'être lancé dans de nouvelles explications d'une longueur si fastidieuse qu'à tout autre moment elles auraient pu paraître comiques.

Je m'en tins à mon récit, en omettant toutefois de préciser que je m'étais trompé sur l'heure de mon retour à la maison.

Je remarquai à plusieurs reprises que le Sergent Corsi me fixait du regard en plissant le front d'un air pensif, comme s'il tentait, sans grand succès, de me percer à jour.

Enfin, vers quatre heures du matin, on m'emmena dans une cellule où je restai seul. J'étais si fatigué que je tenais à peine debout, mais il n'était pas question de dormir. Je m'assis sur le bord de la couchette métallique et, tout en fumant cigarette sur cigarette, je ne pus m'empêcher de repenser à l'après-midi qui venait de s'écouler, de reconstruire mentalement la suite des événements.

Mon travail m'avait amené à quitter la ville pour la plus grande partie de la journée et, en revenant, j'étais allé directement à la maison sans passer par le bureau. Je travaillais pour une agence de relations publiques qui représentait un certain nombre de petites entreprises. La journée avait été morne et pénible, de retour à l'appartement, je tournai la clef dans la serrure et entrai d'humeur maussade.

La première chose que je vis, ce fut ma femme. Marie était allongée par terre dans le salon, près du sofa. Son visage était tourné de l'autre côté, dissimulé par la masse de cheveux noirs et soyeux; je pensai tout d'abord qu'elle était endormie.

Je m'agenouillai près d'elle et remarquai vaguement qu'elle portait un simple sous-vêtement sous un négligé rose vaporeux qu'elle n'avait jamais remis depuis notre lune de miel, il y avait de cela un an et demi.

– Marie? murmurai-je. Que s'est-il passé...

C'est alors que je vis son visage et, sur sa gorge, de légères meurtrissures bleues qui tachaient la blancheur de sa peau. Je tâtai fébrilement son poignet pour sentir le pouls, mais elle était morte et sa peau était déjà fraîche au toucher. Pendant un moment je restai là, penché sur elle, incapable de détacher mon regard de son visage qui restait adorable jusque dans la mort.

Je finis par relever la tête et jetai un coup d'œil autour de moi. Il y avait une chaise renversée, mais aucune autre trace de lutte. Deux verres à whisky à moitié vides se trouvaient sur la table basse, ainsi qu'un cendrier contenant quelques mégots. Ce n'était pas la marque de mes cigarettes, et Marie ne fumait pas.

Je me redressai lentement et me dirigeai vers la porte de notre chambre restée ouverte. Lorsque j'étais parti le matin, le lit était déjà fait. Il ne l'était plus.

– Non!

Je laissai échapper un gémissement et secouai violemment la tête.

– Non!

Tous les détails que j'avais refusé de voir ces derniers mois refluèrent immédiatement à mon esprit – les réponses évasives de Marie certains jours, les regards en coin lorsque mon travail m'obligeait à m'absenter pour une nuit, comme si elle était impatiente de me voir partir – mais je ne pouvais pas, je ne voulais pas croire qu'il y avait un autre homme; que ma femme avait un amant.

J'avais échoué dans tout ce que j'avais entrepris; de misérables petits échecs qui poursuivaient leur œuvre destructrice sans même offrir le caractère rédempteur de la tragédie; à l'école, dans mon travail, et maintenant cet épouvantable fiasco en tant qu'homme.

Si j'admettais que je n'avais pu retenir ma femme, que me restait-il? Rien, absolument rien.

Je m'approchai du lit, j'arrangeai hâtivement les draps, tirai le couvre-lit sur les oreillers et lissai soigneusement les plis. Puis, toujours dans un état second, je retournai dans le salon. Après avoir remis la chaise en place, je vidai le cendrier, lavai les deux verres à whisky et les rangeai dans la cuisine. En faisant le tour de l'appartement je constatai que tout était en ordre.

Il ne restait plus que Marie.

Je retournai m'agenouiller près d'elle.

— C'est ma faute. Pardonne-moi. Je t'aimais. Je me rends compte que cela ne suffisait pas...

Pour la dernière fois je la pris dans mes bras, et l'emportai sur le palier, derrière la cuisine. Il n'y avait personne en vue dans la cour carrelée de briques. Alors je fermai les yeux et laissai tomber son corps inerte du haut de l'escalier.

Puis je rentrai dans l'appartement et appelai la police.

— Il y a eu un accident, annonçai-je. Un terrible accident!

Il était cinq heures un quart. Sincèrement, je ne me rendais pas compte que je venais de passer trois quarts d'heure dans l'appartement.

La police était arrivée, sous la direction du Lieutenant Snyder. Au commencement, ils s'étaient montrés très compréhensifs. Ils semblaient croire à mon histoire : Marie était sortie sur le palier; d'une façon ou d'une autre, elle avait dû perdre l'équilibre et dévaler l'escalier extérieur. Ils étaient partis vers sept heures.

Je ne me souviens toujours pas de ce que j'ai fait entre ce moment et le retour de Snyder en compagnie de Corsi. Je me rappelle vaguement avoir arpenté l'appartement silencieux, retournant sans cesse vers la chambre pour jeter un coup d'œil sur le lit bien fait.

Je ne sais pas. J'essayais probablement de me convaincre que ce que j'avais raconté à la police était vrai et que j'avais imaginé le reste. Puisqu'il ne subsistait aucun indice pouvant laisser supposer que Marie avait reçu un homme cet après-midi-là, c'est qu'il ne s'était rien passé.

Folie pure et simple? Qui aurait pu le dire, à moins de

se trouver dans ma propre situation, avec ce triste passé marqué par d'interminables échecs?

Paradoxalement, je n'éprouvais aucune haine ou colère violente envers l'homme qui avait fait l'amour à ma femme, pour la tuer ensuite. Je n'avais aucune idée de son identité. Quelqu'un appartenant sans doute au passé de Marie, ou alors une de mes connaissances, un homme que je considérais peut-être comme un ami...

Je l'ignorais et ne voulais pas savoir.

Je me retrouvais seul maintenant dans cette petite cellule de la maison d'arrêt; j'écrasai une dernière cigarette sur le sol en ciment et m'allongeai sur la couchette pour essayer de dormir.

Ils revinrent me chercher une heure plus tard.

L'interrogatoire reprit. Je m'efforçai tout d'abord de répondre aux questions, mais, au bout d'un moment, je restai passivement assis, le regard vague, dans cette pièce du second étage de la prison, à l'atmosphère enfumée et saturée de l'odeur du cigare.

Soudain le Lieutenant Snyder leva les bras :

— Regardons les choses en face, Hastings, dit-il, ou c'est vous qui avez tué votre femme, ou bien vous essayez de couvrir le meurtrier. De toute façon, vous êtes coupable!

— Oui, marmonnai-je à mon propre étonnement, oui je suis coupable. Maintenant, laissez-moi tranquille.

Dans le silence qui s'ensuivit, je remarquai le visage de Corsi. Il me regardait de la même façon que la veille au soir, avec une expression de perplexité et d'insatisfaction; mais je ne m'en souciai pas.

Je savourai l'immense soulagement qui venait soudain de me submerger. J'étais coupable; coupable de la futilité et du ridicule de ma situation – un homme bafoué par une femme qu'il aimait à la folie –, ce qui pour moi était pire que d'être accusé de meurtre.

Ils se décidèrent enfin à me laisser retourner en cellule. Et, pendant plusieurs heures, je ne fus plus dérangé. Au moment du déjeuner, je m'aperçus que j'avais faim et me sentis même prêt à dévorer la pitance peu appétissante que le gardien me tendait dans une assiette en fer-blanc accompagnée d'une cuillère en plastique.

Après avoir mangé, je bus à petites gorgées le café noir dans sa timbale métallique et fumai une cigarette. Je me sentais presque bien.

Il m'est difficile d'expliquer pourquoi, car je me retrouvais face à une accusation de meurtre, avec toutes les chances de passer le reste de ma vie en prison pour un crime que je n'avais pas commis, et que je n'étais même pas capable de commettre.

Ma vie était finie. Ma famille et mes amis allaient m'accabler de leur mépris. Des milliers, des millions de gens qui ne m'avaient jamais vu et ni même entendu parler de moi jusqu'à maintenant, allaient me haïr, et maudire l'assassin que j'étais censé être, mais personne ne rirait de moi.

Et le véritable meurtrier? J'avais dans l'idée qu'il était trop occupé à sauver sa propre peau pour prendre le temps de se gausser de moi, ou se permettre toute autre fantaisie.

Oui, je me sentais réellement bien.

Puis, en fin d'après-midi, je vis apparaître dans le couloir le Sergent Corsi qui s'approcha de ma cellule. Il était seul.

— Je voudrais vérifier quelque chose avec vous, dit-il.

J'étudiai son visage mince au teint olivâtre.

— De quoi s'agit-il? demandai-je.

— Vous avez déclaré être rentré chez vous vers deux heures et demie, hier après-midi. Vous vous êtes disputé avec Mme Hastings à propos d'argent — elle voulait acheter un manteau de fourrure, etc. Vous avez fini par vous mettre en colère. Vous l'avez saisie à la gorge et vous avez serré. Et puis vous avez compris qu'elle était morte...

— J'ai été pris de panique, dis-je. Je me suis enfui et j'ai roulé en ville au hasard, en cherchant un moyen de m'en sortir.

— Mmm... Et vous avez décidé de faire passer la chose pour un accident. C'est à peu près ça?

J'acquiesçai; sur quoi, il tourna les talons et s'éloigna brusquement.

Perplexe, je restai planté devant la porte, pendant un instant, les mains posées sur les barreaux de métal glacé.

14

Je me demandai si le Sergent Corsi m'était sympathique.

En fait, la veille j'étais encore en banlieue à deux heures et demie. Mon dernier rendez-vous s'était terminé vers deux heures, et j'avais passé l'heure suivante dans un bar, à broyer du noir en buvant quelques verres. C'était la première fois que j'entrais dans ce bar et il n'y avait aucune raison pour que quelqu'un s'y souvienne de moi.

Haussant les épaules, je retournai m'étendre sur la couchette en attendant que le gardien m'apporte le dîner – et je pensai à Marie.

Elle était si belle, si merveilleusement belle! J'avais peine à imaginer que je ne la reverrais jamais; que jamais plus je ne pourrais serrer son corps souple dans mes bras, et pourtant...

Je m'assis brusquement sur la couchette.

Oui, je l'avais aimée, cependant sa mort ne me laissait pas totalement désespéré. Maintenant, elle était à moi pour toujours. Toute à moi. D'une certaine façon, elle m'était plus proche qu'elle ne l'avait jamais été...

Je me recouchai, cherchai une cigarette et l'allumai. En fermant les paupières, je vis Marie qui me souriait tendrement. Elle s'approcha de moi en me tendant les bras, avec, dans les yeux, une lueur d'invite.

– Chérie, murmurai-je, je t'aime tant...

La nuit passa, puis la journée, et de nouveau la nuit sans que personne vînt me voir, à l'exception du gardien qui m'apportait les repas. Je commençai à découvrir que la prison avait du bon. Je n'avais aucune décision à prendre, pas d'ennuis de travail, pas de rendez-vous à respecter. Et même si j'avais voulu, je n'aurais pu faire grand-chose dans cette situation. Alors, pourquoi s'inquiéter?

Je n'ai jamais eu de contact avec l'armée, mais ceux qui ont fait du service ont tenté d'expliquer ce sentiment paradoxal de liberté que procure l'enrégimentement. Tout est si simple quand on n'a pas à penser mais juste à obéir.

Maintenant je commençais à comprendre ce qu'ils avaient voulu dire. Je me rendais compte que j'avais presque envie de rester en prison.

Après tout, Marie ne vivait plus désormais que dans les fantasmes de mon cerveau, que me restait-il donc dans le monde extérieur? Rien.

Au cours de la matinée de mon troisième jour en prison, deux policiers que je ne connaissais pas, vinrent me voir. Ils se contentèrent de hocher la tête en réponse à mes questions, mais ils ne me semblèrent pas hostiles. L'un d'eux avait même le sourire aux lèvres lorsque, sur leurs talons, je quittai la maison d'arrêt pour traverser le carré de pelouse baigné de soleil qui nous séparait du poste de police. Après la pénombre fraîche de ma cellule, la luminosité me fit mal aux yeux.

Ils me conduisirent dans un bureau où étaient déjà réunies un certain nombre de peronnes. Le Lieutenant Snyder s'avança vers moi avec un sourire lugubre.

— Je ne sais que vous faire... dit-il. Vous mériteriez une correction, mais il y a...

Je regardai autour de moi sans comprendre.

Le Sergent Corsi était adossé au mur près de la porte. Il m'adressa un signe de tête complice.

— Vous pouvez remercier Corsi de vous avoir sauvé, dit alors Snyder. Je ne sais pourquoi, il n'a pas cru à votre confession.

Je ne pus que balbutier :

— Je ne...

— Vous rappelez-vous lorsque nous vous avons amené ici? questionna Corsi. Vous m'avez dit à quel point vous aimiez votre femme, quoi que vous ayez déclaré par la suite, je n'ai jamais pu admettre qu'à ce moment-là vous jouiez la comédie.

Je ne comprenais toujours pas.

— Corsi a pris sur son temps personnel, intervint Snyder pour approfondir les recherches et vérifier vos déclarations, monsieur Hastings. A Perryville, il a retrouvé le bar où vous avez passé une partie de l'après-midi; vous y étiez au moment où votre femme a été assassinée. Après le reste était facile à découvrir.

Il y avait une chaise libre à quelques pas de moi. Je m'approchai et m'assis en enfouissant la tête dans mes mains.

— Une fois prouvée votre innocence, le reste n'était plus

qu'une affaire de routine, poursuivit tranquillement Corsi. Il fallait aller chercher dans le passé de votre femme, ses amis, etc., et presque immédiatement nous sommes tombés sur un nom – Thomas Derrick. Vous connaissez?

Je secouai la tête sans mot dire.

— Mmm... Eh bien, votre femme, elle, le connaissait. Derrick a craqué dès que nous avons commencé à l'asticoter. Il voyait votre femme depuis un certain temps, mais il voulait rompre, et votre femme s'y refusait. Alors il a perdu son sang-froid et l'a tuée.

Quelqu'un dit à mi-voix dans la salle :

— Ce que je ne comprendrai jamais, c'est pourquoi ce type a avoué.

Je levai les yeux vers le Lieutenant Snyder.

— Et maintenant vous allez dévoiler toute cette histoire entre Marie et ce... Derrick?

— Naturellement. Mais vous êtes lavé de tout soupçon, monsieur Hastings. Vous êtes libre.

Je baissai les yeux, en proie à cette morne impression de défaite qui m'était devenue familière. Une fois de plus, c'était l'échec. Je me levai et me dirigeai vers Corsi.

— Merci, Sergent, dis-je, merci beaucoup.

Et je me demandai s'il pouvait voir la haine au fond de mon regard.

*A familiar victory*
Traduction de Christiane Vicq

© Droits réservés.

# Le contrat

par

Robert COLBY

Frank Donato regarda autour de lui et s'assit dans un fauteuil. Le salon dans lequel Emilio venait de l'introduire était aussi sombre et austère qu'un tribunal d'assises. C'était la deuxième fois seulement qu'il venait là et Martinelli avait sans doute un contrat important à lui proposer, mais pour le moment il avait d'autres idées en tête, des idées beaucoup plus terre à terre. Il s'était levé très tôt ce matin et il n'avait rien mangé depuis lors, bien qu'il fût déjà près d'une heure.

Plusieurs minutes s'écoulèrent, des minutes interminables, avant qu'Emilio ne réapparaisse enfin. D'un geste de la tête, il lui fit signe de le suivre et, l'un derrière l'autre, ils traversèrent un hall plongé dans une demi-pénombre. Emilio était un homme entre deux âges, d'une taille en dessous de la moyenne et affligé d'une calvitie très avancée. Il avait une démarche rapide et saccadée, avec son épaule droite constamment penchée en avant dans une attitude de lutteur prêt au combat. Plus jeune, beaucoup plus grand, Frank se déplaçait avec une grâce nonchalante et féline. Hormis un nez un peu trop long, ses traits ne manquaient pas de finesse et une masse de cheveux noirs soigneusement entretenus encadrait son visage juvénile. Un visage à l'expression froide et calculatrice qui ne laissait transparaître que rarement une quelconque émotion.

Vincent P. Martinelli les attendait dans la bibliothèque. Une pièce vaste et solennelle au milieu de laquelle trônait un grand bureau en acajou, surchargé de dorures et de sculptures. A leur entrée, il se leva lentement et leur tendit la main à contrecœur, comme quelqu'un qui sacrifie à une coutume ridicule. Frank la prit et la serra brièvement. Martinelli lui indiqua un siège d'un geste large et se rassit dans son fauteuil, tandis que Frank et Emilio prenaient place en face de lui. Il avait un visage massif, buriné, et crevassé, et, malgré son évidente forme physique, Frank estima qu'il devait avoir passé la soixantaine.

Avant de parler, Martinelli réfléchit une seconde ou deux, les mains croisées et les coudes posés sur le tapis vert de son bureau, puis il jeta un coup d'œil à sa montre, sans doute pour bien marquer qu'il était un homme important, un homme dont chaque minute était comptée.

— Mon cher Frank, commença-t-il en pesant ses mots, je vous ai convoqué parce qu'à la suite d'une réunion de travail, nous avons pris la décision de vous confier un poste de responsabilité au sein de notre association. Depuis que vous êtes notre collaborateur, nous vous avons mis à l'épreuve dans presque tous les secteurs de notre activité et, jusqu'à présent, vous avez toujours accompli votre tâche à la satisfaction générale. Lorsqu'il s'est agi du test final, l'application de notre loi dans toute sa rigueur, vous vous en êtes tiré avec un sans faute. Nous savons donc désormais que nous pouvons compter sur vous et sur votre efficacité en toutes circonstances.

— Vous êtes un homme intelligent, Frank, instruit et pourvu suffisamment d'imagination pour prétendre à une carrière brillante; nous avons donc l'intention de faciliter votre ascension, mais auparavant nous avons une ultime mission à vous confier pour le compte de nos collègues de New York. Une mission qui me tient à cœur personnellement et, dès que vous l'aurez remplie, vous recevrez votre promotion.

Martinelli alluma une cigarette, ouvrit un tiroir et en sortit une grande enveloppe marron.

— Nous pensons que nous avons trouvé en vous la personne dont nous avions besoin, mais nous souhaitons que vous nous donniez votre réponse en toute connais-

19

sance de cause. A propos, Frank, avez-vous un penchant ou une aversion pour la partie répressive de votre activité?

— Ni l'un ni l'autre. Je la considère comme nécessaire, un point c'est tout.

— Nécessaire. Vous avez trouvé le mot juste, Frank. Sans discipline, notre association n'existerait même pas et d'autres se hâteraient de prendre notre place. Nous ne sommes rien d'autre que des hommes d'affaires et sans règles, il n'y pas de commerce possible.

Il sourit et ajouta sur un ton indulgent :

— A la manière dont va le monde, la loi pourrait très bien un jour légaliser ce que la justice condamne et ce que l'église réprouve. Mais entre-temps, nous avons à faire respecter notre autorité et votre rôle s'inscrira dans cette ligne. Vous irez dans les secteurs où nous avons des problèmes, et vous remettrez de l'ordre. Vous vous débarrasserez des parasites, vous ferez tomber quelques grosses têtes, en un mot vous réorganiserez. Bien entendu, vous serez chargé également de fixer les sanctions, et vous aurez pleine et entière latitude dans leur application. Si vous réussissez, Frank, ce dont je suis intimement persuadé, c'est un job qui vous rapportera cent mille dollars par an, plus quelques avantages en nature.

Martinelli se redressa dans son fauteuil et le regarda dans les yeux.

— Que pensez-vous de notre proposition, Frank?

— Il est difficile de vous donner une réponse ferme sans connaître toutes les clauses, monsieur Martinelli, mais de prime abord c'est un poste qui m'intéresserait. J'ai toujours été passionné par la réorganisation, et les responsabilités ne me font pas peur.

— Alors c'est parfait, acquiesça Martinelli en se levant pour marquer que leur entretien était terminé. Nous fixerons les détails à votre retour de New York. Emilio va vous donner les coordonnées de votre mission là-bas. Et surtout Frank, pas de bavure. C'est une affaire d'une extrême importance pour moi et c'est pour cela que vous avez été choisi. Il faut qu'ils reçoivent l'avertissement et sachent qui le leur a envoyé, mais sans qu'ils puissent jamais rien prouver. Okay?

— Okay. Il n'y aura pas de retombées.
— Alors c'est parfait. Allez-y et revenez me voir lorsque ce sera terminé.

Il sourit et fit le tour du bureau pour venir poser une main paternelle sur l'épaule de Frank.

— Maintenant, je vais vous laisser avec Emilio, déclara-t-il en jetant un dernier coup d'œil à sa montre et tendant l'enveloppe marron à ce dernier. J'ai rendez-vous au golf avec l'un des plus grands pontes de la mairie et je suis déjà en retard. Au revoir, messieurs.

Sur ces mots, il sortit et Emilio ouvrit l'enveloppe. Elle contenait une feuille de papier dactylographiée à laquelle une photographie de format 8×10 avait été agrafée. Il la passa à Frank qui étudia très attentivement le cliché.

Elle représentait une jeune femme qui descendait d'un taxi. Un gardien d'immeuble galonné lui tenait la portière et elle levait le tête en direction du photographe. Elle avait un visage ravissant encadré par de magnifiques cheveux noirs. Un photo prise au téléobjectif sans doute.

— Le boss veut avoir sa peau par tous les moyens, expliqua Emilio. Et c'est urgent, parce que nous avons beaucoup investi sur la Côte Est. Son père est un type très influent. Nos collègues de New York l'ont beaucoup aidé à grimper les échelons et, en échange, il leur avait promis de les laisser travailler tranquillement. Mais, depuis quelque temps, il a retourné sa veste et toutes les affaires juteuses sont bloquées. Il se défend en disant que ce n'est pas sa faute, que les ordres viennent de plus haut, mais nous savons qu'il s'agit d'une manœuvre politique. Il vise les prochaines élections et cherche à se refaire une virginité sur notre dos. Les gars de New York lui ont laissé tout le temps nécessaire pour mettre un peu d'huile dans les rouages, mais maintenant il faut qu'ils le rappellent à l'ordre s'ils ne veulent pas perdre leur crédibilité.

— Ils ne peuvent pas l'emmener faire un tour, alors ils se rabattent sur la fille, commenta Frank.

— Exactement. Il est trop haut placé et, de toute manière, il nous est plus utile vivant que mort. Ils ont donc choisi de l'atteindre indirectement, à l'endroit où ils

21

savent que cela le blessera le plus. Sa femme est morte et cette fille est tout ce qu'il lui reste.

Frank hocha la tête
— Okay, je m'en charge.
— Prenez votre temps, mais ne ratez pas votre coup. Elle est divorcée, elle vit seule et elle a un petit boulot peinard dans une entreprise de cosmétiques.

Frank étudia la photo pendant quelques instants encore, puis il lut le texte dactylographié qui y était joint. Texte dont il tira les renseignements essentiels qu'il nota en code sur le dos d'une carte de visite.

Ensuite il se leva et rendit les documents à Emilio qui lui proposa de l'accompagner à l'aéroport.

\*\*\*

A New York, il pleuvait et il n'avait pas cessé de pleuvoir depuis son arrivée. Le ciel était d'un noir charbonneux et les innombrables lumières de la ville accroissaient encore l'impression de nuit. Sur les trottoirs, les piétons se hâtaient, pelotonnés frileusement sous leur parapluie, et un flot ininterrompu de véhicules klaxonnant embouteillait la chaussée.

Il était cinq heures et demie, l'heure de la sortie des bureaux et Frank Donato attendait dans l'un de ces points de chute qui servent également de cache ou de lieu de rendez-vous aux personnes comme lui en mission ou en transit. Cette fois-ci, il s'agissait d'un petit appartement meublé situé dans un immeuble de la 54ᵉ Rue Ouest. Depuis sa fenêtre du troisième étage il avait une vue plongeante sur une rue étroite bordée de façades en briques, sinistres et grises.

Le moment était venu de se mettre au travail, songeat-il en allant s'asseoir derrière le bureau qui occupait l'un des coins du minuscule salon. Il sortit un trousseau de clefs de sa poche, en choisit une et ouvrit le tiroir de droite. Comme prévu, celui-ci contenait un attaché-case noir. Il le posa devant lui et en souleva le couvercle. Les accessoires indispensables à l'exercice de sa profession se trouvaient à l'intérieur, dans un double-fond et il sourit en prenant dans sa main le revolver 9 mm. Un outil de professionnel. Entre deux contrats, il ne portait jamais d'arme sur lui et il remettrait celle-ci à sa place dès que sa tâche aurait été accomplie.

En plus d'une boîte de munitions, il y avait également un petit pinceau et une bouteille contenant un liquide transparent qui lui servirait à enduire le bout de ses doigts. En séchant, la substance durcirait et recouvrirait ses empreintes digitales.

En prime, il y avait une clef. La clef de la porte d'entrée de l'appartement de sa victime. La plupart du temps, Frank devait se contenter de son passe, une clef constituait donc, le summum du luxe et de la simplicité.

Il mit la clef dans sa poche et examina minutieusement le 9 mm avant de le charger, puis de le replacer dans son étui.

Pour cette mission, la collaboration de ses collègues de New York s'arrêtait là et aucun contact avec eux n'avait été prévu. A l'aéroport, Emilio lui avait expliqué que, par souci de discrétion, il était préférable qu'il fasse le travail seul. Juste avant de le quitter, il lui avait donné une enveloppe contenant le montant de ses honoraires, versés à l'avance par le comité de New York.

Lorsque Frank avait compté les billets, il s'était rendu compte qu'il avait été payé le double de la somme convenue.

Bien entendu, un tel contrat aurait pu être exécuté par un professionnel de la Côte Est, mais, dans la pratique, il n'en allait jamais ainsi. Par tradition, on faisait toujours appel à un expert extérieur qui était censé ne pas être connu de la police locale. Par ailleurs, si Frank avait été choisi, c'était en raison de sa réputation nationale, sinon internationale, et au cours de sa carrière il avait pu constater avec un certain amusement que les produits d'importation jouissaient souvent d'un préjugé favorable. De ce point de vue, son activité obéissait donc également aux lois générales qui régissent n'importe quel marché.

Gloria Whimbley. C'était le nom de sa cliente. Son nom de femme mariée, du moins, car après son divorce elle n'avait pas repris son nom de jeune fille.

Frank avait son numéro de téléphone. Vers six heures il

décrocha le combiné et entreprit de composer le numéro. Normalement, elle devait être de retour de son bureau, mais il voulait vérifier avant d'y aller.

Personne ne répondit et il raccrocha d'un geste sec, en proie à une étrange nervosité. Une sensation nouvelle pour lui, aux antipodes de la froide détermination qui le caractérisait d'habitude. Il se leva et s'efforça d'analyser calmement la situation. Gloria avait très bien pu aller faire des courses, et son impatience provenait sans doute de l'enjeu que représentait pour lui cette ultime mission. Son avenir dépendait de son succès et, dans ces conditions, il était normal qu'il soit irrité par un contretemps, aussi minime fût-il.

Oui, mais il y avait également autre chose. Frank n'avait jamais tué de femme et, depuis le début, il avait éprouvé un léger doute. Un doute qui avait commencé au moment ou il avait eu la photo entre les mains. Serait-il capable d'abattre avec sa froideur et son indifférence coutumières cette jeune et belle créature aux yeux noirs et innocents?

Réticence qu'il lui avait été impossible d'expliquer à Emilio, lequel ne voyait en lui qu'une machine à tuer, une sorte de missile vivant auquel il suffisait d'assigner une cible pour qu'elle soit détruite. Sur le moment, il avait donc chassé le problème de son esprit et s'était dit qu'il trouverait bien à le résoudre lorsqu'il se présenterait concrètement à lui. Méthode qu'il avait l'habitude d'appliquer à tous les impondérables et qui, jusqu'à présent, lui avait toujours réussi.

Mais à cet instant, alors qu'il était sur le point d'engager la phase finale, il y avait encore un léger doute au fond de lui-même et c'était cela qui expliquait son impatience, son besoin d'aller plus vite et d'oublier ses scrupules dans le feu de l'action.

Il composa à nouveau le numéro. Elle décrocha à la quatrième sonnerie et il remarqua qu'elle était un peu essoufflée, comme si elle avait couru. Il demanda « Walter » et, naturellement, elle répondit qu'il avait dû se tromper de numéro, mais son erreur ne semblait pas l'avoir ennuyée et il décela même de la bonne humeur dans sa voix..

— Excusez moi, se contenta-t-il de murmurer avant de couper la communication.

Pris d'une soudaine frénésie, il enduisit le bout de ses doigts avec le liquide de la petite bouteille, glissa le revolver dans la poche intérieure de sa veste, rajusta sa cravate et enfila un imperméable. Il portait rarement un chapeau et il n'en avait pas dans sa valise, mais cela n'avait pas d'importance.

Une fois dans la rue, il marcha jusqu'à l'arrêt de bus le plus proche. Il n'avait pas confiance dans les chauffeurs de taxi. Certains d'entre eux étaient beaucoup trop physionomiste et il avait horreur des risques inutiles. Il pleuvait à verse, mais, heureusement, le bus pour Central Park ne se fit attendre qu'une minute ou deux. Il était bondé ce qui étant donné les circonstances, n'était pas un inconvénient, bien au contraire.

Gloria Whimbley avait la chance d'habiter l'un des quartiers les plus chics de Manhattan. L'entrée de sa résidence était protégée par un auvent vert et blanc sur lequel était inscrit un numéro en chiffres d'or. Il aurait été difficile de se tromper et, en passant sur le trottoir d'en face, Frank remarqua qu'un concierge galonné surveillait les allées et venues derrière la double porte vitrée. Les concierges et les portiers étaient une race de gens qu'il avait appris à éviter religieusement. Ils avaient la fâcheuse habitude de dévisager les visiteurs, de leur poser des questions et de prévenir les locataires ou les propriétaires. Cependant, dans ce type de résidence, il y avait souvent un garage souterrain par lequel on pouvait s'introduire dans la place discrètement. Frank fit le tour du pâté de maisons. Il y en avait un, mais là aussi un gardien était en faction.

Frank revint sur ses pas jusqu'à un abri de bus et regarda autour de lui en réfléchissant. La pluie s'était transformée en un petit crachin triste. La circulation était moins dense et, sur les trottoirs, les piétons semblaient déjà moins pressés de rentrer chez eux.

Un bus plein à craquer passa devant lui, soudain il aperçut un taxi qui venait en sens inverse et ralentissait. Aussitôt, avant même qu'il se fût arrêté. Frank agit.

Armé d'un immense parapluie, le portier s'était précipité dehors pour accueillir les nouveaux arrivants et Frank en profita pour se faufiler prestement derrière lui.

Dans le hall, il y avait trois ascenseurs. L'un d'entre eux était ouvert. Frank s'engouffra dedans et appuya sur le bouton du quatorzième étage.

Les portes coulissèrent et l'appareil s'éleva sans bruit. Quelques secondes plus tard, Frank descendit dans un couloir désert et plongé dans une demi-pénombre. Le 14 D se trouvait tout au fond, derrière un redan. Pendant une seconde ou deux, il resta immobile et écouta attentivement. Un bruit de musique lointain et assourdi lui parvenait à travers le battant; et après avoir jeté un coup d'œil autour de lui, il saisit son revolver et sortit la clef de sa poche. La porte s'ouvrit sans résister et il la referma derrière lui.

La musique provenait d'une pièce à l'autre bout de l'appartement. Une rengaine douce et sentimentale. Frank se trouvait dans une entrée minuscule qui donnait sur un salon au parquet recouvert d'une épaisse moquette blanche.

Son revolver pointé devant lui, il contourna un grand sofa et des fauteuils de cuir à l'apparence confortable. Maintenant, il n'avait plus raison d'être discret et comme il n'y avait personne dans le salon, il poussa une porte qui, logiquement, devait le conduire à sa victime. Il avait hâte d'en avoir terminé et de s'en aller. Il n'avait parcouru que quelques pas dans un couloir étroit lorsqu'il entendit une voix féminine.

Il s'arrêta et, par l'entrebâillement d'une porte il aperçut une jeune femme penchée sur la tablette d'un secrétaire. Elle téléphonait et, d'après son attitude, elle était pressée d'en terminer.

Son visage était tourné vers Frank, mais ses yeux regardaient sans voir et elle ne remarqua pas sa présence. Instantanément, il se rendit compte qu'une erreur avait été commise quelque part. Une gigantesque erreur. La fille qui était devant lui n'était pas celle de la photo. Elle était blonde au lieu d'être brune et sa silhouette n'avait rien de commun avec celle de Gloria.

Emilio n'aurait pas commis une erreur aussi grossière,

mais dans cette affaire il n'avait été qu'un intermédiaire... A moins que cette fille fût simplement une amie de Gloria? Dans ce cas, sa victime devrait être aussi dans l'appartement et Frank continua sa quête sans bruit. Outre le petit salon d'où téléphonait la jeune femme, il n'y avait qu'une grande chambre et une salle de bains. Toutes deux étaient vides.

Une seule solution : ressortir sur la pointe des pieds et retourner à l'appartement de la 54e Rue. Une fois là-bas, il téléphonerait à Emilio et lui demanderait de nouvelles instructions.

Frank commença de battre en retraite, mais au moment où il arrivait à la hauteur du petit salon, la jeune femme en ouvrit la porte. En le découvrant elle s'arrêta net, la bouche ouverte, et Frank, malgré lui, songea à une biche, une biche aux abois, d'une beauté rendue pathétique par sa douceur et sa vulnérabilité.

— Que faites-vous ici? Qui... qui êtes-vous? bredouilla-t-elle d'une voix terrorisée.

Frank secoua la tête lentement.

— La question n'est pas là. C'est votre nom à vous que je désirerais connaître.

Comme elle ne répondait pas, il avança d'un pas, son revolver pointé vers elle, et, d'un geste bref, lui ordonna de rentrer dans le petit salon. Une fois à l'intérieur, il l'obligea à s'asseoir et approcha le canon de sa tempe d'un air menaçant.

— Je vous ai demandé votre nom, chérie?
— Je... Nicky Gillmore.
— Nicky Gillmore, répéta-t-il en hochant la tête. Qu'est-il donc arrivé à Gloria?
— Gloria?
— Gloria, acquiesça-t-il, et je préférerais que vous répondiez à mes questions avec plus d'empressement.
— Et bien... je... elle m'a prêté son appartement pour quelques jours.
— C'est facheux Nicky — pour vous. Sauf si vous décrochez ce téléphone et si vous réussissez à la convaincre de revenir immédiatement ici.
— Non, ce n'est pas possible.
— Ah bon? Et pourquoi donc?

— Elle est en vacances et je n'ai pas la moindre idée de l'endroit où elle se trouve.
— Voyez-vous ça...

Un sourire ironique erra sur les lèvres de Frank et il poursuivit, avec une dangereuse douceur :

— Je suis au contraire persuadé que vous savez où elle se trouve et vous allez me le dire gentiment, n'est-ce pas, Nicky?

— Je... elle est en Californie. Chez moi, à Santa Monica. Elle a des amis là-bas et moi j'en ai ici, à New York. Nous avons échangé nos appartements pour une quinzaine de jours.

Le regard fixé sur l'orifice noir et béant du canon, elle remua sur sa chaise, essayant d'échapper à sa menace.

— Je... je... ajouta-t-elle avec un pauvre sourire, ne voudriez-vous pas éloigner un peu cette arme? Je ne suis qu'une femme et vous... vous ne risquez rien.

— Quand est-elle partie pour la Californie? questionna Frank en faisant comme s'il ne l'avait pas entendue.

— Gloria? Très tôt ce matin, sans doute. Je ne sais pas à quelle heure exactement, car elle n'était plus là lorsque je suis arrivée ici. Son avion devait atterrir à Los Angeles à neuf heures et demie du matin, heure locale.

Frank remit son revolver dans sa poche et posa la main sur le combiné du téléphone.

— Santa Monica, n'est-ce pas? Quelle est votre adresse là-bas.

— 8402 avenue de l'Océan.
— Le téléphone est à votre nom?
— Oui, Nicole Gillmore.
— Quel est l'indicatif?
— Euh...213.

Sans cesser de la regarder, il fit le 213 et composa ensuite le numéro des renseignements. Elle n'avait pas menti. L'agent de la compagnie des téléphones lui répondit qu'il y avait bien une Nicole Gillmore à Santa Monica et il prit un stylo sur le secrétaire pour griffonner son numéro sur un bloc de papier.

— Okay, jusque-là c'est bon. Maintenant, Nicky, vous allez donner un petit coup de fil à Gloria, juste pour savoir si elle est bien arrivée. C'est une attention toute naturelle de la part d'une amie. Bien entendu je prendrai l'écouteur et je vous conseille d'être très prudente. Un accident est vite arrivé...

La jeune femme hocha la tête et il se mit à actionner le cadran. A l'autre bout du fil, personne ne répondit. Il compta les sonneries; à la dixième, il raccrocha. Nicky écarta les bras en signe d'impuissance et il la regarda en silence.

Elle portait un tailleur de satin blanc très échancré et une mini-jupe. Sans doute avait-elle prévu de passer la soirée en ville... Le galbe de ses jambes était admirable et elle avait une silhouette parfaite, mais c'était surtout son visage qui attirait Frank. Un visage si fragile et si délicatement féminin...

— C'est encore le début de l'après-midi sur la Côte Ouest, plaida-t-elle sans grande conviction. Gloria est probablement sur la plage.

Avant de répondre, il déchira la feuille du bloc sur laquelle il avait inscrit le numéro et la plia en quatre pour la glisser dans sa poche.

— Nous essaierons à nouveau tout à l'heure.
— Oui, mais je... que ferez-vous ensuite? Je veux dire, que ferez-vous une fois que vous serez certain qu'elle est vraiment là-bas?
— Je prendrai le premier avion pour Los Angeles.
— Pourquoi? Pourquoi voulez-vous tuer Gloria? Vous ne la connaissez même pas.
— Vous ai-je dit que j'avais l'intention de la tuer?

Nicky haussa les épaules.

— Ce n'était pas difficile à deviner.
— N'y pensez plus, baby. Ce sont des histoires trop compliquées pour une aussi jolie frimousse. Vous ne pouvez pas comprendre.

Elle secoua la tête et ses cheveux blonds ondulèrent sur ses épaules nues.

— Non, vous avez raison...

Un pâle sourire erra sur ses lèvres et Frank se rendit compte qu'elle était au bord des larmes.

— Me permettez-vous de me lever et de faire quelques pas? implora-t-elle timidement. Votre présence me rend un peu nerveuse...

— Okay, allez-y.

La jeune femme se redressa et, comme une somnambule, traversa le petit salon pour aller jusqu'à une fenêtre dont les carreaux ruisselaient de gouttelettes de pluie. Pendant quelques secondes elle resta immobile, puis elle se retourna vers lui et le regarda avec une lueur de défi au fond des yeux.

— Je ne comprendrai jamais que l'on puisse vouloir tuer un être humain qui ne vous a rien fait. Surtout de sang-froid, comme vous vous préparez à le faire.

Frank Donato éclata de rire.

— Vous avez bien appris votre leçon, observa-t-il avec une ironie mordante. Sans doute croyez-vous aussi à la paix sur la terre pour tous les hommes de bonne volonté. Vous êtes encore bien naïve, Miss Gillmore.

— Peut-être, admit-elle sans baisser les yeux, mais du moins suis-je venue au monde avec un cœur et une âme. Pouvez-vous en dire autant?

Avant de poursuivre, elle s'approcha de lui et sa main effleura sa joue en hésitant.

— Y a-t-il donc quelque chose de brisé à l'intérieur de vous? N'éprouvez-vous jamais d'amour ou d'amitié pour quiconque?

Frank resta immobile et impassible, mais, en fait, un étrange malaise s'était emparé de lui. La douceur de son geste, la subtilité de son parfum, la proximité de ses lèvres tendres et frémissantes... Tout cela constituait un ensemble qui le troublait plus qu'il n'en aurait jamais convenu.

Une sonnerie sèche et impérative résonna derrière eux et il revint brusquement à la réalité.

— Qu'est-ce que c'est? questionna-t-il en fronçant les sourcils.

— C'est l'interphone, répondit Nicky. Le concierge veut sans doute m'annoncer l'arrivée de John. C'est un ami avec lequel je devais aller dîner ce soir.

— Que fera-t-il si vous ne répondez pas?

— John? (Elle haussa les épaules.) Je ne sais pas...

— Réfléchissez. Vous devez avoir quand même une petite idée.

— Eh bien, je... si le concierge le laisse passer, il

montera ici et frappera à la porte. Sinon, ce qui est plus probable, je suppose qu'il s'en ira.

La sonnerie retentit à nouveau, plus forte et plus insistante.

- Vraiment? Vous croyez qu'il s'en ira gentiment, comme il est venu?

- Non, il sera contrarié et il fera sûrement quelque chose, mais je suis bien incapable de vous dire quoi.

- Cependant, c'est un gentleman et il ne fera pas une affaire d'Etat de votre défection. C'est cela, n'est-ce pas, Nicky?

- Si vous voulez... J'imagine qu'il téléphonera d'une cabine avant de...

- Okay. Si j'étais vous, je prierais le ciel qu'il se conduise comme un brave garçon, car sinon... Enfin, nous allons attendre et nous verrons bien. Entre-temps, tâchez de trouver une bonne excuse pour vous en débarrasser avec élégance.

La sonnerie avait cessé et ils s'assirent face à face en silence.

- Comment vous appelez-vous? questionna-t-elle soudain au bout de quelques minutes d'une attente pesante.

Frank Donato trouva la question amusante et il sourit.

- Comment je m'appelle? Les gens comme moi, sans cœur et sans âme, ne peuvent pas se permettre le luxe d'avoir un nom. Mais si cela vous manque, je vous autorise à m'en choisir un, n'importe lequel.

Elle réfléchit un instant avant de répondre.

- Roger, cela vous convient-il?

- Roger? Hum... C'est un peu démodé, non?

- Je n'ai jamais eu l'occasion de rencontrer un Roger et vous ne ressemblez à aucun de mes amis, expliqua-t-elle avec une logique toute féminine.

- Ça, je n'en doute pas.

- Cependant, je trouve que, par un certain côté, vous êtes un personnage assez intéressant.

- Un spécimen sortant de l'ordinaire? C'est cela que vous voulez dire, n'est-ce pas, baby? Un animal de laboratoire, en quelque sorte.

31

– Non, non, je n'avais pas l'intention d'être condescendante. Mais, au moins, cela démontre que vous n'êtes pas insensible. Je me suis simplement mal exprimée. Par intéressant, il fallait entendre qu'il y a en vous une sorte de magnétisme sombre et farouche qui ne manque pas d'un certain attrait...

– Un certain attrait? Hum... Inutile de vous fatiguer, Nicky : ce n'est pas un vieux singe qu'on apprend à faire des grimaces.

Sa réponse avait été automatique, mais, en fait, il n'était pas certain qu'elle ait uniquement cherché à le flatter.

– Je vois que toute communication est impossible entre nous, observa-t-elle en se renfermant.

Il sourit ironiquement.

– Le moment est assez mal choisi. En d'autres circonstances, peut-être. Qui sait, dans un monde meilleur...

– Dites-moi au moins ce que vous avez l'intention de faire de moi. Pour ma part, je ne sais pas qui vous êtes ni qui vous a envoyé. Si vous me laissez partir, je ne dirai à personne que vous êtes venu ici.

– Bien sûr, bien sûr...

Il hocha la tête et elle le regarda avec incertitude.

– Que pourriez-vous me faire d'autre? Me ligoter? Me tuer?

Il ne répondit rien pour la bonne raison qu'il ne connaissait pas la réponse. S'il avait une certitude, c'était qu'il n'avait pas la moindre envie de la tuer. Sa tâche aurait été si simple si elle avait été Gloria Whimbley et s'il l'avait abattue sans échanger un seul mot avec elle! Mais maintenant il y avait eu dialogue entre elle et lui, dialogue un peu contraint, mais dialogue tout de même et cela changeait bien des choses.

Elle était devenue pour lui une entité vivante, une femme, dont la fragilité avait réussi à le toucher, au point d'effriter sa volonté et de masquer le caractère impératif de sa mission.

En outre, le meurtre d'une autre personne était une complication dangereuse et une telle décision ne devait pas être prise à la légère. Cependant, lorsqu'il y avait risque de dénonciation, une telle mesure était indispensable.

Dans ce cas précis, il n'y avait pas d'hésitation à avoir. De quelque manière que Frank envisageât la situation, Nicky constituait un obstacle à l'accomplissement de son travail, une menace pour sa sécurité et pour celle de ses commanditaires. Logiquement, il fallait donc qu'elle disparaisse et pourtant...

— Je suppose, observa-t-elle, que votre silence signifie que vous avez l'intention de me tuer. C'est cela que vous souhaitez, n'est-ce pas?

De nouveau, elle était au bord des larmes et Frank hésita une seconde ou deux avant de répondre.

— Non, je ne le souhaite pas. Mais dans mon métier, ce que je souhaite n'a guère d'importance.

A cet instant, de manière providentielle, le téléphone sonna.

— C'est sans doute votre copain, Nicky. Pensez à ce que je vous ai dit tout à l'heure.

Sans un mot, elle décrocha le combiné et expliqua à son interlocuteur qu'étant sous sa douche, elle n'avait pas entendu l'interphone. D'autre part, elle n'était pas dans son assiette depuis ce matin et la seule idée de dîner lui donnait des nausées. Un effet du décalage horaire, sans doute, et du mal de l'air qu'elle avait ressenti pendant le trajet en avion... Cela l'ennuierait-il vraiment de reporter d'un jour ou deux leur soirée ensemble?

— Vous mentez avec une aisance de professionnelle, admira Frank lorsqu'elle eut reposé l'écouteur. Vous auriez réussi à convaincre n'importe qui.

Pendant toute la durée de la conversation, il était resté debout à côté d'elle en jouant ostensiblement avec la crosse de son revolver. Impulsivement, Nicky lui saisit la main et se mit à pleurer.

— Oh, je vous en supplie, murmura-t-elle d'une voix brisée, ne me faites pas de mal et je vous promets que je garderai votre secret aussi longtemps que je vivrai.

Frank retira sa main et sourit avec amertume.

— Aussi longtemps que vous vivrez? Promis, juré, croix de bois croix de fer, si je mens je vais en enfer? Allons, Nicky, vous n'êtes plus une petite fille! Vous n'espérez tout de même pas que je vais vous croire?

— Vous pourriez au moins essayer, soupira-t-elle en

essuyant ses larmes. Est-il donc si difficile d'avoir confiance en quelqu'un comme moi?

— Oui. Si je vous fait confiance, Nicky, que croyez-vous qu'il arrivera? Je ne travaille pas avec des enfants de chœur et ils aiment bien qu'une opération soit menée à son terme. Je serai donc obligé d'aller m'occuper de Gloria, votre petite amie. Bien entendu, vous ne la préviendrez pas et surtout vous n'irez pas me moucharder à la police. Une telle idée ne vous viendrait même pas à l'esprit...

Nicky Gillmore baissa les yeux et rougit.

— Je suppose que c'est sans espoir. Même si je vous affirmais que je suis prête à trahir Gloria, vous ne me croiriez pas.

— Vous voyez, ironisa Frank, nous commençons déjà à dialoguer.

— Cependant, continua-t-elle, si vous me promettez de ne rien lui faire et si vous vous en allez simplement en prétextant auprès de vos commanditaires que vous ne l'avez pas trouvée, ce qui ne serait que la vérité, je vous donne ma parole de ne rien dire à personne. Pour moi, vous ne serez jamais venu ici et vous n'existerez même pas.

— Vous ne savez pas de quoi vous parlez, petite fille, et vous n'avez pas la moindre idée de ce que vous me demandez.

Il s'assit devant le secrétaire et, après avoir allumé une cigarette, il réfléchit à l'énormité de sa proposition.

Avec son palmarès, il y avait des chances que Martinelli accepte une histoire, à condition qu'il trouve des mots suffisamment convaincants. Il rendrait l'argent du contrat et l'affaire serait terminée pour lui, mais il aurait échoué dans la mission la plus importante de sa carrière et cela personne ne le lui pardonnerait. Le comité trouverait une raison pour le mettre sur une voie de garage, et alors adieu ses espoirs de grande vie! Il devrait continuer à se contenter du sale boulot, à être une sorte de super-exécuteur respecté par-devant, mais en fait considéré avec un certain mépris.

Bien entendu, il ne serait plus jamais question des cent mille dollars par an et si jamais ils découvraient le pot aux roses, alors adieu Frank Donato...

— Si vous voulez accomplir au moins une bonne action dans votre vie, l'entendit-il ajouter, c'est le moment ou jamais.

Maintenant, il savait qu'il se laisserait attendrir. En fait, il le savait depuis l'instant où sa main avait effleuré la joue de Nicky.

— Peut-être n'y voyez-vous aucun intérêt en ce moment, continua-t-elle sur un ton plus assuré, tout en scrutant son visage avec anxiété, mais vous ne le regretterez pas et cela vous rendra un peu de cette âme que vous avez perdue...

— Voyons donc quel scénario nous pourrions monter, murmura-t-il d'une voix songeuse comme s'il se parlait à lui-même. Il ne devrait pas être très difficile de tout mettre sur le compte des types de New York. Ce sont eux qui sont responsables du cafouillage, pas moi. J'expliquerai qu'en entrant ici, je vous ai aperçue en train de téléphoner et que je me suis tout de suite rendu compte que vous n'étiez pas la fille que je cherchais. Vous ne m'auriez pas vu et j'aurais battu discrètement en retraite sans avoir le temps de découvrir le moindre indice sur l'endroit où se trouvait Gloria.

Il se leva et se mit à faire les cent pas.

— Tôt ou tard, ils enverront quelqu'un d'autre à ses trousses, aussi vous ferez mieux de la prévenir. Vous n'aurez qu'à lui dire que vous avez reçu un coup de fil inquiétant. Cela devrait suffire, mais pour le reste motus et bouche cousue. Nous sommes d'accord, baby? Et n'essayez pas de me rouler, car sinon je reviendrai m'occuper de vous...

Frank s'était arrêté devant elle et Nicky lui prit les deux mains avec un soulagement mêlé de reconnaissance.

— N'ayez crainte, murmura-t-elle d'une voix tremblante, mais qui êtes-vous? Qui vous a envoyé?

— Peu importe. Dites-moi plutôt, cette histoire de magnétisme, c'était vrai? Vous le pensiez vraiment?

La jeune femme hocha la tête

— Oui, oui, bien sûr...

— Prouvez-le alors, répliqua-t-il avec froideur, car même en cet instant il était incapable de briser le cercle infernal, de se résoudre à donner sans rien attendre en retour.

Elle leva les yeux vers lui et son expression passa lentement de la déception à la résignation.

— Okay... murmura-t-elle et, timidement, elle lui prit la main et l'entraîna vers la chambre.

Plus tard, beaucoup plus tard, au milieu de la nuit, il la sentit remuer à côté de lui et la vit se lever avec prudence. Au milieu de son demi-sommeil, il la surveilla du coin de l'œil. Elle s'habilla avec des gestes rapides, puis se dirigea sans bruit vers la porte. Elle posa la main sur la poignée, la tourna, mais le battant refusa de pivoter et au bout d'une seconde ou deux d'efforts infructueux, elle se décida à faire demi-tour.

Pendant un long moment, elle le contempla dans la pénombre, puis, brusquement, sembla prendre une décision et se mit à fouiller fébrilement dans les vêtements qu'il avait empilés sur une chaise.

Avec une terrible impression de vide au fond de lui-même, Frank la regarda faire sans réagir. Elle prit son revolver, s'approcha de lui avec une souplesse féline et, sans trembler, elle le visa, appuya sur la détente. Une fois, deux fois, mais seul le cliquetis du chien résonna dans le barillet vide.

A tâtons, il chercha l'interrupteur et alluma, puis, d'un bond, il se redressa, lui saisit le poignet et lui arracha l'arme.

Aussitôt, elle s'effondra sur une chaise en sanglotant.

— Je... je n'arrivais pas à ouvrir la porte et j'ai... j'ai eu peur que vous ne changiez d'avis, bredouilla-t-elle en baissant la tête. C'est... c'est pour cela que j'ai essayé de vous tuer. Il n'y a pas d'autre raison, je vous le jure! Vous... vous ne voulez pas me croire?

— Bien sûr que si, baby, répliqua-t-il en soulevant son oreiller et en saisissant une poignée de balles qu'il remit en place, une à une, méthodiquement. Vous aussi, vous devez me croire, d'ailleurs. C'est seulement par habitude que j'ai caché ces pralines sous mon oreiller. Voyez-vous, il faut toujours décharger une arme quand on n'a plus besoin de s'en servir. C'est une précaution élémentaire lorsqu'on veut éviter un accident. Parfois, il suffit d'un choc et c'est le drame... Pour ce qui est de la porte, continua-t-il avec froideur tandis qu'elle le regardait faire avec une horrible fascination, c'est moi qui l'ai bloquée. Avec un petit coin en acier que j'ai toujours sur moi. Un gadget très commode. Même de jour il est à peine visible, et impossible de l'enlever si on ne connaît pas l'astuce. Je l'ai fixé hier soir, pendant que vous étiez dans la salle de bains. Une autre simple précaution de routine, rien de plus et, personnellement, je n'avais aucune méfiance à votre égard, expliqua-t-il en pointant le revolver dans sa direction. Mais, voyez-vous, dans mon métier, on ne perd jamais complètement son sang-froid. Même si une fois dans sa vie on a une faiblesse pour une fille qui, en fin de compte, se révèle n'être qu'une poule sant intérêt. Vous ne me croirez sans doute pas, ma petite Nicky, mais j'étais réellement sur le point de risquer ma peau et de vous laisser repartir vivante.

Il appuya sur la détente, l'arme tressauta dans la paume de sa main et, sans un cri, Nicky Gillmore s'effondra sur le sol, un petit trou au milieu du front. Une mare de sang commença à s'étendre autour de sa tête. Avant de se rhabiller, Frank se pencha sur le corps et l'examina minutieusement pour vérifier si elle était bien morte.

Quelques minutes plus tard, il ressortit dans la rue par le garage souterrain. Le garde n'était plus là. Il devait être rentré chez lui, à moins qu'il ne se fût endormi à l'arrière d'une des voitures...

Dehors, il pleuvait toujours et Frank se dirigea sans hâte vers l'arrêt de bus. Il ne se sentait ni joyeux ni triste, mais en quelque sorte satisfait, rasséréné.

L'espace d'une soirée, quelque chose s'était brisé en lui. Quelque chose sans quoi il savait qu'il n'aurait jamais plus été capable d'exercer son métier. Mais maintenant, tout était rentré dans l'ordre. Il était redevenu lui-même et, en montant dans le bus, il décida d'appeler Emilio dans la matinée et de lui raconter tout, en omettant bien entendu certains détails trop personnels pour intéresser un autre que lui. Il expliquerait que leurs collègues de New York avaient lamentablement cafouillé et qu'il avait été obligé de commettre un autre meurtre pour protéger sa

37

retraite, mais qu'il avait sauvé la marque in extremis en découvrant que Gloria Whimbley se trouvait à Los Angeles, ville qu'il avait hâte de visiter.

Sur cette pensée finale, les dernières réminiscences de cette folle nuit glissèrent de son esprit et il s'aperçut brusquement qu'il avait faim.

*An important rill*
Traduction de Louis de Pierrefeu

© Droits réservés.

# La pêche miraculeuse

par
Richard HARDWICK

Marty Pollard cala sa canne à pêche entre les deux lames de bois de son siège et enfila sa veste de ciré jaune. Dans la lumière grise de l'aube, des gouttelettes de pluie commençaient à consteller la surface lisse du lac.

— Le poisson n'a pas l'air de vouloir mordre, ce matin, constata Phil Devlin, assis derrière lui à côté du petit moteur hors-bord.

— Patience, on vient juste de commencer, répondit son compagnon en allumant une cigarette.

Il tira sa capuche sur sa tête et reprit sa canne avant de se rasseoir. Devlin avait eu raison. Ces quelques jours loin du magasin et de ses tracas avaient eu un effet salutaire sur ses nerfs. Avec une canne à pêche à la main, on voyait les problèmes sous un angle différent. Certes, ils n'avaient pas disparu, il n'y avait pas eu de miracle, mais au milieu de cette nature paisible ils reprenaient une plus juste proportion. De temps à autre, également, il n'était pas mauvais qu'il prenne une certaine distance avec Francine. Mais comme il n'avait jamais fait le grand saut dans l'inconnu du mariage, Phil n'avait sans doute pas songé à cet autre bienfait de leur retraite volontaire.

D'un geste machinal du poignet, Marty fit tressauter le bouchon de sa ligne en espérant qu'une truite ou une perche se laisserait tenter par l'éclat scintillant de sa cuiller. Au rythme du teuf-teuf régulier de leur petit moteur, leur barque suivait un cap parallèle à la côte, formée en cet endroit de falaises en surplomb. Une route longeait le lac et, à quelques centaines de mètres derrière eux, il aperçut une voiture. Elle roulait à vive allure et, pendant un instant, il la perdit de vue.

Mais il n'y prêta guère attention. Son esprit était ailleurs. Il songeait au supermarché dont l'ouverture lui avait causé tant de tort et à la manière dont il pourrait moderniser sa petite quincaillerie s'il trouvait un jour le financement adéquat.

Brusquement la voiture réapparut. Elle était déjà à l'entrée du tournant au-dessus d'eux et elle allait encore plus vite qu'il ne l'avait pensé. Au milieu de la courbe, il la vit soudain déraper sur la route mouillée. Un dérapage silencieux ou du moins rendu inaudible par le bruit de leur moteur hors-bord. Puis elle effectua un tête-à-queue et les roues se mirent à angle droit de la trajectoire, comme si le chauffeur cherchait désespérément à reprendre la maîtrise de son véhicule.

— Phil!

Devlin leva la tête et aperçut la voiture. Elle n'était déjà plus sur la route et décrivait une courbe gracieuse dans l'air en perdant si rapidement de la hauteur qu'il tourna instinctivement la manette des gaz afin de l'éviter. La brutalité de son geste ne réussit qu'à étouffer le moteur qui toussota une fois ou deux avant de s'arrêter. Dans le silence qui s'ensuivit, ils entendirent distinctement les cris des occupants de la voiture.

Elle passa exactement au-dessus d'eux avant de s'abattre dans le lac dans un bruit épouvantable. Presque immédiatement, une vague secoua violemment leur frêle embarcation. Après avoir disparue, la voiture remonta à la surface, mais seul le haut de l'habitacle émergeait encore. Elle avait une très forte gîte et le visage d'un homme apparut à la fenêtre de la portière arrière. Son regard était fixé vers eux et ses doigts étaient agrippés à la vitre qui était ouverte de quelques centimètres.

— Remet le moteur en marche! cria Marty en prenant une rame et en commençant à ramer vers la voiture tandis que Phil tirait avec fébrilité sur le cordon du démarreur.

Entraînée par le poids de sa masse métallique, la berline noire s'enfonçait rapidement et l'air prisonnier dans sa carcasse sifflait en s'échappant par les fenêtres et par les trous d'aération.

— Au secours! cria l'homme faiblement. Au secours...

Il y avait quatre autres passagers dans la voiture. Le chauffeur était effondré sur son volant et les trois autres gisaient dans des positions diverses, morts, apparemment, ou simplement inanimés. A mesure qu'ils approchaient, Marty et Phil aperçurent également deux grands sacs posés sur la banquette arrière.

Marty saisit la poignée de la portière à laquelle le rescapé se raccrochait désespérément, mais ses efforts pour l'ouvrir restèrent vains. Elle était verrouillée sans doute, à moins que la pression de l'eau ait suffi pour la bloquer. Le visage du malheureux n'était qu'à quelques centimètres de celui de Marty et pendant une fraction de seconde leurs doigts se frôlèrent. Puis, brutalement, la voiture bascula vers l'avant et l'arrière se dressa vers le ciel. L'homme poussa un dernier cri déchirant et au milieu d'un horrible bouillonnement, le cercueil de fer emporta ses victimes vers le fond du lac. Une vague circulaire se referma au-dessus de l'emplacement de la tragédie projetant vers le ciel un petit panache d'eau qui retomba de manière dérisoire dans un silence irréel, troublé seulement par le crépitement des gouttelettes de pluie.

— Bon Dieu... murmura Phil d'une voix sourde.

Marty se pencha et regarda par-dessus le plat-bord comme s'il espérait que les occupants de la voiture se missent à remonter miraculeusement à la surface. Mais il ne vit rien, hormis quelques ultimes bulles et un mince filet d'huile qui s'étala en une fine pellicule irisée.

— Ne pourrions-nous pas faire quelque chose? questionna-t-il, le visage blême.

Son compagnon haussa les épaules.

— Et quoi donc? Il y a au moins vingt mètres de fond par ici.

Il secoua la tête comme pour chasser une image importune.

— Si je ne l'avais pas vu de mes propres yeux, je n'arriverais pas à le croire. Et même ainsi j'ai l'impression qu'il s'agissait d'un mauvais rêve, d'un cauchemar...

— Ce pauvre type à la fenêtre...
— Cette foutue voiture a failli atterrir sur nous, Marty!

Par un geste réflexe, ils levèrent les yeux en même temps et regardèrent la route avec une vague anxiété. Elle était déserte. Depuis la construction de l'autoroute, elle n'était plus guère utilisée que par des promeneurs du dimanche et par des gens comme Phil qui étaient propriétaires d'une cabane en rondins au bord du grand lac. De simples abris pour la pêche, le plus souvent.

— Le mieux est encore de repérer l'endroit sur la côte et d'aller chercher de l'aide, proposa Marty.
— Non, il y a peu de chance pour qu'une voiture passe avant longtemps. Il est préférable de retourner à la cabane et d'aller directement à Flintville.
— Tu ne penses pas que nous devrions attendre encore un peu? Juste au cas où...
— Aucun d'entre eux ne s'en sortira vivant, mais je ne vois aucun inconvénient à attendre quelques minutes.

Un quart d'heure plus tard, Devlin lança le petit moteur et les deux amis remirent le cap sur la cabane.

Lorsqu'ils arrivèrent à Flintville, il s'était déjà écoulé une bonne heure. Il leur avait fallu un certain temps pour rallier la cabane et ensuite ils n'avaient pu rouler très vite sur la route étroite et sinueuse, que la pluie avait rendue très glissante.

Une fois en ville, ils se rendirent directement à la place du Palais où se trouvait le commissariat. Bien qu'il fût à peine sept heures, les alentours du bâtiment étaient en proie à une activité fiévreuse. Des voitures démarraient sur les chapeaux de roues et d'autres s'arrêtaient avec des crissements de freins au milieu d'une foule de gens qui couraient dans tous les sens.

Ils se garèrent à proximité et tout en s'interrogeant sur les raisons de cette agitation inhabituelle, ils se dirigèrent vers la porte devant laquelle un policier était en faction. Dans le hall, ils croisèrent un homme grand et massif et Marty essaya de l'arrêter.

— Pardon, Monsieur, où devons-nous nous adresser pour...

L'homme l'écarta d'un geste impatient.

— Que l'on fasse circuler tous ces gens-là dehors! cria-t-il à la cantonade en se retournant. Comment voulez-vous que l'on travaille avec autant de badauds dans les jambes?

— Mais nous voulons seulement...

— Adressez-vous au guichet là-bas, au fond. Le sergent va s'occuper de vous.

Une porte sur la gauche s'ouvrit en coup de vent, un visage pâle et mal rasé apparut.

— Mon capitaine, vous avez le FBI d'Atlanta au téléphone!

— Dites-leur de venir immédiatement!

— Ils ont déjà envoyé des hommes, mais ils veulent également vous parler.

Le capitaine grommela.

— Okay, j'arrive tout de suite.

Avant d'aller répondre, il arrêta par la manche un agent en uniforme qui venait de rentrer.

— Où en sont les barrages à l'est de la ville? Avez-vous réussi à entrer en contact avec la brigade volante?

— Oui. Ils ont...

— Pourquoi toute cette agitation? l'interrompit Marty.

— Quelqu'un pourrait-il demander à ces zigotos ce qu'ils veulent? cria le capitaine avec exaspération.

Un policier s'approcha d'eux et les entraîna vers un bureau.

— Je suis le sergent Holman, se présenta-t-il poliment. Quel est votre problème?

Mais, avant qu'ils aient eu le temps de répondre, un jeune homme rasé de frais s'interposa entre eux sans façon.

— Holman, je n'arrive pas à tirer le moindre renseignement de cette mule de Cleary. Combien ont-ils emporté? Qui les a vus? Où en est l'enquête?

— Vous en savez autant que moi, Fred, soupira le sergent. Le vieux Cleve Towers les a aperçus par hasard vers cinq heures et demie alors qu'ils se faufilaient hors de la banque par la porte de derrière. S'il n'avait pas été là, nous n'aurions probablement rien découvert avant l'ouverture. Ils ont réussi à s'introduire dans la chambre

43

forte et à faire main basse sur 200 000 dollars en billets appartenant à la banque sans compter les coffres privés qu'ils ont ouverts et pillés. Il faudra beaucoup de temps avant que l'on puisse faire un bilan exact de leur butin et il ne sera définitif que lorsque on les aura rattrapés.

— Si vous les rattrapez un jour, fit observer le journaliste sur un ton sceptique.

— Nous les rattraperons, répliqua le sergent avec certitude. Des barages ont été dressés sur toutes les routes de la région.

Le sergent essaya de se retourner vers Marty et vers Phil, mais le jeune homme le retint par le bras.

— Quelle était la marque de leur voiture, Holman, et combien étaient-ils?

— Cinq hommes dans une voiture de série noire, une berline.

Marty et Phil se regardèrent et Marty essaya d'attirer l'attention du policier.

— Nous avons vu...

Son ami lui donna un coup de pied dans les jambes et l'interrompit avec précipitation.

— Nous voyons que vous êtes très occupés, Sergent. Nous reviendrons plus tard.

— Vous avez une plainte à déposer?

— Oh, rien de vraiment important. Simplement un... un vol à l'intérieur de notre voiture. Il n'y a rien de pressé. De toute manière, nous étions assurés.

— Que vous a-t-on pris?

— Du matériel de photo, répondit Devlin en jetant un coup d'œil entendu à son ami.

Au même moment, Marty comprit où il voulait en venir et il ajouta maladroitement :

— Du matériel de pêche...

Le policier les regarda en fronçant les sourcils.

— Il faudrait que vous vous mettiez d'accord. De quoi s'agissait-il exactement?

— Du matériel de photo et tout notre attirail de pêche! répliqua Devlin en élevant la voix involontairement.

Puis, sans attendre la réponse du policier, il sourit d'un air contraint et s'écarta du bureau en entraînant Marty avec lui. Le journaliste en profita pour reprendre ses

44

questions tandis que les deux pêcheurs se perdaient dans la foule et ressortaient dans la rue.

— Je pense que nous avons eu tort d'agir ainsi, fit observer Marty lorsqu'ils furent assis à une table de café de l'autre côté de la place. Nous aurions dû leur dire la vérité.

— As-tu entendu ce qu'ils racontaient, Marty? Ces types venaient de piller la banque! Ils avaient emporté plus de deux cent mille dollars et nous sommes les seuls à savoir où ils se trouvent!

— A condition que ce soit bien leur voiture que nous avons vue.

Devlin le regarda d'un air sarcastique.

— Tu te fous de moi? Une berline noire, cinq types à l'intérieur et tu as vu toi-même les deux grands sacs sur la banquette arrière!

— Okay, mais les flics vont les rechercher partout et tu as entendu ce que le gars a dit à propos de l'arrivée prochaine du FBI. Nous devrions y retourner, Phil. Je n'ai pas envie de jouer au plus au fin avec le FBI.

Devlin poussa de côté sa tasse de café, se croisa les bras sur la table et se pencha en avant vers son ami.

— Nous ne jouons au plus fin avec personne, Marty! Nous attendons simplement... Nous attendons la suite des événements.

— En gardant pour nous ce que nous savons, nous entravons le cours de la justice, Phil, et d'après le code c'est un délit.

— Oh, oh, te voilà soudain bien au courant des lois! Aurais-tu suivi des cours de droit en cachette, Marty?

— Non, mais l'ignorance n'est pas une excuse suffisante pour...

— Allons, Marty! Tu ne vas pas commencer à ergoter? Retournons à la cabane et étudions le problème calmement. Attendre un jour ou deux ne fera de mal à personne. Ces types au fond de l'eau n'ont plus besoin d'aide et d'ailleurs les flics les retrouveront peut-être sans nous.

Marty finit son café et haussa les épaules.

— Okay, céda-t-il à contrecœur. C'est vrai que nous ne risquons pas grand-chose à attendre.

Sur le chemin de retour, ils s'arrêtèrent à l'endroit où la voiture des bandits avait quitté la route. Il n'y avait pour ainsi dire aucune trace de freinage sur le goudron mouillé ni sur le bas-côté, mais néanmoins Devlin prit la peine d'égaliser soigneusement les gravillons, à leur départ, il n'y avait plus le moindre indice de la tragédie à laquelle il leur avait été donné d'assister.

Une fois à la cabane, ils tournèrent le bouton de la radio, sortirent deux boîtes de bière du réfrigérateur et s'installèrent confortablement pour écouter les nouvelles. La station de radio locale avait un reporter sur place à la banque et, minute après minute, il donnait un compte-rendu précis de l'enquête, dans la mesure du possible du moins, car pour le moment la confusion régnait encore partout.

Au cours d'un flash spécial, le speaker annonça que le capitaine Cleary venait de déclarer que les recherches se concentraient désormais dans la zone montagneuse autour du lac. La police pensait en effet que les bandits avaient dû y trouver refuge, car les barrages routiers n'avaient donné aucun résultat malgré la rapidité avec laquelle ils avaient été mis en place.

Devlin exulta.

— C'étaient bien eux! Un refuge? ajouta-t-il d'une voix sarcastique. Effectivement, avec vingt mètres d'eau au-dessus d'eux, personne ne viendra troubler leur tranquillité!

Marty n'était pas encore certain de vouloir s'embarquer dans une telle aventure, mais lorsqu'il fit part de ses inquiétudes à son ami, celui-ci se contenta de se moquer de lui.

— Comment se porte ta quincaillerie? Ton chiffre d'affaires a-t-il augmenté depuis l'installation de ce super-marché presque en face de chez toi?

Marty baissa la tête.

— Tu sais bien que je ne vends plus rien. Toi non plus d'ailleurs.

— Okay, alors réfléchissons un peu. Deux gars sympathiques, comme toi et moi, possèdent l'un un petit commerce de quincaillerie et l'autre un magasin de vins et liqueurs qui leur assurent une existence confortable jusqu'au moment où une grande surface s'implante dans leur rue. Une grande surface qui n'a pas de problème de parking et dont la galerie marchande est très bien achalandée. Leur chiffre d'affaires s'effondre et, bien entendu, les banques deviennent brusquement très méfiantes à leur égard lorsqu'ils envisagent de se moderniser ou, tout simplement, de déménager.

« Mais, ajouta-t-il, en montrant le lac du doigt, voilà que par le plus grand des hasards, le destin – la main de Dieu – leur indique où se trouve quantité d'argent suffisante pour résoudre d'un seul coup tous leurs problèmes, et tu voudrais qu'ils aillent prévenir les flics? Tu dois être devenu fou, Marty! Ce n'est pas possible autrement...

Marty médita quelques instants avant de répondre.

— Il faudrait beaucoup de matériel pour tirer cette voiture de là où elle est. Tu as dit toi-même qu'il y avait au moins vingt mètres de fond. Comment comptes-tu mener à bien une telle opération sans attirer l'attention des gens?

— Qui t'a parlé de remonter la voiture? Je ne vois pas ce qu'on en ferait et les cinq types à l'intérieur seraient bien encombrants. Une simple plongée pour récupérer les sacs suffira, Marty. N'as-tu donc jamais vu Mike Nelson à la télévision? Tu sais le gars qui plonge n'importe où avec pour tout matériel un masque et une bouteille d'air.

Marty sourit ironiquement.

— Bien sûr, mais je ne suis pas Mike Nelson et tu ne l'es pas non plus. Pour ma part, je ne connais rien à la plongée et je parie que tu es aussi ignorant que moi dans ce domaine.

— Okay, concéda volontiers Devlin, mais nous ne risquons rien à aller nous renseigner. Dès notre retour en ville, nous irons voir un professionnel.

Un rayon de soleil filtra à travers les persiennes.

— La pluie s'est arrêtée, constata Marty d'un air absent.

— Un présage favorable? suggéra son ami.

Il se leva et finit sa boîte de bière.

— Retournons à la pêche comme si rien ne s'était passé.

47

C'est encore le meilleur moyen de ne pas éveiller les soupçons.

***

Le hall du magasin dans lequel ils entrèrent avait cet air nonchalant de désordre des établissements qui commercent avec la jeunesse et le monde du sport. Apparemment aucune logique n'avait présidé à l'exposition des divers matériels proposés au public et rien n'avait été fait pour attirer l'œil du client sur un objet ou sur un autre.

Dans le fond de la boutique, une rangée de bouteilles étaient appuyées contre un mur de béton brut et un employé était en train d'en remplir une à l'aide d'un compresseur. Un groupe de jeunes gens faisaient cercle autour de lui et discutaient avec animation.

Marty et Phil s'accoudèrent au comptoir et feuilletèrent un catalogue en attendant que l'employé fût libre de s'occuper d'eux.

— Nous envisageons d'apprendre la plongée, expliqua Phil lorsque l'autre leur eut demandé ce qu'ils désiraient. Nous avons vu sur votre enseigne que vous organisiez des stages de formation.

— C'est exact. Il y en a un qui commence lundi justement, à la piscine du YMCA [1].

Il les regarda du haut en bas et ses yeux s'arrêtèrent un instant sur l'estomac proéminent de Marty.

— Pour faire de la plongée, il est nécessaire d'être en bonne condition physique, ajouta-t-il d'une voix dubitative.

Marty sourit et se caressa le ventre avec complaisance.

— Si c'est ceci qui vous inquiète, n'ayez crainte, il n'y a pas de risque.

— Oh, pour ma part, je n'ai aucune inquiétude, Monsieur. Mais vous même, vous devriez peut-être en avoir.

— De quoi avons-nous besoin pour participer à ce stage? questionna Phil.

---

1. **Association des jeunesses chrétiennes** *(N.d.T).*

— Nous fournissons le matériel, mais si vous préférez vous pouvez apporter le vôtre.

Après un marchandage de pure forme, Marty et Phil s'inscrivirent pour le prochain stage et firent l'acquisition d'un matériel de plongée complet, le tout pour deux cents dollars chacun.

— C'est okay pour toi, gémit Marty lorsqu'ils furent remontés en voiture, mais tu ne sais pas ce que c'est que d'avoir une femme qui contrôle chaque centime qui entre ou qui sort dans la maison. Francine va s'apercevoir que j'ai dépensé 200 dollars et elle ne me laissera pas tranquille tant que je ne lui aurai pas dit à quoi je les ai utilisés.

— Cette affaire doit rester entre nous, Marty. En parler à quiconque serait à la fois inutile et dangereux.

— D'accord, mais il va me falloir quand même trouver une excuse pour Francine.

— Mon comptable travaille à mi-temps au service municipal des Impôts. Je me débrouillerai pour qu'il m'obtienne un formulaire vierge, je le remplirai pour toi, y apposerai un coup de tampon « PAYE » et le tour sera joué.

Marty réfléchit pendant une minute ou deux.

— C'est une excuse pas plus mauvaise qu'une autre, je suppose...

Il secoua la tête. Ce n'était pas si simple qu'il leur avait semblé au premier abord. Ils n'étaient qu'à vingt mètres de tout cet argent et déjà les choses se compliquaient. Il ne serait pas facile de convaincre Francine, même avec une fausse feuille d'impôt.

Quelques jours plus tard, au petit déjeuner, Marty Pollard se rendit compte que la tâche allait être encore plus ardue qu'il l'avait imaginé. Malgré son apparence fragile, Francine n'était pas du genre à s'en laisser compter et lorsqu'elle montait sur ses grands chevaux, son mari préférait généralement faire le gros dos et laisser passer la tempête.

Ce matin-là, le temps était à l'orage et elle annonça d'emblée la couleur en jetant sur la table le faux reçu du Service des Impôts.

— Tu es allé au Bowling, hein? Il y a peut-être un

nouveau Bowling à la piscine du YMCA? Et ça, qu'est-ce que c'est Marty? J'ai téléphoné à la mairie et personne n'a pu me répondre! Tu me prends pour une idiote, ou quoi? Tu espérais sans doute que je ne remarquerais pas le matériel de plongée que tu as caché dans la pièce du fond! A ton âge Marty! Es-tu devenu fou? Nous arrivons à grand-peine à joindre les deux bouts et voilà que Monsieur se découvre une nouvelle passion. Et pas une passion bon marché, non, cela aurait été trop beau! Deux cents dollars, rien que ça, car c'est à cela qu'ils ont servi ces deux cents dollars, hein Marty? Réponds-moi!

— Laisse-moi t'expliquer, Francine...

Il n'avait pas la moindre idée de la manière dont il allait se sortir de ce mauvais pas. Francine se croisa les bras et le regarda avec fermeté.

— J'attends, Marty! Je suis prête à t'écouter. Lorsque tu es revenu de ce congrès à Atlantic City et que j'ai découvert un nom de femme suivi d'un numéro de téléphone dans ton agenda, j'ai été raisonnable, n'est-ce pas? Je t'ai laissé te défendre.

— Mais tu ne m'as pas cru...

— La question n'est pas là. Allez, vas-y, explique toi.

Phil ne comprendrait jamais. Un célibataire ne pouvait pas comprendre ces choses-là.

— C'est bien, Francine, murmura-t-il d'une voix résignée. Quand Phil et moi nous sommes allés à la pêche, nous avons...

— Elle était brune ou blonde? l'interrompit sa femme d'une voix grinçante.

Il poursuivit comme s'il n'avait pas entendu sa remarque.

— Tu as lu dans les journaux cette histoire de cambriolage à la banque de Flintville, n'est-ce pas?

L'expression de Francine ne changea pas immédiatement, mais le sang sembla se retirer lentement de son visage.

— Marty, Phil et toi, vous n'êtes pour rien dans cette... Ce n'est pas vous que la police recherche?

— Non, Bien sûr que non! Cambrioler la banque? Phil et moi? A quoi penses-tu?

— Alors où veux-tu en venir? J'espère que ton histoire est au moins plausible!

Marty inspira profondément, poussa de côté sa tasse de thé et lui raconta tout, en commençant par l'accident auquel ils avaient assisté par hasard.

Quand il eut terminé, sa femme le regardait fixement, la bouche ouverte et les yeux exorbités. Il n'aurait pu l'affirmer avec certitude, mais au fond de ses prunelles il crut déceler une faible lueur de respect.

— Et voilà, conclut-il. Phil et moi, nous prenons des leçons de plongée afin de pouvoir aller récupérer cet argent. c'est Phil qui en a eu l'idée. Moi, je voulais aller à la police et...

— A la police! l'interrompit sa femme avec indignation. La plus grosse affaire que tu aies jamais rencontrée et tu aurais voulu aller prévenir les flics? Tu étais devenu fou, ce n'est pas possible.

C'était drôle, songea Marty. Elle avait eu exactement la même réaction que Phil.

Francine sortit avec précipitation et revint presque aussitôt avec une brassée de journaux qu'elle posa devant elle après avoir fait un peu de place. Puis, armée d'une paire de ciseaux, elle entreprit de les feuilleter un à un en découpant les articles concernant le cambriolage.

— Regarde celui-ci, déclara-t-elle au bout de quelques minutes, les yeux brillants d'excitation :

« Des bandits qui semblent avoir disparu comme par magie. La police désespère de retrouver leur trace. »

— On dit que le FBI ne renonce jamais, hasarda Marty. Pour eux une affaire n'est close que lorsque les coupables sont sous les verrous.

Francine sembla ne pas l'avoir entendu.

— As-tu lu cet article, Marty? Le journal de mercredi dernier affirme que la police de Flintville cherche des indices sur la route qui longe le lac. Ils envisagent la possibilité d'un accident.

— Je l'ai lu. Celui de vendredi dit qu'ils n'ont rien trouvé. Mais le FBI ne renonce jamais, Francine, et...

— Mais mon chéri, Phil et toi, vous n'êtes pour rien dans le cambriolage de cette banque! Qu'y a-t-il d'illégal à trouver un trésor au fond d'un lac?... Quand avez-vous

51

l'intention d'y aller? questionna-t-elle en se penchant à nouveau sur sa pile de journaux.

— Le lac est profond à l'endroit où se trouve la voiture. Une vingtaine de mètres au moins d'après Phil, et notre moniteur nous a conseillé d'attendre la fin du stage avant de nous risquer à plonger seuls. Nous avons prévu de retourner au lac demain afin de mesurer la profondeur exacte à laquelle nous devrons descendre.

— J'irai avec vous.

Marty se sentit pâlir.

— Ce n'est pas possible, ma chérie! Je veux dire... Phil et moi, nous avions juré de ne rien dire à personne. Il va être furieux s'il découvre que tu es au courant de...

— Je me moque bien des états d'âme de M. Phil Devlin, l'interrompit Francine en haussant les épaules. Il aurait dû savoir qu'un mari n'a pas de secret envers sa femme.

— Essaie un peu de comprendre, Francine!

— C'est plutôt toi qui devrais essayer de comprendre, Marty. As-tu réfléchi au fait que ton vieil ami avait peut-être une idée derrière la tête lorsqu'il t'a demandé de garder ce secret entre vous deux?

— Une idée? De quoi veux-tu parler?

— C'est pourtant évident, non? Il suffit de regarder les choses d'une manière concrète. D'un côté des centaines de milliers de dollars et de l'autre M. Phil Devlin en qui je n'ai jamais eu confiance.

— Phil? Mais c'est mon meilleur ami! Pourquoi n'aurions-nous pas confiance en lui?

— Je ne sais pas. C'est difficile à définir. Une impression vague... Je pense que c'est dans ses yeux. Il ne vous regarde jamais en face.

— C'est la chose la plus absurde que j'aie jamais entendue!

Mais, en y réfléchissant, il dut bien admettre que lui aussi avait ressenti une méfiance indéfinissable à l'égard de son ami. Une méfiance qui remontait au moment où il avait donné ce coup de pied dans les tibias au commissariat de police de Flintville.

A huit heures, le lendemain matin, Francine et Marty s'arrêtèrent devant la maison de Phil Devlin. Marty klaxonna à contrecœur et Phil sortit immédiatement. Son regard alla de l'un à l'autre et il monta à l'arrière de la voiture en claquant la portière avec une violence inutile.

— Elle sait? questionna-t-il avant même de leur avoir dit bonjour.

Francine tourna la tête et lui jeta un regard glacé.

— Elle sait.

— Nous nous étions mis d'accord pour que cette affaire reste entre nous, Marty, fit-il remarquer comme si Francine n'avait pas été là.

— Je... je n'ai pas pu m'en empêcher, Phil.

— Pourquoi toutes ces cachoteries? s'étonna Francine d'une voix ironique. Vous n'auriez pas mijoté un petit coup fourré par hasard?

— Francine! s'exclama Marty. Tu n'as pas le droit de parler ainsi à Phil!

— Ah bon? Rgarde-le donc, Marty! Il suffit de le regarder pour voir que j'ai touché juste!

— C'est exactement ce que je craignais! répliqua Phil en contenant avec peine sa colère. Elle commence déjà à vouloir faire des histoires.

— Des histoires?

— Oh, arrêtez de vous battre tous les deux! l'interrompit Marty. Cela ne sert plus à rien maintenant. Elle est au courant et il faudra bien que tu t'en accommodes, Phil.

Il jeta un coup d'œil furtif dans le rétroviseur. Phil semblait anormalement contrarié par la présence de Francine. Après tout, c'était peut-être elle qui avait raison. elle avait toujours eu plus d'intuition que lui.

Lorsqu'ils arrivèrent à l'endroit de l'accident, il n'y avait aucun autre bateau sur le lac et la route était déserte. Devlin coupa le moteur et regarda autour de lui.

— C'était bien ici, n'est-ce pas Marty?

Son ami hocha la tête et posa sa canne sur le plat-bord en laissant filer sa ligne qu'il avait lestée avec un poids en plomb.

Au bout de quelques secondes son moulinet n'offrit plus de résistance et il fit un petit nœud sur la ligne avant de la remonter.

— On peut rentrer, déclara-t-il dès qu'il eut terminé l'opération. Nous la mesurerons à la cabane, ce sera plus facile.

A leur retour, une surprise les attendait. Une voiture était garée à côté de celle de Marty et lorsqu'ils tirèrent leur barque sur la rive, un homme descendit vers eux avec une souplesse étonnante pour sa corpulence. Il était à mi-talus lorsque Marty le reconnut.

— Lequel d'entre vous s'appelle Phil Devlin? demanda le capitaine Cleary d'une voix habituée à donner des ordres.

— C'est moi, répondit Phil en descendant à terre, une amarre à la main. Qui êtes-vous?

— Capitaine Cleary, de la police de Flintville, répondit-il en sortant de sa poche une carte plastifiée et les regardant tous les trois comme s'il prenait note mentalement de chaque détail de leur visage.

— La police? répéta Devlin faiblement.

— Oui, c'est le vendeur du magasin d'articles de pêche au petit hameau sur la route en venant de Flintville qui m'a donné votre nom. Il affirme que vous lui avez acheté des cuillers le cinq de ce mois.

Devlin grimaça un sourire.

— Aucune loi interdit l'achat des cuillers, non?

Cleary fit comme s'il n'avait pas remarqué le ton agressif de la réponse.

— Vous avez entendu parler, je suppose, du cambriolage à la banque de Flintville, n'est-ce pas?

— Qu'est-ce que cela a à voir avec moi — avec nous?

— C'est une affaire complexe. Ce cambriolage a eu lieu le 6 et je me demandais simplement si par hasard vous n'aviez pas été à la pêche ce matin-là?

Phil se gratta la tête.

— Le 6, dites-vous... C'est le jour où nous sommes sortis ensemble, n'est-ce pas Marty? Oui, je m'en souviens maintenant. Il pleuvait et le poisson se refusait obstinément à mordre. Nous aurions mieux fait de rester tranquillement à la maison.

— Auriez-vous remarqué quelque chose d'inhabituel? Une voiture ou un bateau avec cinq types à bord?

— Non... Nous n'avons rien vu, même pas l'ombre d'une perche!

— Nous sommes revenus bredouilles, renchérit Marty. La première fois depuis longtemps. Je...

Un policier en uniforme apparut au coin de la cabane de pêche et descendit vers eux.

— Des indices, mon Capitaine?

— Non, toujours rien, Holman.

Le policier tourna la tête vers Devlin et fronça les sourcils. Il s'arrêta à côté de Cleary et, en découvrant Marty, son froncement de sourcils s'accentua.

— Je vous ai déjà vus quelque part tous les deux, non?

— Nous? s'étonna Marty d'une voix étranglée.

Le sergent se frotta le menton dubitativement.

— Oui. Vous étiez au commissariat le matin où la banque a été cambriolée. On vous avez volé quelque chose dans votre voiture.

Le regard de Devlin s'illumina.

— Ah oui, maintenant que vous le dites, je m'en souviens! Nous pensions qu'on nous avait volé du matériel, mais finalement nous l'avons retrouvé ici, à la cabane, n'est-ce pas Marty?

— C'est cela. C'est cela même, acquiesça Marty. Nous les avions simplement laissés ici.

— Vous pêchiez tous les deux ce matin-là, murmura pensivement le capitaine en regardant Marty. A propos, Monsieur, quel est votre nom?

— Moi? Oh, Marty. Party Mollard – je veux dire Marty Pollard... Et Madame est ma femme, Mme Mollard – euh Pollard.

Les deux policiers saluèrent machinalement, puis le capitaine soupira et prit une carte de visite dans la poche de sa veste.

— Bien, déclara-t-il en la tendant à Devlin, si jamais vous vous souvenez de quelque chose, d'un détail auquel vous n'auriez pas prêté attention sur le moment, n'hésitez pas à nous contacter.

Tandis que le trio finissait d'amarrer la barque, les deux policiers remontèrent à leur voiture et, au passage, le sergent jeta un coup d'œil rapide à l'intérieur de la berline de Marty.

— Allons-y, Holman, grommela Cleary en ouvrant sa

55

portière, nous avons encore beaucoup de gens à voir.

— Tu crois qu'ils ont des soupçons, Phil? questionna Marty d'une voix anxieuse, dès que la voiture des policiers se fut éloignée.

— Pourquoi en auraient-ils? Ils sont dans le brouillard et ils cherchent à se raccrocher au moindre indice. Ils ont autant de chances de deviner la vérité que moi de monter un jour sur la lune. Venez, allons mesurer cette ligne.

Les cinq bandits et leur butin n'étaient pas sous vingt mètres d'eau, mais sous trente. Au cours de la séance suivante de leur stage, Phil et Marty demandèrent à leur moniteur si une plongée à une telle profondeur n'était pas dangereuse pour des débutants comme eux.

Le jeune homme réfléchit un instant avant de leur répondre.

— Pour vous, monsieur Devlin, je ne serais pas inquiet. Vous avez la plongée dans le sang. Par contre, je n'en dirais pas autant pour M. Pollard. C'est une question de don. On l'a ou on ne l'a pas.

— Tu pourrais rester dans le bateau, suggéra Phil ce soir-là tandis qu'ils rentraient chez eux. Après tout, il n'est pas indispensable d'être deux pour récupérer ces sacs.

A sa propre réaction, Marty se rendit compte que les remarques de Francine au sujet de Phil avaient laissé une trace plus profonde qu'il ne l'avait pensé.

— Tu pourrais ainsi « oublier » d'en remonter une partie et y retourner plus tard! répliqua-t-il d'une voix acerbe. C'est inutile d'insister, Phil, et n'essaie pas d'y aller sans moi non plus. Je t'ai à l'œil.

Son ami devint brusquement écarlate.

— Pour qui me prends-tu? Pour une fripouille peut-être?

— Je désire simplement que les choses soient claires entre nous. Pas de coups fourrés.

— Tu te moques de moi?

— Je suis très sérieux au contraire. A la moindre tentative pour me doubler, je vais tout raconter aux flics.

Devlin freina brusquement et attrapa Marty par les revers de sa veste.

— Ne commence pas à me menacer, mon petit Marty, sinon ça va mal tourner! Quand nous étions gosses, j'étais capable de te rosser et je le suis encore.

— Enlève tes pattes sales de ma veste!

D'un geste brutal il chercha à se dégager et, dans la brève lutte qui s'ensuivit, sa chemise se déchira de haut en bas. L'incident les ramena immédiatement à la raison. Devlin le lâcha et reprit son volant en s'excusant d'un air embarrassé.

— Pardonne-moi, Marty. J'ai perdu mon sang-froid.

— Non, c'est moi qui ai eu tort, Phil. Je n'aurais pas dû te dire cela tout à l'heure.

Mais un abîme s'était creusé entre eux et ce n'était pas un sourire ou une excuse qui leur rendrait leur amitié perdue. Ensuite, les semaines s'écoulèrent lentement et la fin du stage approcha. Marty avait raconté à Francine ce que leur moniteur leur avait dit et les séances suivantes ne firent que confirmer son jugement à leur égard. Leçon après leçon, Phil s'avérait l'élève le plus doué du groupe.

Les soupçons de Francine ne faisaient que s'amplifier et, peu à peu, Marty se laissa convaincre.

— Comment pourrions-nous empêcher Phil d'y aller en cachette et de prendre l'argent? demanda-t-elle un soir à Marty alors qu'ils se tournaient et se retournaient dans leur lit sans réussir à trouver le sommeil.

Ils avaient décidé d'effectuer le travail de nuit à l'aide d'un puissant projecteur dont ils avaient fait l'acquisition quelques jours plus tôt.

— Je lui ai dit que je préviendrais la police s'il essayait de nous doubler, objecta faiblement Marty.

— Et alors? Phil n'aura qu'à leur dire qu'il ne sait pas de quoi tu parles et c'est toi qui seras le dindon de la farce!

— Il n'oserait pas y aller tout seul. C'est profond. C'est...

Nerveusement, Marty repoussa ses couvertures et se leva. Certes, trente mètres, ce n'était pas rien et il y avait un certain risque, surtout pour un plongeur solitaire. Mais le butin des bandits avait été estimé à près de cinq cent mille dollars. Phil hésiterait-il vraiment avec une telle

57

somme en jeu? Après tout, pourquoi serait-il désireux de partager ce pactole avec lui?

D'un geste impulsif, il décrocha le téléphone et composa le numéro de son ami.

— Nous allons bien voir s'il y a ou non anguille sous roche!

A l'autre bout du fil, la sonnerie résonna quatre ou cinq fois et Marty commença à se sentir mal à l'aise.

— Il est peut-être endormi...

Pour toute réponse, Francine le regarda d'un air sarcastique.

Il laissa sonner une ou deux fois encore et reposa le combiné avec brutalité.

— Il a intérêt à avoir une bonne excuse! s'exclama-t-il en s'habillant à la hâte.

— Où vas-tu?

— Chez Phil. S'il n'y est pas, j'irai au lac!

Il sortit en coup de vent et Francine lui jeta un « Sois prudent! » vaguement inquiet. C'était une nuit sans lune, tiède et paisible. Une nuit idéale pour une plongée en solitaire.

Lorsqu'il atteignit sa voiture et qu'il posa la main sur la poignée de la portière, il y eut un bruissement de feuilles dans les buissons derrière lui. Il se retourna, scruta la pénombre et découvrit une silhouette appuyée contre un tronc d'arbre. Aussitôt il se raidit.

— Un peu tard pour une promenade, observa Phil Devlin d'une voix froide en sortant de sa cachette. Ce ne serait pas plutôt toi qui essaierais de me doubler, par hasard? J'ai beaucoup réfléchi depuis quelque temps...

— Que fais-tu ici? J'ai appelé chez toi et comme personne ne répondait, je me suis imaginé que tu...

— A qui parles-tu, Marty? questionna Francine depuis le seuil de la maison. Que se passe-t-il?

— C'est Phil.

— Phil? Que fait-il donc ici?

— Il dit qu'il me soupçonnait de vouloir le doubler.

Par un accord unanime, il fut décidé que Phil coucherait le soir même dans la chambre d'amis des Pollard. Tandis que Francine lui préparait son lit, Phil suggéra :

— Nous devrions envisager cette plongée dans une

58

dizaine de jours, Marty. D'ici là nous pourrons nous surveiller mutuellement.

— Je me sens un peu idiot dans toute cette histoire, remarqua son ami avec embarras.

— Il vaut mieux être idiot que dupe, répliqua Francine.

Devlin hocha la tête, leur souhaita bonne nuit et lorsqu'ils furent sortis, il ferma la porte à double tour.

Le lendemain matin, ils prirent leur petit déjeuner ensemble. Tous les trois avaient les yeux gonflés et rouges.

— Avez-vous bien dormi? demanda poliment Francine à leur invité.

— Comme un loir!

— Nous aussi, répondit-elle sans le moindre humour en posant devant lui une assiette avec deux œufs au bacon. Bon appétit, ajouta-t-elle en allant chercher les siens et ceux de Marty.

Phil sourit d'un air narquois.

— Un petit déjeuner de roi! Surtout pour un pauvre célibataire comme moi.

Sur ces mots, il changea d'assiette sans façon avec Marty et attaqua ses œufs de bon cœur.

Marty en ressentit une étrange tristesse. Son amitié d'enfance avec Phil n'était plus qu'un souvenir et, comme pour parachever son œuvre, Francine, deux jours plus tard, lui révéla qu'elle avait fait une découverte troublante dans la voiture de Phil.

— Il a un poignard, Marty! Caché sous le siège avant. L'un de ces poignards dont j'ai vu la photo dans tes livres de plongée. Pourquoi a-t-il acheté cette arme? Il n'y a ni requin ni pieuvre dans le lac!

— Tu es sûre?

— Certaine! Ai-je l'air de quelqu'un capable de confondre une clef anglaise et un poignard?

Le lendemain, Marty alla trouver Phil qui lisait tranquillement son journal dans le petit jardin devant la maison.

— Le moniteur estime qu'il est utile d'avoir un poignard sur soi, attaqua-t-il aussitôt avec un peu d'embarras.

Phil répondit sans lever les yeux de son journal :

— Peut-être, mais je n'en vois guère l'utilité dans notre

cas. Nous n'aurons qu'une seule plongée à faire et une fois au fond, notre travail se limitera à l'ouverture d'une portière.

Pour la dernière séance du stage, une sortie en extérieur avait été programmée. Ceci afin que les stagiaires aient au moins une fois l'occasion de descendre en dessous des quatre mètres de la piscine du YMCA. C'était une sorte de test, un examen final conditionnant l'obtention du brevet.

Et Phil avait acheté un poignard...

— Pose-lui la question franchement, Marty, lui conseilla Francine.

Son mari se frotta le menton pensivement.

— Non, je ne pense pas que cela soit nécessaire.
— C'est de la folie! Il...

Marty serra les mâchoires et la regarda avec une sinistre détermination.

— Je ne lui dirai rien, Francine, mais demain j'irai acheter un poignard moi aussi.

*\*\**

Le grand jour, ou plutôt la grande nuit, arriva enfin. Après un dîner frugal, Marty, Phil et Francine chargèrent la voiture et prirent la route du lac. Le temps était idéal. Il n'y avait pas un nuage dans le ciel et l'air bruissait du chant des grillons et du coassement des grenouilles.

Mais l'humeur du petit groupe n'était pas à l'unisson de ce calme bucolique. Pendant tout le trajet une tension inquiétante avait régné entre eux et elle ne s'atténua pas pendant le transfert de leur matériel du coffre de la voiture jusqu'à la barque de Phil. Par précaution, ils emportèrent également une canne à pêche. Si, par hasard, ils croisaient un bateau, Francine ferait semblant de pêcher. Marty et Phil vérifièrent une dernière fois le fonctionnement du projecteur et le trio monta à bord de la petite embarcation. Pendant que Phil démarrait le moteur, Marty fixa son poignard à sa ceinture.

Phil tourna la manette de gaz et regarda son ami en fronçant les sourcils.

— Quand t'es-tu procuré ça?

— Ce poignard? Oh, je ne m'en souviens plus exactement. J'ai pensé qu'on pourrait en avoir besoin. On ne sait jamais. Tu en as un également, non?
— Oui...
Phil jeta un coup d'œil dans la pénombre à ses deux compagnons, et, en jetant le mégot de sa cigarette, sa main effleura la poignée de son propre poignard.

Ils eurent quelque peine à localiser l'emplacement de l'accident, mais finalement le faisceau de leur projecteur accrocha le rocher qu'ils avaient pris soin de placer sur la rive quelques jours plus tôt.

Phil coupa le moteur et, presque aussitôt, dans le silence qui s'ensuivit, ils perçurent un autre bruit de moteur à quelque distance, vers le large. Une lampe torche troua la pénombre de la nuit et une voix asssourdie leur parvint :
— Ça mord?
— Ce n'est qu'un pêcheur, chuchota Marty.

Il mit ses mains en porte-voix et il lui répondit aussi naturellement que possible.
— Non. Il n'y a rien par ici.
— Okay, merci. Nous allons essayer de l'autre côté du cap.

L'inconnu remit les gaz et, tandis qu'il s'éloignait, Phil laissa filer son ancre par-dessus bord.
— J'espère que nous ne serons plus dérangés, remarqua-t-il en se tournant vers Marty. Tu es prêt?

Marty finit de boucler son harnachement et mit son masque.
— On peut y aller quand tu veux.
— Il va falloir les trouver rapidement. A une telle profondeur nous ne pourrons pas rester plus de quelques minutes en bas si nous ne voulons pas avoir des problèmes de décompression en remontant. Par ailleurs, il vaudra mieux que nous ne traînions pas trop longtemps ici lorsque nous aurons récupéré le fric.

Marty haussa les épaules.
— Nous avons fait au moins une dizaine de répétitions...

Cette fois-ci, le moment était venu. Ils allaient réellement descendre et il se demanda à quoi pouvait bien penser Phil en cet instant crucial.

Le bruit du moteur de l'autre bateau s'était estompé au loin et les deux hommes se laissèrent glisser dans l'eau le long de la chaîne d'ancre. Leur puissant projecteur éclairait la pénombre en-dessoux d'eux et lorsqu'ils atteignirent le fond, un petit nuage de vase monta à l'endroit où leur ancre s'était fichée dans le sol. La visibilité était meilleure que Marty ne l'avait imaginée. Phil fit tourner lentement le faisceau de son projecteur et, par un coup de chance extraordinaire, ils découvrirent la voiture à quatre ou cinq mètres seulement où ils se trouvaient.

Elle était posée sur ses roues, comme si elle avait été simplement garée là par un chauffeur imprévoyant. En quelques coups de palmes, ils l'atteignirent et choisirent chacun une portière. Celle de Marty s'ouvrit avec une facilité surprenante et, ce faisant, un petit courant se forma entraînant un cadavre dans son sillage. Un deuxième corps était déjà sorti à demi lorsqu'il réussit à rattraper le premier. Phil le repoussa à l'intérieur, mais dans l'opération son projecteur lui échappa.

Dans le noir, Marty frissonna au contact d'une main glacée et, luttant contre la nausée, il réinstalla le cadavre à côté de celui que Phil était en train d'attacher avec sa ceinture.

Tandis qu'ils étaient ainsi, à l'intérieur de l'habitacle en compagnie des cinq corps et des deux grands sacs en toile de jute, le faisceau du projecteur bascula et un éclat métallique attira le regard de Marty. Aussitôt, une brusque certitude l'envahit. Phil avait son couteau à la main! Pris de panique, il dégaina le sien et essaya fébrilement de se dégager. Au même moment, Phil se retourna...

Le coup fut porté sans même qu'il s'en rende compte. La lame glissa entre les côtes de son ami et un filet noir se mêla à la poussière de vase qui les entourait.

Mécaniquement, il dégagea son poignard et une fois dehors, referma la portière. Le projecteur était à ses pieds. Il le ramassa et en dirigea le faisceau à travers la vitre. L'intérieur de la voiture n'était qu'une masse informe et enchevêtrée, mais il n'avait pas besoin de les compter pour savoir qu'il y avait maintenant six corps...

C'était de la faute de Phil! Il avait tiré son poignard le

premier... Mais, l'avait-il vraiment tiré? L'éclat métallique avait-il pu provenir d'un autre...

Il était trop tard pour se poser la question. Il fallait qu'il récupère les sacs et remonte à la surface s'il ne voulait pas être obligé de faire des paliers de décompression.

Il rouvrit la portière, s'empara du butin avec fébrilité, referma soigneusement et retourna en nageant jusqu'à la chaîne d'ancre à laquelle il fixa les deux grands sacs avant d'entreprendre une lente remontée.

Sa tête émergea à côté de la barque. Il retira l'embout de sa bouche, remonta son masque sur sa tête et déposa le projecteur dans la barque.

— Marty? chuchota Francine. C'est... c'est toi, Marty?
— C'est moi.

Il agrippa le plat-bord à deux mains et s'efforça tout d'abord de reprendre son souffle.

— Vous avez retrouvé la voiture?

Il y eut un clapotis à quelque distance, vers la côte. Un poisson, sans doute, qui cherchait sa pitance dans cette jungle aquatique.

— Oui, nous l'avons retrouvée, murmura-t-il en haletant.

Six hommes, songea-t-il, roulaient désormais vers l'éternité. Cinq gangsters et un félon... Il était certain maintenant que Phil avait essayé de le poignarder.

— Et l'argent?
— Les sacs sont en bas, attachés à la chaîne.

Soudain, la lumière d'un projecteur les frappa avec la violence d'un coup de poing. Des rames se mirent à cliqueter dans leurs dames de nage et une voix, pas vraiment familière, mais facilement identifiable, ordonna:

— Police! Restez là où vous êtes!

Quelques secondes plus tard, un bateau les accosta. Il y avait trois hommes à son bord. Le capitaine Cleary, le sergent Holman plus un plongeur équipé d'une bouteille et d'une combinaison.

— Nous avions raison, Holman, déclara simplement Cleary.

Marty fut hissé hors de l'eau sans trop de ménagement et se retrouva au fond de la vedette de police, complètement hébété par la rapidité inattendue des événements.

63

— Comment... que... c'était vous tout à l'heure?
— C'était nous. Nous vous avions suivis et lorsque vous avez coupé votre moteur, vous avez entendu le nôtre, alors nous avons été obligés de vous répondre.
— Voulez-vous que je descende, mon Capitaine? questionna le plongeur.
— L'autre ne devrait pas tarder à remonter. Nous allons l'attendre.
— Mais, comment avez-vous...? insista Marty.
— Nous avons commencé à avoir des soupçons le jour où Holman a remarqué votre matériel de plongée à l'arrière de votre voiture. Comme les bandits ne réapparaissaient nulle part, nous avons pensé qu'il leur était peut-être arrivé un accident, mais il nous aurait été impossible de draguer le lac sur toute la longueur où la route longe la côte. Ensuite nous nous sommes souvenus de votre visite au commissariat le jour du cambriolage de la banque et de votre départ précipité. Le reste a été un jeu d'enfant. Nous avons mené une petite enquête et nous n'avons eu guère de peine à découvrir que vous aviez tous les deux des problèmes financiers et que vous vous étiez inscrit à un stage de plongée. Nous avons donc décidé de vous surveiller discrètement. Si nous vous avions embarqués pour vous interroger, vous auriez pris peur et vous auriez sans doute tout nié.

Marty jeta un coup d'œil à Francine qui était restée dans la barque de Phil.
— Où est votre copain? questionna Holman. Pourquoi n'est-il pas encore remonté?

Marty soupira et leva les yeux vers la voûte étoilée du ciel. Qui aurait jamais pensé que lui, Marty Pollard, un honnête commerçant, se serait fourré un jour dans un tel pétrin?
— Peut-être devriez-vous demander à votre plongeur de descendre, capitaine. Je crains que mon ami ait besoin d'aide...

*The deep six*
Traduction de L. de Pierrefeu

© Droits réservés.

# Et maintenant, adieu!

par

Gil BREWER

Lili Southern était un morceau de roi. De plus, elle avait pas mal de belles relations; aussi Al Walters ne comprit-il pas, au début, pourquoi elle s'était jetée à sa tête. Certes, il devait reconnaître qu'il était beau, jeune, énergique et qu'il avait de son côté quelques petites relations. L'ennui, c'est que ces relations n'étaient que cela, petites, et le fait contribuait à dérouter Al parce que Lili était habituée à fréquenter de gros pontes. Que son riche protecteur fût actuellement en prison, pour vol qualifié, meurtre et un certain nombre d'autres motifs pouvait peut-être expliquer la chose.

Quand Al Walters songeait à ses finances, il ne pouvait se défendre d'une certaine amertume. Il disposait de très peu d'argent, mais cela ne semblait pas compter pour Lili. Elle avait témoigné qu'elle tenait beaucoup à lui, et le problème de l'argent ne s'était pas posé. D'autre part, Brent Morgan était en prison et n'en sortirait probablement pas avant longtemps, si même il en sortait jamais – il n'y avait donc pas à se faire de souci de ce côté-là. En outre, Lili avait cessé depuis longtemps toute visite à son ex-amant.

– J'aime ton métier. C'est formidable, lui dit Lili. Chaque fois que je t'imagine grimpant à la corde et t'élançant dans les airs, j'en ai la chair de poule.

– Ça remonte à un bon bout de temps, observa Al.

Ils se trouvaient chez elle, écoutant de la musique en buvant, pelotonnés sur le canapé. Elle portait une robe noire chatoyante, et ses longs cheveux blonds tombaient en boucles souples sur ses épaules. Al la détailla du haut en bas et se rapprocha un peu plus près. Il n'était jamais rassasié d'elle, quoiqu'il fût préoccupé par la question d'argent. Cette fille, Lili, était faite pour le fric.

— Serais-tu encore capable de le faire? demanda-t-elle.

— Quoi donc?

Il avala une gorgée d'un scotch coûteux en levant un sourcil interrogateur.

— Tu sais bien: des exercices de trapèze et tout ça, comme quand tu étais au cirque.

— A t'entendre, on dirait que c'était quelque chose d'extraordinaire.

— Ce devait être formidable quand même! Pourrais-tu encore le faire?

— Je suppose qu'il ne me faudrait pas longtemps pour retrouver la forme. Toutefois, j'espère n'avoir jamais à recommencer. Je me suis blessé une fois dans une chute, c'est pourquoi j'ai cessé. Et puis, aussi, je suis plus vieux.

— Est-ce que cela compte?

Il la regarda vivement, espérant n'avoir pas dit un mot de trop, et fit saillir l'un de ses biceps contre le bras de Lili.

— Ne t'en fais pas, c'est toujours solide.

— Oh, bien sûr! dit-elle. Rien ne t'oblige à reprendre le métier. Mais, bon sang, quand je pense que toi, qui es assis là tout près de moi, tu pourrais t'élancer dans le vide et grimper le long de toutes ces cordes, ça me souffle, je t'assure!

— J'ai fait aussi le cow-boy. Des numéros d'adresse, ajouta-t-il.

Lili but une petite gorgée. Elle le regardait calmement par-dessus le bord du verre avec de grands yeux bruns écarquillés, aussi ensorceleurs qu'une nuit d'été.

Il était content qu'elle le regarde avec admiration... mais c'était une jolie fille qui coûtait bien cher. Il était continuellement fauché maintenant, et il savait que, s'il ne mentait pas au sujet de l'argent dont il disposait, en lui racontant qu'il en possédait beaucoup plus qu'il ne

pourrait jamais en avoir, elle le laisserait froidement tomber.
— Brent était très bien, à sa manière, disait-elle, mais il était incapable de plonger dans le vide ou de grimper à la corde raide. Il n'aurait jamais pu faire quelque chose comme ça. Ce n'est pas dans sa nature, voilà tout.
Elle mentionnait rarement Brent Morgan.
— Vous étiez vraiment intimes, toi et lui, je suppose?
— Oui. Mais tout ça c'est du passé maintenant. Tu le sais bien, chéri.
Elle but une autre gorgée..
— D'ailleurs, je préfère penser à toi... à nous. Nous sommes beaucoup plus intimes que je ne l'ai jamais été avec Brent.
— Ne me bourre pas le crâne, Lili. Tu ferais mieux de ne pas en parler.
— Oui, Brent et moi nous avons été vraiment intimes, et tout. Je sais des tas de choses.
Prenant enfin conscience d'un profond silence, Al dit :
— Tu sais des tas de choses?
Elle approuva brièvement :
— Des tas.
— Brent Morgan était quelqu'un, déclara Al. Même en prison, c'est encore quelqu'un.
— Il est fichu, dit-elle. Du reste, il est en prison jusqu'à la fin de ses jours.
Al était sûr qu'elle avait des secrets, beaucoup de secrets, des choses qu'il ne connaîtrait jamais. Brent Morgan était un gangster de haute volée, capable de faire n'importe quoi, tandis que Al, lui, se contentait de ramasser des miettes en trafiquant sur les bords.
— J'ai quelque chose à te dire, déclara Lili. Je crois qu'il est temps que tu saches. Je ne pouvais pas te le dire tout de suite. Il fallait que j'attende. Tu verras pourquoi.
Al posa son verre avec soin sur la table de cocktail devant eux. Il l'observa sans rien dire.
— Quelque chose qui concerne Brent et moi, reprit-elle. Quelque chose qui t'intéressera.
— Ah?

— Al, mon chéri, je sais très bien que tu n'as pas d'argent. Regarde les choses en face. Nous avons besoin d'argent, de beaucoup d'argent, et je ne vois pas comment tu pourrais t'en procurer.

Pour la première fois de la soirée, il n'eut aucune envie de parler.

— Alors j'ai trouvé un moyen d'y remédier, reprit Lili. C'est-à-dire, avec ton aide.

— Je vois, déclara Al.

Il ne voyait rien du tout. Il n'avait aucune idée de ce qui allait suivre, mais il espérait être à la hauteur.

— Il vaut mieux que tu boives un autre verre, dit Lili. Tu en auras besoin.

Elle le lui prépara, après s'être levée et dirigée vers le bar à l'autre bout de la pièce. Il avait suivi des yeux le mouvement des hanches dans le chatoiement de sa robe noire collante, en se demandant ce qu'elle avait à lui dire. Elle revint avec le verre, se laissa choir sur le canapé et se pelotonna plus près de lui qu'avant. Une de ses mains caressa les muscles de son bras. Il but et attendit.

— Il y a eu un vol dont personne n'a su qui l'avait commis, commença-t-elle. Le butin était gros et chacun a reçu sa part. Il en reste quand même beaucoup. L'affaire a eu lieu juste avant que Brent aille en prison.

— Et alors? questionna-t-il nonchalamment.

— C'était une très grosse somme.

Il la regarda.

— Combien?

— Près de trois cent mille dollars, quand tout le monde a eu touché ce qui lui revenait.

Il médita là-dessus un moment, puis émit un petit soupir. Une somme pareille, c'était un rêve.

— C'est Brent qui avait monté le coup, reprit Lili.

Il se tourna vers elle, intéressé.

— Il n'a été question de rien de tel au procès, n'est-ce pas?

— Oh, non! C'était impossible. Personne ne se doutait que c'était Brent qui avait monté le coup.

— Personne?

— Seulement la p'tite Lili.

Il resta assis sans bouger. Puis les idées qu'il ruminait rejoignirent le rêve et il se dit que c'était impossible.
— Tu ferais mieux de me dire tout, Lili.
— Eh bien, c'était un hold-up dans une banque. Quand tous ont été réglés sauf un — c'est-à-dire un homme en plus de Brent — Brent a planqué l'argent.
Al l'observait avec attention.
Elle cligna des yeux.
— Je sais où il l'a caché. Tu piges?
— Tu sais où Brent Morgan a caché près de trois cent mille dollars?
— C'est ça, oui.
Il commençait à se représenter ce qu'elle disait. Sidéré, il demanda, la voix rauque :
— Si tu sais où il est, pourquoi ne le prends-tu pas? Pourquoi ne l'as-tu pas pris depuis longtemps? Brent est en prison. Il ne peut te gêner.
— C'est là que tu interviens.
Il se tut, assimilant le peu qu'il savait.
Elle dit :
— Veux-tu m'aider à le prendre, Al? Nous aurons alors tout l'argent qu'il nous faut.
S'il voulait l'aider? C'était fou. Al pouvait à peine se contenir. Il se leva et se mit à aller et venir dans la pièce.
— Il y avait quelqu'un d'autre sur l'affaire?
— Un autre homme connaissait la cachette.
— Où est-il? Qui est-ce?
Elle fit un petit geste de la main.
— Oh! il a comme qui dirait disparu.
Elle but une gorgée.
— Tu n'as pas à te tracasser à son sujet.
— Où est caché l'argent?
— Je te montrerai. Il faut que nous y allions en voiture.
— Bébé, si tu me fais marcher...
— Tout cela est vrai, Al. Mais il fallait que j'attende d'être certaine que tu ne me racontais pas des blagues quand tu me disais à quel point tu m'aimais. Tu ne mens pas, n'est-ce pas?
Il l'entendait à peine, et c'est tout juste s'il sentit

qu'elle l'entourait de ses bras, l'embrassait. C'était la grande occasion. Il le sentait. On ne sait jamais quand ou comment une chose comme ça arrive. On attend seulement qu'elle se produise. Parfois on attend toute une vie pour rien, mais d'autres fois, comme maintenant, un beau jour, cela arrive tout d'un coup... Il fallait qu'il sache où était l'argent. C'était un sacré paquet. Mais il voulait être sûr qu'elle ne le faisait pas marcher.

— Où faudra-t-il aller? questionna-t-il.
— Très loin, répondit-elle.

Il vaudrait mieux que nous nous mettions en route. Le plus vite sera le mieux, à mon avis.

Ils roulèrent toute la nuit. Dans les faubourgs de la ville, elle insista pour qu'il achète un fusil et des cartouches. Un magasin d'articles de chasse était encore ouvert, aussi trouva-t-il ce qu'il voulait. Elle expliqua que, puisqu'ils allaient quitter les grandes routes pour s'enfoncer dans les montagnes de la Virginie occidentale, où il y a des bêtes sauvages, et qu'ils devraient quitter la voiture, elle ne voulait pas courir de risques. Al, lui-même, se sentit plus en sécurité avec le fusil à portée de la main.

Tout en conduisant dans la nuit, il réfléchit.

— Pourquoi n'as-tu pas pris l'argent depuis longtemps? Pour toi?
— Il est dans une grotte, répondit-elle. Je ne pouvais pas le prendre toute seule. Tu vas voir pourquoi.

Il jeta un coup d'œil à Lili. Elle était très sûre d'elle. Il avait dû bien mener son jeu pour qu'elle en vienne à lui parler d'une chose comme ça. Brent Morgan avait perdu une fille formidable quand il était entré en taule.

Néanmoins, il vaut toujours mieux se tenir sur ses gardes.

Ils s'arrêtèrent à une station-service pour prendre de l'essence, et Lili se rendit aux lavabos. Pendant qu'il l'attendait, Al se mit à réfléchir sérieusement. Elle revint, souriante, et ils poursuivirent leur route.

— Ce n'est plus très loin, dit-elle enfin. Tu vas voir.
— Je l'espère bien. Ces routes de montagne sont dangereuses la nuit.

La conduite était difficile; ils se trouvaient maintenant

sur des chemins qui s'élevaient en spirale autour de précipices ténébreux où il n'osait pas plonger le regard. Ils suivirent pendant quelque temps une rivière, puis s'engagèrent sur une pente raide.

— C'est ici que nous devons abandonner la voiture, lui dit-elle. La grotte est toute proche.

Ils gravirent une forte pente boisée, à travers un terrain rocheux tapissé d'une épaisse bruyère. Le jour se levait quand ils franchirent l'entrée de la grotte. C'était une vaste caverne, avec des amas de rochers montant jusqu'à la voûte. Des corniches et des escarpements déchiquetés les surplombaient; par-delà la caverne principale, on apercevait d'autres grottes obscures. Lili avait une torche électrique, mais le soleil matinal répandait une clarté jaune jusqu'au fond de la grotte qu'il éclairait très bien.

Ils s'enfoncèrent dans la caverne. Puis Lili s'arrêta à un endroit où des parois de pierre se dressaient dans la lumière diffuse. Al la regarda fouiller avec la crosse du fusil, puis ramener un lourd rouleau de cordage derrière les roches tombées.

— Il va falloir que tu te serves de ça, chéri. Elle se tourna et pointa le doigt vers le haut.

— Tu vois cette corniche?

Il hocha la tête, le cœur battant. Elle était tout en haut, à peine effleurée par un rai de soleil vagabond provenant de l'entrée de la grotte.

— L'argent se trouve là, dans une valise.

La respiration d'Al s'accéléra.

— Il y a deux corniches, précisa-t-elle. Tu vois celle qui est sur la droite? Il y a un rocher pointu juste au bord... Tu vois?

— Oui.

— Tu envoies une boucle de corde autour de ce rocher, tu grimpes jusqu'à la première corniche. Puis tu prends la corde et tu la lances en travers de ce gouffre, tout en haut, là où il y a une autre saillie rocheuse. Ensuite, tu n'as plus qu'à te lancer jusqu'à la corniche de gauche et prendre l'argent. Puisque tu es acrobate, tu dois pouvoir faire ça.

— Tu veux dire qu'un autre a été capable de le faire?

— Oui. L'autre homme, Al. Brent ne le pouvait pas, mais toi, tu le peux. Je sais que tu le peux. Brent avait pris ses dispositions pour que l'argent soit en lieu sûr. Personne n'était capable de le trouver.

— Ça, pour être en sécurité, il l'est!
— Peux-tu y arriver, Al?

Elle était très excitée.

Il déroula la corde, fit un nœud coulant à une extrémité et fit une première tentative pour arriver à placer le lasso autour de la saillie sur la corniche de droite. Cela prit du temps. Ce n'était pas facile, et savoir l'argent si près le rendait nerveux.

— Jamais personne ne l'aurait découvert, dit Lili, à moins de savoir où il est.

L'excitation s'emparait maintenant d'Al. Il avait réussi à placer le nœud coulant autour du rocher pointu. Il l'assujettit solidement. A présent, il lui fallait grimper le long de la corde. Le passé finissait par rapporter.

— On y va! dit-il.

Il commença à grimper. Il vint se plaquer contre la paroi rocheuse et des nuages de poussière tombèrent, des morceaux de pierre crépitèrent sur le sol de la grotte.

L'ascension était pénible, mais pas trop difficile pour Al, bien qu'il manquât d'entraînement. Quelques instants plus tard, il se hissait sur la corniche. Il regarda en bas et grimaça un sourire à Lili qui l'observait fiévreusement.

Il dégagea alors rapidement le nœud coulant et se prépara à le lancer sur la roche au-dessus de l'autre corniche. Ce passage aurait effrayé la plupart des hommes, mais Al ne souffrait pas du vertige.

— Peux-tu y arriver? cria Lili.
— Ça y est, dit Al.

Le nœud coulant ceinturait l'autre roche.

— Et on y va encore une fois.

Il recula, bondit, saisit haut la corde et s'élança au-dessus de l'abîme vers l'autre corniche. Ses pieds crissèrent contre la roche.

Un rayon de soleil matinal brillait de tous ses feux sur une grande valise couverte d'une légère couche de poussière.

— Elle est là! dit-il d'une voix étranglée. Elle est là!

Elle cria quelque chose mais, dans son excitation, il ne comprit pas.
- Al!
Il l'entendit enfin.
- Al! Enlève la corde du rocher et attache-la à la valise. Puis descends la valise au bout de la corde. C'est comme ça que nous l'avions hissée là-haut.

S'agenouillant, il ouvrit les fermoirs de la valise, souleva le couvercle. Son visage se crispa. Elle était bourrée de billets de banque. Une sorte de stupeur l'envahit. Tout cet argent, près de trois cent mille dollars! Il le toucha pour se convaincre de sa réalité.
- Al, qu'est-ce que tu fais?
Il rabattit le couvercle, puis détacha la corde du rocher, la fixa à la poignée de la valise.
- Prête? cria-t-il.
- Tu parles si je suis prête!

Elle attendit au-dessous pendant qu'il laissait descendre la valise. Ils se regardaient tous les deux dans les yeux en souriant. Elle saisit la valise, la posa sur le sol de la grotte. Il restait sur place, tenant mollement la corde, riant.
- On l'a, le fric! cria-t-il.

Lili leva les yeux vers lui. Brusquement, elle saisit la corde tira dessus de toutes ses forces : la corde glissa des mains de Al. Il l'entendit rire et la vit ramasser le fusil. Il restait planté là, le regard fixé sur le canon.
- Je vais rejoindre Brent, dit-elle.

Sa voix retentissait dans la grotte, répercutée par les parois.
- Il va essayer de s'évader de prison. Il y réussira, c'est sûr. C'est lui qui a organisé ça, Al. Il m'a fait chercher un acrobate et j'ai fini par te trouver. C'est moi qui t'ai draguée, tu te rappelles?

Il s'en souvenait parfaitement. Le fusil continuait à le viser sans bouger d'une ligne. Elle reprit :
- Vois-tu, nous avons dû nous débarrasser de l'autre type, parce qu'il savait où était l'argent. Pendant un certain temps, Brent et moi, *nous* avons craint de ne jamais le récupérer. J'aime Brent Morgan. Tu as beau savoir grimper à la corde, tu ne lui arrives pas à la cheville!

73

— C'est donc comme ça? dit Al.
— C'est comme ça, Al. Maintenant, adieu.

Il la vit presser la détente du fusil. Il y eut un cliquetis. Lili eut l'air frustrée. Elle essaya de nouveau. Et de nouveau la détente cliqueta sur un chargeur vide.

— Renonces-y, lui cria-t-il. J'ai vidé le chargeur à la station-service où nous nous sommes arrêtés. Je m'étais dit qu'il valait mieux ne pas courir de risques.

— Maudit sois-tu! hurla-t-elle. Elle jeta le fusil par terre, saisit maladroitement la valise. Ça n'a pas d'importance. Tu mourras là, et tu auras d'ailleurs de la compagnie. Regarde derrière le coin de cette corniche!

— Al fit un pas, jeta un coup d'œil de l'autre côté du pan de roche et vit le crâne grimaçant, les restes d'un homme tout habillé allongé sur la corniche. Des lambeaux de peau collaient aux os dénudés. Un trou rond apparaissait au milieu du front. L'homme avait été tué pendant qu'il déposait l'argent là-haut.

Al eut alors un sourire narquois. Il avait vu autre chose — un rouleau de corde — en partie caché sous le squelette. Le ramassant vivement, il fit un solide nœud coulant et courut au bord de la corniche.

— Et maintenant, adieu! cria de nouveau Lili en commençant à s'éloigner avec la valise.

Al joua son va-tout et lança la corde. Le nœud coulant partit de la corniche avec un sifflement, descendit en tournoyant et s'enroula autour du corps de la jeune femme. Al donna un coup sec à la corde. La jeune femme laissa tomber la valise et agrippa la boucle qui se resserrait.

Lentement, Al la tira contre le rocher.

— Je t'avais bien dit que j'avais joué aussi les cow-boys, lui cria-t-il. Je faisais des tours au lasso. Qu'est-ce que tu penses de ça?

Il se mit à la hisser le long de la paroi, vers la corniche. Elle hurlait, à présent, de longs cris qui lui déchiraient la gorge et se répercutaient violemment contre les parois de la grotte.

Al l'amena sur la corniche, lui enleva la corde et la poussa près du squelette. En le voyant, elle se mit à crier encore plus fort.

Al lança le nœud coulant et le passa autour d'une saillie sur l'autre corniche. Lili sauta sur lui, le griffa, mais il sourit et la repoussa. Puis il s'élança d'un bond vers l'autre corniche et réussit à l'atteindre. Il dégagea le nœud coulant, l'enfila autour du rocher pointu, et descendit le long de la corde jusqu'au fond de la grotte.
— Al! cria Lili. Al, ne me laisse pas! Je mourrais!
Ramassant la valise, il cria :
— Et maintenant, adieu!
Là-haut sur la corniche, Lili hurlait sans arrêt, mais dès qu'il fut sorti de la grotte, Al n'entendit plus du tout ses cris.

*Goodbye now*
Traduction d'Arlette Rosenblum

© 1968, by H.S.D. Publications, Inc.

# Tue-moi gentiment

### par C.B. GILFORD

Quand Wint Marshall entendit la détonation il comprit aussitôt, bien que le bruit eût été lointain et assourdi, qu'il s'agissait d'un coup de feu. S'y attendait-il? Ou l'espérait-il vaguement?

— Qu'est-ce que c'est? lui demanda d'une voix posée sa femme Vivian qui dînait en face de lui à l'extrémité de la longue table.

— Je l'ignore.

Il mentait. Il savait parfaitement. C'était le bruit d'un pistolet.

— On aurait vraiment dit un coup de feu, chéri.

Les chandelles donnaient de l'éclat à ses yeux gris.

— Phil, Harriet, ne trouvez-vous pas, vous aussi?

Elle s'était tournée vers leurs invités, les Jenning.

Wint savait qu'elle ne se trompait pas. Il savait aussi d'où provenait la détonation.

— Le bruit semblait venir de chez les Lister, mon chéri.

Vivian souriait, mais seulement du bout des lèvres.

— Ils s'entre-tuent peut-être!

L'estomac noué par l'angoisse, il ferma les yeux et tout lui revint en mémoire.

Diana Lister habitait la luxueuse propriété d'à côté depuis plus d'un an, avant le début de leur liaison. Les Lister avaient une piscine et, l'été, Diana passait ses journées dans l'eau ou étendue sur le bord. Il y avait des baignades en groupe dont le bruit parvenait jusqu'à eux par-dessus la haie. Vivian et lui avaient d'ailleurs été invités deux fois. A ces occasions, Wint avait eu plaisir à contempler la séduisante silhouette de Diana et s'était senti flatté des regards appuyés qu'elle lui avait lancés. Ce pourrait être amusant, avait-il pensé, d'essayer de découvrir la signification de ces regards.

Mais ce qui offrait le plus d'intérêt dans l'histoire, c'était peut-être le curieux petit problème posé par le fait que Diana habitait la porte à côté. Cela relevait du sport que de déjouer l'attention de Vivian, de la tromper, simplement par goût du risque.

Tout avait commencé par un coup de téléphone, un samedi pluvieux. Quand il faisait beau ces jours-là, Wint jouait habituellement au golf. Diana était certainement au courant de cette habitude. Sans doute savait-elle aussi que Vivian venait juste de partir en voiture. Elle demanda cependant à lui parler.

— Ma femme est allée je ne sais où faire des courses, répondit Wint.

Il y eut alors un silence.

— Nous voilà tous les deux comme des âmes en peine, reprit enfin Diana. Howard est parti pour la Californie ce matin.

Il sourit, satisfait. Il était enfin récompensé de sa patience. C'est elle qui avait dû prendre l'initiative. Il attendit, la forçant à aller jusqu'au bout de son invitation.

— Aimeriez-vous une tasse de café? demanda-t-elle.

— C'est bien tentant, se contenta-t-il de dire d'un ton détaché.

— Je suis en train d'en faire. Pourquoi ne viendriez-vous pas?

— D'accord.

— Passez donc par le garage, c'est plus court.

Il sortit de chez lui par la porte de service et remarqua que les arbres et les buissons le cacheraient presque entièrement si, au lieu de prendre l'allée et de longer la route, il passait par un trou dans la haie. Le feuillage ruisselant d'eau trempa sa veste. Encore quelques pas — les buissons étaient très serrés de ce côté-là aussi — et il

77

atteignit enfin la petite porte dans le garage des Lister.

Il hésita, savourant la tentation, soupesant les risques. Puis il entra.

Diana était dans la cuisine. Elle portait un pantalon et une blouse, nette, bien coupée, jolie, pas très habillée mais tout de même plus qu'il n'était pour une invitation de dernière minute. Une fois dans le salon, assis chacun à un bout du canapé, ils en vinrent rapidement aux confidences.

— Vivian mène une vie trépidante, n'est-ce pas? commença Diana.

— Elle est très active.

— Pas le genre femme d'intérieur!

— Notre domestique suffit à s'occuper de la maison.

— Elle aurait fait une compagne idéale pour Howard.

— Que voulez-vous dire!

— Il est si souvent absent. Il ne s'occupe guère de moi.

Leurs regards se rencontrèrent longuement. Ce n'était plus une question de patience. Ils avaient tous deux du savoir-vivre...

— Wint, mon chéri, lança Vivian de l'autre bout de la table, n'es-tu pas curieux de savoir d'où provenait la détonation?

— Non!

Il avait répondu trop vite. Vivian haussa presque imperceptiblement les sourcils. Incapable de soutenir son regard, il planta son couteau dans la tranche de viande sur son assiette et s'acharna à la couper. Mais ses mains tremblaient et sa femme dut le remarquer. Elle remarquait toujours tout. Il n'allait tout de même pas se trahir maintenant, après avoir si bien réussi à la tromper depuis des mois.

— Ta femme ne se doute-t-elle de rien? avait demandé Diana. Ce n'était pas la première fois qu'elle posait la question. Elle était d'une curiosité presque morbide pour tout ce qui concernait Vivian.

— Je t'ai déjà dit, avait-il répondu en essayant d'être patient, qu'elle était bien trop occupée pour cela.

Ils dînaient ce soir-là chez Léon, le genre d'endroit que ni Vivian ni aucun de leurs amis ne fréquenteraient jamais. Howard était à Chicago.

— Je ne comprends vraiment pas comment on peut avoir un mari infidèle et ne pas s'en apercevoir, continua Diana.

— Et Howard, quelle est sa conduite pendant ses longs voyages?

— Irréprochable.

Ce fut dit sur un ton d'absolue certitude.

— Comment peux-tu en être sûre?

Elle haussa ses épaules presque nues.

— Il m'aime!

Wint réfléchit un moment à la valeur du raisonnement tandis que Diana dégustait son apéritif. Elle était adorable. Physiquement du moins, avec ses cheveux blond cendré, sa peau délicatement colorée et sans le moindre défaut, et toute sa personne si fraîche, si parfumée.

Malheureusement Diana était superficielle. Quelquefois il la jugeait même stupide. Il s'en était rapidement rendu compte. Mais combien de femmes réussissaient à être à la fois jolies et intelligentes? Vivian, elle, était intelligente.

Il était probable qu'Howard aimait en effet sa jolie petite femme. Howard était un imbécile. Bûcheur, ambitieux, sans personnalité, mais capable d'aimer Diana, de lui vouer une adoration démesurée, et trop bête pour imaginer que sa femme pourrait ne pas éprouver les mêmes sentiments envers lui.

— Quand vas-tu parler à Vivian? demanda soudain Diana.

— Lui parler de quoi?

— De nous, de toi et moi.

Un frisson désagréable lui parcourut le dos. Ils avaient organisé agréablement leurs loisirs. Si seulement Diana avait bien voulu s'en tenir là. Wint au moins, n'était pas toujours à lui parler de son mari.

— Je n'ai pas encore décidé de la mettre au courant.

— Mais il le faut, mon amour! Mettons-nous d'accord maintenant pour que je puisse parler à Howard en même temps...

Il lui étreignit la main avec force pour la faire taire.
— Je ne vois pas la nécessité de leur en parler.
— Mais on ne peut pas faire autrement.
— Pourquoi?
— Il faut commencer à s'occuper des divorces.
— Divorcer!
— Ce n'est plus possible de continuer à vivre ainsi.

Il la regarda, sidéré. Non, évidemment, il ne s'était jamais imaginé que cette situation pourrait s'éterniser. Mais c'était agréable tant que ça durait.

— Si Vivian n'a encore rien deviné, il va falloir que tu lui dises.
— Diana, écoute-moi, je t'en prie.

Il se glissa vers elle sur la banquette de cuir, jusqu'à ce que leurs épaules et leurs genoux se touchent. Tandis que d'une main il pressait la sienne avec affection pour la rassurer, de l'autre il caressait doucement son bras nu :

— Chérie, ne comprends-tu pas ma situation?

Elle secoua la tête.

— Mon travail... mon affaire... Je dois tout à la famille de Vivian.
— Quelle différence cela fait-il?
— Quelle différence? Si je divorce, je mourrai littéralement de faim! Nous mourrons de faim!

Mais le regard de Diana resta chaud et plein d'amour. Elle se serra davantage contre lui et posa gentiment ses lèvres sur les siennes.

— Wint chéri, que m'importe! Ce serait si bon de mourir de faim avec toi...

S'il avait encore des doutes sur l'ampleur de sa bêtise, ils se dissipèrent à ce moment-là.

— Tu ne veux pas m'épouser, Wint?
— Mais si, mais si. Seulement ne crois-tu pas...?

Il tenta une dernière fois de la raisonner.

— Ne crois-tu pas que tout est très bien ainsi? Après tout, nous avons les avantages sans les inconvénients.

Le regard de Diana ne changea pas. Un regard plein d'amour mêlé à une résolution farouche. Alors il décida, avec regret, que le moment était venu d'en finir.

Vivian, à l'autre bout de la table, l'observait attentivement.

— Ne vas-tu pas faire quelque chose, Wint?
— Quoi, par exemple?
— Allez voir chez nos voisins.

Il essaya d'émerger dans le présent, de se dégager du passé. Combien de temps s'était-il écoulé depuis que le coup était parti? Une minute? Une minute et demie?

— De toute façon, c'est fini, maintenant, dit-il.

— C'est fini, avait-il déclaré à Diana.

Elle l'avait alors regardé fixement pendant un instant, sans plus penser à son apéritif. Ses yeux semblaient de verre, sans expression, comme de simples imitations d'yeux humains. L'âme de Diana Lister s'était retirée dans de secrètes profondeurs pour se garder des blessures.

Mais il la poursuivit dans sa retraite.

— Fini, répéta-t-il.

Elle ne réagit toujours pas et continua de se taire. Le choc était brutal, il se doutait bien qu'elle n'aurait pas grand-chose à dire, mais ce silence l'effrayait. Il était lourd de signification.

— Vois-tu, Diana, au début ce n'était rien de sérieux. Nous étions tous les deux désœuvrés et nous avons seulement pensé à nous distraire ensemble. Et puis tu t'es mise à m'aimer et moi je t'ai aimée aussi.

Il mentait sans hésiter.

— Mais si j'essayais de divorcer, je serais un homme fini. J'ai trente-six ans, Diana. On ne recommence pas à zéro lorsqu'on a mon âge. Je sais maintenant que nous ne pouvons plus continuer à nous voir ainsi en cachette, parce que, je l'ai déjà dit, nous nous aimons vraiment. Alors il n'y a qu'une chose à faire. Rompre. Ce sera dur au début, mais beaucoup mieux en fin de compte.

Il se tut, s'apercevant que ses paroles ne changeaient rien. Diana restait assise à le regarder en secouant bêtement la tête.

— Je ne peux pas te laisser partir, Wint.

Les mots avaient jailli d'un seul coup sur un ton rauque, affolé.

— Je ne pourrais pas vivre sans toi! Je t'aime, Wint!
— Je sais, chérie. Moi aussi je t'aime, et cette certitude

81

que nous nous aimons nous aidera à supporter cette pénible période de réadaptation.

— Bon, je n'insiste pas pour que tu divorces maintenant. Nous nous arrangerons autrement, du moment que je te vois, du moment que...

— Non! Il faut que ce soit une rupture. Complète et définitive, Diana.

Les larmes jaillirent enfin.

— Je me tuerai!

Et, alors que Vivian et lui recevaient les Jenning à dîner, il y avait eu cette détonation chez les Lister de l'autre côté de l'allée.

La panique le saisit. Vivian avait plaisanté sur les Lister s'entre-tuant, mais il était à peu près certain qu'Howard était en déplacement. Il n'avait pas vu Diana depuis quatre semaines mais il avait surveillé la maison de loin. Elle n'avait pas essayé de lui téléphoner ou de lui écrire. Il commençait donc à penser qu'il n'avait plus rien à craindre.

Mais avait-elle eu la bêtise, la stupidité de se tuer? Au fond, que lui importait? Si elle était morte, il serait débarrassé d'elle pour toujours, à condition de ne pas être impliqué dans l'histoire. Toute la question était donc là : le serait-il ou non?

Occupé jusque-là à repasser dans son esprit les circonstances qui l'avaient mis dans cette situation difficile, Wint fixa enfin son attention sur le moment présent et commença à s'inquiéter. Si Diana s'était suicidée, si elle était morte, serait-il possible qu'on soupçonne qu'il était pour quelque chose dans son suicide? Qu'est-ce qui pouvait le trahir?

*La photo!* Avec une horrible sensation de nausée il se rappela avoir cédé à son désir romanesque de posséder une photo de lui. « Pour la mettre contre mon cœur quand tu es loin de moi, » avait-elle dit. Il s'était senti flatté de se voir ainsi adoré et avait accepté de lui donner un petit instantané, genre photo de passeport. Elle avait été si heureuse qu'elle l'avait porté à ses lèvres avant de le mettre dans son sac. *Où était cette photo maintenant?*

S'étant mis à chercher le danger, il en vit partout.

Diana avait-elle laissé une lettre? Les suicidés le font généralement. Cette lettre parlait-elle de lui, de leur liaison? Comment Vivian, ses associés, ses relations, prendraient-ils la chose?

Et si... si le suicide était raté? Il voyait d'ici les journaux, entendait les ragots – tentative de suicide d'une belle blonde séduite par un voisin volage – et Diana, une légère égratignure au bras, disparaissant sous les bandages, faisant un récit hystérique de son malheureux roman d'amour avec Wint Marshall.

– Wint!

– Oui?

Il s'immobilisa, stupéfait de voir qu'il avait bougé, s'était levé de table et était sur le point de franchir la porte.

– Où vas-tu?

– Voir ce qui est arrivé chez les Lister.

Il se précipita dehors, prenant au plus court, par le garage. Il pleuvait encore. Il se rappelait maintenant vaguement que le crachin s'était mis à tomber à l'arrivée des Jenning. Mais il fallait faire vite et passer par la haie en dépit du feuillage trempé et de la boue dans laquelle il faillit tomber.

Il y avait de la lumière chez les Lister. Mais il ne pouvait rien voir à cause des doubles rideaux fermés. Le silence régnait comme dans une maison vide.

Il s'approcha de la porte et s'apprêtait à frapper ou à sonner quand il lui vint l'idée qu'il y avait peut-être à l'intérieur quelqu'un de vivant et d'armé... Howard qui tournerait l'arme contre lui, ou Diana qui voudrait peut-être mourir en compagnie de son amant et agirait de même.

Il avait gardé la clé de la porte du garage. Il fouilla dans son portefeuille, la trouva, la glissa dans la serrure et ouvrit.

Le garage était obscur, mais Wint connaissait assez le chemin pour longer le mur jusqu'à la porte de la cuisine. Celle-ci était plongée aussi dans l'obscurité mais les lieux lui étaient familiers et il n'eut aucun mal à la traverser sans bruit.

La première pièce éclairée était le salon. Il s'en

approcha doucement. D'après ce qu'il pouvait voir, une seule lampe était allumée, diffusant une lumière douce. Puis il aperçut Diana. Vêtue d'une robe de cocktail noire elle était assise au milieu du canapé. Il n'y avait qu'elle dans la pièce. Le pistolet reposait sur ses genoux, mais elle le tenait serré dans sa main droite et avait encore le doigt sur la détente. Une faible et âcre odeur de cordite flottait dans le salon. L'arme avait servi. Le bras gauche de Diana était marqué à hauteur de l'épaule par une déchirure rouge d'où s'échappait le sang sur son coude, le long de sa jupe et de là sur les coussins du canapé.

Il la regarda, stupéfait. Elle avait maigri. Ses joues étaient creuses à présent et ses os ressortaient. Des demi-cercles noirs, enflés, accentués par la pâleur extrême du visage, soulignaient ses yeux maintenant rouges et gonflés. Elle semblait ne plus rien voir et Wint se demanda : est-il possible qu'elle s'imagine être déjà morte?

Mais des pensées plus graves s'emparèrent de son esprit. Il songea au danger qu'il courait. Tout le monde apprendrait inévitablement le suicide et sa cause. Vivian deviendrait un objet de pitié, ridiculisée par l'infidélité de son mari. Elle n'était pas femme à endurer cela. Elle partirait pour toujours, le laissant seul et ruiné.

Si seulement cette fille stupide pouvait se taire une bonne fois pour toutes!

A partir de ce moment il ne fit qu'obéir à ce que lui dictait l'instinct profond de survie. Il n'eut pas besoin de réfléchir à ce qu'il devait faire. Il s'approcha prudemment de Diana, en faisant le tour du canapé pour se trouver à sa droite. Elle ne bougea pas et ne parut même pas tout d'abord s'apercevoir de sa présence. Il s'assit près d'elle, sans la toucher, et en évitant la direction dans laquelle était pointée l'arme.

— Si tu savais comme tu m'as manqué, Wint.
— Toi aussi, tu m'as manqué.
— Tu es donc revenu?

Une lueur d'espoir brilla dans ses yeux morts.

— Je suis ici...
— Je n'ai pas dû mettre le pistolet au bon endroit, il a sauté. Je trouverai un autre moyen d'en finir si tu ne restes pas avec moi...

Bien sûr, elle se tuerait. Elle était si bornée! Il n'avait donc pas le choix.

— Donne-moi cette arme, chérie. Je ne veux pas que tu te fasses du mal.

Saisissant sa main droite, il emprisonna ses doigts sous les siens et introduisit son index sur la détente au-dessus du sien, en prenant bien soin d'agir doucement. Elle se laissa faire sans résistance et ne sembla même pas remarquer ce qu'il faisait, ou du moins dans quel but il le faisait.

Il leva la main qui tenait encore le pistolet. Il dut lui tourner un peu le poignet pour arriver à poser le canon de l'arme entre les deux seins. Confiante, elle continua de se laisser faire. Toujours avec la même douceur, il appuya sur la détente.

Le coup partit, assourdissant. Diana eut un soubresaut et pendant une toute petite seconde elle le regarda, comprenant enfin. Puis elle laissa retomber sa tête et s'affaissa en avant. Il la lâcha d'un seul coup. Elle glissa du canapé et resta affalée sur le tapis, muette, immobile.

Il se leva pour s'en éloigner immédiatement. Une mare de sang s'élargissait déjà sous le corps. C'est alors qu'il aperçut les traces de boue qu'il avait laissées sur le tapis. Il en fut saisi de panique puis se rappela avec soulagement qu'il n'avait pas à cacher sa présence dans la pièce.

Mais il n'y avait pas de temps à perdre. Chez lui, on avait dû entendre le second coup de feu. Vivian allait s'inquiéter. Elle enverrait Phil Jenning, ou bien viendrait elle-même. De toute façon il y aurait quelqu'un d'un instant à l'autre.

Il ne pouvait entreprendre ses recherches avec des chaussures pleines de boue qui laisseraient des traces partout où il irait. Il les quitta donc, puis se rendit dans la chambre de Diana. Soudain il poussa un juron. Pourquoi ne lui avait-il pas demandé où était la photo et si elle n'avait pas laissé une lettre? Cela aurait été si simple!

Il surmonta son début de panique. La chambre était éclairée. Tout y était en désordre. Au travail, se dit-il.

Les suicidés laissent en général leur message bien en

85

évidence pour être certains qu'on le trouvera immédiatement. Un rapide coup d'œil lui apprit qu'il n'y en avait pas, du moins dans cette chambre. La photo, quand il la lui avait donnée, elle l'avait rangée dans son sac. Où était-elle maintenant?

Il se dépêchait, le mouchoir à la main, effaçant les empreintes dès qu'il touchait quelque chose. Des sacs, il y en avait une douzaine dans la penderie. Pas de photo. Le porte-cartes de Diana se trouvait sur sa coiffeuse. Carnet de chèques, différents papiers, tout le petit fouillis habituel, mais toujours pas de photo. Les tiroirs – ceux qui appartenaient à Diana – rien. Le coffret à bijoux...

Pourquoi ne pas lui avoir demandé où elle l'avait mise! Il n'arrivait à rien, gaspillant de l'énergie et du temps. Il ferait mieux de réfléchir.

Trop tard. La sonnette retentissait. Il fallait répondre. Quand il ouvrit la porte, Phil Jenning était là il parut soulagé de voir Wint.

– La femme s'est suicidée, dit celui-ci. Retournez appeler la police et un docteur.

Phil essayait de voir par-dessus l'épaule de Wint. Wint recula pour lui permettre de regarder, mais sans le laisser passer.

– Qu'allez-vous faire! demanda Phil.

– Rester ici.

Phil était trop secoué pour discuter. Il disparut dans l'obscurité et Wint referma la porte derrière lui.

Il disposait maintenant de quelques minutes de répit pour continuer ses recherches. Sans doute guère plus de cinq, selon le temps que mettrait Phil à téléphoner. Il se déchaussa encore mais renonça à prendre plus de précautions. Il alluma les lumières et fouilla systématiquement partout. Au bout de deux minutes il était certain qu'il n'y avait pas de lettre, ce qui s'expliquait facilement. Diana ne pensait pas à son mari et elle n'en aurait pas laissé une pour son amant ici, dans cette maison. C'était logique.

Restait le problème de la photo. La police fouillerait-elle la maison? Pourquoi? Non, Howard la retrouverait plus tard. Il pourrait peut-être discuter avec lui. Peut-être...

Mais il ne voyait plus où chercher, à moins de démolir

les murs. Il se peut qu'elle l'ait perdue, pensa-t-il soudain. Oui, après tout c'était possible.

La sonnette retentit de nouveau. Il était trop tard pour songer à autre chose qu'à persuader tout le monde de son innocence. Protégé par les rideaux tirés, il remit ses chaussures maculées. Quand il ouvrit la porte il se trouva devant deux agents en uniforme, dont la voiture était garée dans l'allée.

— Nous étions à table quand nous avons entendu le premier coup de feu, commença-t-il. J'habite à côté...

Mais l'histoire n'intéressait pas les agents. Ils étaient là simplement pour monter la garde sur les lieux, veiller à ce que des gens comme lui ne dérangent rien. Il les regarda faire le tour de la pièce en prenant des notes.

Ces notes étaient destinées au lieutenant Benjamin de la brigade criminelle, lequel arriva bientôt. C'était un petit homme brun qui parlait posément et ne souriait jamais. Il commença par regarder autour de lui, puis consulta les notes et donna quelques ordres. Enfin il se tourna vers Wint Marshall.

— Nous avons entendu de chez nous une détonation, lui raconta Wint. Nous avions des invités à dîner et étions à table. Nous n'avons pas réagi immédiatement bien que ma femme m'ait demandé à plusieurs reprises d'aller voir, craignant que ce ne fût un coup de feu. J'ai fini par venir; j'ai sonné mais personne n'a répondu. Voyant de la lumière, j'ai pensé qu'il y avait peut-être quelqu'un de blessé. J'ai réussi à entrer en passant par le garage et j'ai vu Diana — Mme Lister — assise sur le canapé, avec le bras en sang et le pistolet encore à la main. Je suis allé vers elle en disant : « Donnez-moi cette arme. » Elle a agité la main et m'a dit de m'écarter, alors j'ai reculé. J'ai essayé de lui parler mais elle n'a pas voulu répondre.

— Elle n'a rien dit?
— Seulement de ne pas approcher.
— Bon. Et après?
— Mes paroles n'ont pas eu d'effet. Elle s'est tiré une balle dans la poitrine.
— Vous l'avez vraiment vue tirer?
— Oui.
— Avez-vous essayé de prévenir son geste?

Wint hésita. Il savait qu'on faisait des tests sur les mains qui prouvaient si oui ou non on avait tiré un coup de feu.

— J'étais trop bouleversé pour me rendre compte de ce que je faisais. Quand je l'ai vue pointer le pistolet sur sa poitrine, j'ai bondi pour l'empêcher de tirer.

— Avez-vous lutté pour lui arracher l'arme?

Wint sentait ses paumes moites de sueur.

— Euh, non. J'ai dû bondir au moment où elle tirait ou une fraction de seconde après, mais il n'y a pas eu vraiment lutte.

— Vous l'avez vue mourir?

— Oui, elle a glissé du canapé et s'est affaissée ici, sur le tapis.

C'était un bon récit, un peu confus, comme il était naturel en pareil cas. Ayant été témoin d'un suicide, il était compréhensible que Wint soit dans un état de choc nerveux. Le lieutenant Benjamin ne se montra ni cordial ni soupçonneux. Il informa simplement Wint qu'il pouvait retourner chez lui et qu'on l'interrogerait de nouveau plus tard.

Vivian et les Jenning attendaient son retour. Vivian était si secouée par le suicide de sa voisine qu'aucun soupçon ne l'effleura.

— D'après toi, pourquoi a-t-elle fait ça? demanda-t-elle à son mari. Elle était jeune, jolie, riche. Des ennuis avec Howard sans doute.

— Il fournira peut-être une explication.

Wint s'excusa dès qu'il le put et alla se laver les mains soigneusement dans la salle de bains. Maintenant que le choc était passé, il sentait venir la réaction, provoquée non pas par la mort de Diana ni le fait qu'il en était responsable, mais par le risque énorme qu'il avait pris.

Par la fenêtre il voyait la maison des Lister éclairée maintenant du haut en bas; les hommes de Benjamin fouillaient partout. Et s'ils trouvaient la photo? Le suicide, évident pour tout le monde, prendrait de nouvelles dimensions.

Le premier coup de feu avait retenti vers vingt heures trente. A vingt et une heure quarante-cinq on sonna chez les Marshall. C'était Benjamin. Wint sortit de la salle de bains, pâle au bord de la nausée.

Benjamin leur posa différentes questions et reçut confirmation au moins de la dernière partie du récit de Wint. Il était clair que le premier coup de feu avait éclaté tandis que les Marshall et les Jenning étaient à table. Il était clair aussi que Wint Marshall ne s'était dérangé pour aller voir que sur les instances de sa femme. En entendant cela, Wint se sentit rassuré. Il avait un alibi.

Mais le lieutenant leur réservait une petite surprise.

— C'est un homicide, commença-t-il, et les homicides sont choses sérieuses. Nous avons besoin de faits précis. M. Jenning, M. Marshall, nous espérons que vous ne verrez pas d'inconvénient à ce que nous prenions vos empreintes.

— Nos empreintes! s'écria Phil.

Benjamin hocha la tête :

— Nous avons relevé une empreinte sur le bouton de la sonnette. Ce devrait être la vôtre, monsieur Jenning. Et d'autres sur la clé dans la serrure du garage, certainement la vôtre, monsieur Marshall.

La clé! La clé que lui avait donnée Diana pour qu'il puisse entrer quand il voulait! L'avait-il vraiment laissée dans la serrure?

— Au fait, monsieur Marshall, comment avez-vous trouvé cette clé?

Benjamin avait posé la question sur un ton détaché tout en allumant une cigarette.

Wint garda son calme :

— Je me souviens maintenant : elle était sur la porte. J'étais soulagé de ne pas avoir à casser un carreau pour pouvoir entrer.

Benjamin sembla satisfait. Il téléphona chez les Lister, demanda à l'un de ses hommes de venir et cinq minutes plus tard il avait les deux séries d'empreintes.

— Je cherche surtout à m'assurer qu'il n'y a pas d'empreintes inconnues sur les lieux.

— Pourquoi cela? demanda Wint.

— Vous n'avez vu personne pendant que vous étiez là-bas, mais il pouvait y avoir eu quelqu'un avant. Voyez-vous, nous ne connaissons pas encore la raison. Pourquoi une jeune et jolie femme comme Mme Lister s'est-elle suicidée?

— Vous pourriez peut-être demander à son mari, suggéra Vivian.

— Je le ferai dès son retour, promit Benjamin. On l'a prévenu. Autre chose, monsieur Marshall. J'ai dit qu'il nous fallait des détails précis. Vous avez déclaré avoir bondi vers Mme Lister au moment où elle appuyait sur la détente. Nous aimerions savoir jusqu'à quel point vous vous êtes approché d'elle? Pourriez-vous nous accompagner au quartier général pour subir le test de la paraffine? Cela nous dirait si vous aviez vraiment la main sur l'arme quand le coup est parti.

Wint n'aimait pas la tournure que prenait l'enquête. Pourquoi Benjamin ne pouvait-il se contenter des faits évidents? Comme il ne lui était guère possible de refuser le test, il suivit le lieutenant. Pendant le trajet, celui-ci lui demanda ce qu'il savait sur Diana. Wint prétendit l'avoir très peu connue.

Un technicien les attendait. Il enduisit d'une double couche de paraffine les deux mains de Wint, puisque celui-ci avait déclaré ne pas se souvenir avec quelle main il avait touché l'arme, et posa du coton entre les deux couches. Après avoir retiré la paraffine durcie, il versa dessus une sorte de liquide. Vingt minutes après, sur celle qui venait de la main droite apparurent quelques petits points bleu foncé.

— Positif, fit le lieutenant. Votre main était très près de l'arme, peut-être même dessus.

— Je vous l'avais dit, rappela Wint.

— Mais maintenant nous en sommes tout à fait sûrs.

Ce Benjamin allait poser un problème. On aurait dit qu'il savait quelque chose mais attendait, pour parler, d'avoir rassembler tous les faits. Avait-il la photo?

Un policier ramena Wint chez lui. Les Jenning avaient attendu son retour. Ils voulaient avoir le résultat du test. Après leur départ, Vivian se montra soucieuse.

— Pourquoi a-t-il fallu que tu t'en mêles? lui reprocha-t-elle.

— Tu n'arrêtais pas de me dire d'aller voir!

— Aller voir est une chose, essayer d'empêcher Diana Lister de se tuer en est une autre.

— Tu aurais préféré que je me contente de la regarder faire?

Elle haussa froidement les épaules.
— En quoi cela te concernait-il, mon chéri?

Le lieutenant Benjamin se rendit au bureau de Wint le lendemain. La secrétaire annonça le visiteur sans marquer de surprise, les journaux du matin ayant raconté l'affaire en détail.
— J'ai pensé que vous aimeriez être au courant du déroulement de l'enquête, dit le lieutenant. J'ai passé la matinée avec Howard Lister.
— A-t-il pu vous aider?
— Le pauvre est dans un état lamentable. D'après lui, sa femme avait beaucoup changé depuis quelques mois, elle était très déprimée. « Préoccupée, » a-t-il dit exactement. Puis les symptômes ont empiré voici quatre semaines. Elle a fait une dépression nerveuse. Mais il n'avait jamais imaginé qu'elle irait jusqu'à se tuer. Chose curieuse, ce M. Lister, son mari, celui qui vivait avec elle et aurait dû la comprendre, ne peut fournir aucune explication sur les causes de sa dépression et de son suicide. Il l'a questionnée à plusieurs reprises mais elle ne lui a rien dit. Il prétend ne lui avoir donné aucune raison d'être malheureuse. Il lui accordait tout ce qu'elle désirait et il ne l'a jamais trompée.

Wint s'abstint de tout commentaire.
— Nous avons relevé une belle empreinte du pouce de votre ami Jenning sur le bouton de sonnette. Mais la vôtre n'y était pas. Vous avez pourtant bien dit que vous aviez sonné? Mme Lister savait donc que quelqu'un aller entrer.
— Les empreintes de Jenning ont dû recouvrir les miennes, fit remarquer Wint. Oui, j'ai bien commencé par sonner.
— Nous en avons trouvé une de votre pouce droit sur la clé de la porte de garage, grâce au fait que vous avez laissé cette porte ouverte, ce qui l'a protégée de la pluie. Mais jusqu'ici, pas d'empreintes non identifiées.

Wint se sentit un peu soulagé. Dans leurs efforts pour trouver des preuves d'une présence étrangère, les policiers n'avaient apparemment pas découvert qu'il avait fouillé partout à la recherche de la photo.

— Les suicidés préfèrent en général être seuls, s'étonna le lieutenant. Pourtant Mme Lister s'est tuée devant vous.

— Il y en a qui sautent par la fenêtre devant des tas de gens.

— Bien sûr, je sais. A propos, monsieur Marshall, nous avons emprunté vos chaussures boueuses à votre femme. Toutes les traces de pas à l'intérieur et à l'extérieur de chez les Lister semblent être les vôtres. Je n'ai guère de succès avec ma théorie!

— Quelle est cette théorie?

Benjamin se renversa contre le dossier de sa chaise, l'air énigmatique, le regard lointain. Il y avait en lui une ardeur et une détermination menaçantes.

— Je cherche l'homme qui, s'il n'a pas vraiment appuyé sur la détente, a poussé Diana à se tuer. Son amant.

Wint resta imperturbable.

— Qu'est-ce qui vous fait croire qu'elle avait un amant?

— J'en ai la conviction. Et puis l'histoire d'Howard Lister me l'a confirmé. Qu'est-ce qui peut bien déprimer une femme à ce point? Un amour malheureux.

Wint lutta contre la panique. Si Benjamin avait trouvé la photo, il l'aurait dit. Et quand bien même, la mort de Diana serait toujours due à un suicide, non à un meurtre.

— Cette pauvre femme s'est bien tuée, continua Benjamin. Nous lui avons fait le test de la paraffine. C'est elle qui a tiré. Mais l'homme qui l'a poussée à le faire est le vrai coupable.

— Que pourriez-vous contre lui, à supposer que vous le retrouviez? demanda Wint d'un air intéressé, sans plus.

— Cela dépend des preuves que je pourrai fournir de sa culpabilité.

Le policier se leva pour partir. Arrivé à la porte, il se retourna.

— Lister est complètement désemparé. Il dit qu'il ne veut plus vivre dans cette maison. Il est allé s'installer à l'hôtel. Mes hommes auront certainement à faire des allées et venues. Alors si vous voyez des types rôder aux alentours. Ce n'est pas la peine de téléphoner à la police. Ils en feront partie.

Diana Lister fut inhumée. Vivian et Wint assistèrent à la cérémonie. Vivian fut choquée par l'impassibilité du veuf devant la tombe de sa femme.

— Il aurait pu au moins faire semblant d'éprouver un peu de remords, dit-elle. Après tout, c'est lui qui l'a poussée à faire ça.

Wint ne répliqua pas. Qu'elle reste sur cette idée. Que tout le monde reste sur cette idée. C'était une bonne chose pour lui.

Seulement le lieutenant Benjamin n'avait pas la même façon de voir. Il n'avait nullement l'intention de laisser l'affaire se tasser. Il avait sa théorie, logique et précise, et il ferait tout pour en prouver l'exactitude. Or une seule chose pouvait servir de preuve : la photo.

Jusqu'à quel point la police avait fait des recherches dans la maison? On ne pouvait pas savoir. Des inspecteurs venaient encore de temps en temps. D'autre part, Howard était susceptible de changer d'avis, de revenir chez lui, de se mettre à ranger les affaires de Diana...

Wint Marshall serait alors entraîné dans un scandale, non pas pour une simple histoire d'adultère, mais pour un suicide. Et que le meurtre soit ou non prouvé, toute sa vie sociale et professionnelle serait ruinée. Il serait un homme fini.

C'était donc à qui trouverait la photo le premier. Tout de suite après l'enterrement, la chance sourit à Wint.

Howard s'était approché de lui et de Vivian. Sa bonne grosse figure était presque dénuée d'expression, mais les muscles en étaient tendus et sa voix était rauque.

— Wint, je ne vous ai pas encore dit merci.
— Je n'ai rien fait.
— Vous avez essayé. Je vous en remercie.
— Je vous en prie, Howard!
— Pourriez-vous me rendre un service? Je ne veux pas retourner là-bas. J'aimerais vous laisser les clés au cas où quelqu'un aurait besoin d'entrer.
— Volontiers.

C'est tout juste si Wint n'arracha pas les clés de la main d'Howard. Quelle chance inouïe! Il espéra que sa joie ne se remarquait pas.

Mais il dut attendre toute une semaine avant d'avoir

l'occasion d'utiliser les clefs. Il voulait aller chez les Lister pendant la journée pour ne pas avoir à allumer l'électricité. Prétextant une sérieuse indisposition, il garda la chambre et passa son temps à guetter par la fenêtre. Les hommes de la brigade criminelle ne s'étaient pas montrés depuis plusieurs jours. Seul, à présent, venait le lieutenant en même temps qu'un civil qui lui servait de chauffeur. Il arrivait chaque matin, restait environ une demi-heure, qu'il passait probablement à chercher la trace de ce mystérieux « amant ». Puis il repartait et personne ne revenait avant le lendemain.

Vivian avait renoncé à ses sorties pour soigner Wint, mais elle s'absenta enfin pour se rendre chez le coiffeur et faire quelques courses. Elle quitta la maison à neuf heures. Le lieutenant partit quelques minutes après.

Wint n'hésita pas. Il s'habilla et, empruntant son chemin habituel à travers la haie, il entra chez Lister. Le salon était resté dans le même état, à cela près que le corps de Diana n'était plus là. Il y avait maintenant une grosse tache brunâtre sur le tapis beige. Wint remarqua aussi ses propres traces boueuses mêlées au sang séché. Chaque phase du drame se trouvait là, conservée, fossilisée, bien en évidence.

L'estomac soulevé, il s'appuya contre le mur. La photo — c'était affreux ce que ce petit morceau de carton pourrait faire de lui s'il tombait entre de mauvaises mains — la trouver! la trouver, même s'il fallait y passer toute la journée, toute la nuit; même s'il fallait démolir la maison.

Gagnant la chambre de Diana, il entreprit de la fouiller à fond, comme le soir du meurtre. Le coffret à bijoux, les sacs, les tiroirs — seulement cette fois il ne prenait pas tant de précautions. Peu lui importait de laisser derrière lui des empreintes et du désordre. La nécessité faisait loi. Il fallait absolument trouver!

Où donc était-elle? Il défonça le coffret à bijoux, éventra les doublures des sacs, jeta à terre le contenu des tiroirs. Il fit de même avec les rayonnages de la penderie, les boîtes à chapeaux, les housses à vêtements, le lit, les oreillers, les taies, tout...

Il regardait derrière les tableaux sur les murs quand il aperçut quelqu'un dans l'encadrement de la porte, un inconnu en costume sombre et qui souriait d'un air las. L'homme le regarda un instant puis, s'approchant du téléphone posé sur la table de chevet de Diana, composa un numéro.

— Il est ici, lieutenant, dit-il dans l'appareil.

— Il y avait forcément quelqu'un dans la vie de Mme Lister, expliqua Benjamin.

Il était debout au milieu du salon, les mains dans les poches, tranquille, détendu, même pas triomphant.

— Vous étiez le coupable le plus logique.

Wint essaya de réfléchir, de rassembler ses dernières cartes.

— Oh, nous savons bien que Mme Lister a tenté de se suicider. Mais nous savons aussi qu'elle s'est ratée. C'est alors que vous êtes « venu voir ». Cette histoire de la clé du garage ne prouvait rien, mais elle était bizarre. Puis il y eu le test de la paraffine. Il ne prouvait rien non plus, puisque vous prétendiez avoir essayé d'empêcher Mme Lister de tirer. Ce qui était beaucoup plus révélateur, monsieur Marshall, c'étaient les traces de pas que vous avez laissées.

Wint sursauta :

Quoi?

— Il y avait tout un mélange de sang et de boue sur le tapis. Nous avons mis du temps à comprendre. Vous aviez déclaré avoir bondi sur Mme Lister au moment où elle avait tiré le second coup. Mais les traces sur le tapis démentaient vos paroles. Celles qui se trouvaient devant le canapé indiquaient que vous étiez *assis* à côté de Mme Lister *avant* le second coup. Comment savons-nous que c'était avant et non après? Parce qu'il y avait du sang *sur* vos empreintes. Vous vous êtes donc assis à côté d'elle alors qu'elle était encore en vie. Simple?

Wint gardait les yeux baissés. Il pensait comprendre où voulait en venir Benjamin, mais il n'en était pas sûr. Il attendit la suite.

— Nous avons donc conclu, monsieur Marshall, que vous aviez en quelque sorte aidé Mme Lister à tirer cette seconde balle.

Wint secoua faiblement la tête.

— J'avais failli vous arrêter immédiatement, mais il manquait le plus important : le motif. Pourquoi un voisin se serait-il précipité ici pour aider cette pauvre femme à se supprimer? Pourquoi, à moins qu'il n'ait eu une liaison avec elle? Pourquoi désirait-elle mourir, à moins d'avoir été abandonnée? Pourquoi l'aurait-il abandonnée si ce n'est parce qu'elle présentait un danger pour lui? S'il avait eu une liaison avec elle, il allait certainement chercher à en détruire les preuves. Nous avons donc tendu un petit piège. Nous avons amené monsieur Lister à vous confier la clé. Puis, bien en vue de vos fenêtres, je suis entré et sorti de cette maison tous les jours, accompagné d'un collègue. Seulement celui avec lequel je repartais n'était jamais le même que celui avec lequel j'étais arrivé. Je relevais en quelque sorte la garde tous les matins. Il y avait en permanence quelqu'un ici, pour vous attendre. Et vous êtes venu. Mais vous n'avez pas trouvé la photo, n'est-ce pas?

Affolé, Wint bondit sur ses pieds mais deux policiers se saisirent de lui.

— Vous l'aviez trouvée! suffoqua-t-il. Où était-elle?

Le lieutenant hocha la tête :

— Oui, nous l'avons trouvée. Un simple petit instantané. Vous devez bien en avoir d'autres chez vous. Nous comparerons pour plus de sûreté.

Wint laissa échapper une faible plainte.

— Vous voulez dire que vous ne m'avez pas reconnu sur la photo?

— Comment l'aurions-nous pu?

Le lieutenant tira de sa poche un petit paquet. Il l'ouvrit et déplia un papier de soie. A l'intérieur se trouvait un petit carré de carton froissé tâché de sang et percé d'un petit trou rond au milieu. Une photo sans visage.

— Elle était dans un médaillon que portait Diana Lister, dit le lieutenant Benjamin. La balle est passée juste au travers.

*Murder me gently*
Traduction de Michel Girard

© 1966, by H.S.D. Publications, Inc.

# Le facteur commun

par

Richard DEMING

Je me trouvais dans un de ces immeubles loués en appartements meublés, qui pullulent à Kingshighway juste derrière le Chase Hotel. Le préposé à la réception était un jeune homme d'une vingtaine d'années.

Montrant ma plaque, je me présentai :

— Sergent Sod Harris, de la Brigade Criminelle. Est-ce vous qui m'avez appelé?

— Non, monsieur. C'est M. Thorn, le gérant de l'immeuble. Votre collègue lui a dit de rester chez lui jusqu'à ce que vous arriviez. Voulez-vous que j'aille le chercher?

— Ce n'est pas la peine. Je vais d'abord jeter un coup d'œil là-haut.

Dans le couloir du troisième étage où se trouvait l'appartement 313, une bonne moitié des portes étaient ouvertes. Les locataires étaient sur le seuil ou dans le couloir, le regard tourné vers le 313. Un jeune policier en uniforme en gardait la porte.

Sans me laisser le temps de sortir ma plaque, il me salua d'un chaleureux : Bonjour, sergent Harris.

— Serait-ce que je vous connais?

— Agent Carl Budd, sergent. Vous nous avez fait une conférence à l'Ecole de Police sur *la préservation des indices en matière criminelle*.

Etant donné que la conférence dont il parlait avait eu lieu moins d'un mois auparavant, il était clair qu'il venait de sortir de l'école et que c'était un débutant.

Lui faisant signe de s'écarter j'entrai dans l'appartement. Il me suivit, referma la porte et s'appuya contre elle.

Nous étions dans ce qu'on appelle une garçonnière. C'était une vaste pièce qui servait à la fois de salon et de salle à manger pendant le jour et qu'on pouvait transformer en chambre à coucher la nuit en sortant un lit pliant dissimulé dans un placard. Un petit renfoncement abritait un évier, un buffet et un réfrigérateur, le tout à l'échelle de l'appartement, mais ce n'était même pas assez grand pour qu'on pût parler de kitchenette. La porte de la salle de bains s'ouvrait sur le côté de ce réduit et la cloison d'une penderie coulissait sur l'autre mur.

Pour le moment le lit pliant était occupé. Une femme d'une trentaine d'années était affalée dessus. Elle avait une silhouette potelée qui avait tendance à s'amollir là où il n'eût précisément pas fallu. Il était difficile de dire si son visage était joli car il était déformé par un fil métallique si serré autour de son cou qu'il disparaissait presque dans la chair boursouflée. La morte portait ce qui restait d'une chemise de nuit noire qui avait été déchirée de l'encolure à l'ourlet.

Je me penchai sur le corps pour examiner le fil métallique. C'était une corde de piano, fine et flexible, enroulée trois fois autour du cou et dont on avait fait un nœud coulant serré juste en dessous de l'oreille droite de la victime. Un bout d'environ cinquante centimètres dépassait du nœud, recourbé comme s'il avait été enroulé autour d'une main. Etant donné qu'un fil aussi fin eût dû couper la main du tueur et qu'il n'y avait aucune trace de sang sur le bout libre, il était probable que l'assassin avait porté des gants épais.

— Voilà ce qu'on appelle un garrot, dit Carl Budd. Pendant la deuxième guerre mondiale les commandos s'en servaient pour tuer les sentinelles ennemies.

— Je sais, dis-je, vous n'auriez peut-être pas pensé que j'étais assez vieux pour ça, mais j'ai fait la seconde guerre mondiale.

Il me regarda d'un air sceptique, comme s'il m'avait plutôt pris pour un ancien de 14-18.

Je regardai autour de moi sans découvrir d'indices. Alors je me tournai vers Budd.

— Allez-y. Dites-moi ce que vous savez.

— La victime s'appelle Mme Ethel Aarons et le directeur de l'établissement m'a dit qu'elle vivait seule ici depuis six mois. Veuve ou divorcée, je suppose. Elle travaillait comme esthéticienne dans un salon de beauté du quartier. Vendredi elle n'est pas allée travailler. Sa patronne a téléphoné ici à plusieurs reprises sans succès. Comme la victime était encore absente aujourd'hui, la patronne a, une fois de plus, essayé de téléphoner. Finalement elle s'est inquiétée et est venue voir. Elle a fait ouvrir la porte par le directeur et voilà ce qu'ils ont trouvé.

Je fronçai les sourcils. Il était donc probable que le meurtre remontait à jeudi soir et l'état du corps tendait bien à confirmer cette hypothèse. Un coup d'œil à ma montre m'apprit qu'il était quinze heures trente.

— A quelle heure ces personnes ont-elles découvert le corps?

— Le directeur nous a fait appeler à quinze heures. Nous étions ici à quinze heures dix. Mon collègue est resté dans la voiture radio.

— Je sais que le gérant de l'immeuble attend dans sa chambre, mais où est la patronne du salon de beauté dont vous avez parlé?

— Elle est chez lui. Elle ne se sentait pas très bien et M. Thorn lui a offert un brandy.

Je laissai Budd reprendre la garde devant la porte et je redescendis. Le jeune employé de la réception me conduisit à l'appartement du gérant.

Everett Thorn était un grand maigre d'environ soixante ans qui devait être célibataire ou divorcé car la façon dont était arrangée l'unique pièce de son appartement trahissait l'homme seul. La propriétaire du salon de beauté était une blonde bien en chair, d'une cinquantaine d'années. Elle s'appelait Marie Baumgartner. Ils étaient en train de prendre du café additionné de cognac. Sur l'invitation de Thorn j'en acceptai une tasse, mais sans cognac.

— En réalité, je ne sais pas grand-chose sur Mme Aarons, me dit le gérant. Elle payait régulièrement son loyer, ne faisait jamais d'histoires et semblait une personne charmante. Mais nous n'étions que de simples connaissances.

— Y a-t-il quelqu'un en permanence au bureau? demandai-je.

Il secoua la tête.

— Seulement jusqu'à minuit. Après, le hall est désert et n'importe qui peut entrer.

— Qui était de service jeudi soir?

— Roy Johnson, celui qui est justement ici. Il travaille de deux heures de l'après-midi à minuit, tous les jours sauf le dimanche.

Je me tournai vers Marie Baumgartner:

— Connaissiez-vous Mme Aarons?

Le cognac qu'elle avait devant elle ne devait pas être le premier car elle dut faire un effort pour afficher sur son visage l'expression de gravité qui lui semblait de circonstance.

— Oh! bien sûr! Nous étions des amies de longue date. Elle a travaillé avec moi depuis l'ouverture du magasin voici dix ans, et nous nous connaissions déjà avant.

— Parlez-moi un peu d'elle.

— Eh bien, elle était très gentille, gaie et pleine d'humour. La façon dont elle se comportait en société était désopilante. C'était une vraie comédienne, vous savez. Elle était toujours là pour monter sur la table danser le french cancan ou faire chanter tout le monde en chœur. Pour ça, elle était formidable!

— Boute-en-train, quoi. Et dans la vie courante?

— Oh! Elle était aussi gaie, toujours à plaisanter. Pourtant elle n'a pas eu de chance avec les hommes. Elle a été mariée trois fois.

— Connaissez-vous les noms de ses ex-maris?

Oui, elle les connaissait. Je sortis mon calepin:

— Bien, allez-y.

Le premier mari d'Ethel avait été Julius Berger, mort depuis cinq ans. Ils avaient divorcé dix ans auparavant. Puis elle s'était remariée avec un certain Henry Jacobson. Elle en avait divorcé depuis quatre ans et Jacobson vivait maintenant quelque part en Californie, Marie ne savait où. Le troisième s'appelait Lyle Aarons. Ils avaient divorcé il y avait six mois. Ethel était alors venue habiter l'immeuble, Lyle Aarons occupant toujours l'appartement qui avait été le leur avant qu'ils ne divorcent, Marie me précisa que c'était dans le quartier de Maryland, mais elle ne connaissait pas l'adresse exacte.

Elle me raconta aussi que l'ami actuel d'Ethel était un chauffeur de poids lourds du nom de Earl Burke, mais elle ignorait son adresse. A sa connaissance, Ethel n'avait pas d'ennemi.

Je remerciai Everett Thorn pour son café et je retournai dans le hall.

— Vous êtes Roy Johnson? demandai-je au jeune réceptionniste.

— Oui, monsieur.

— Vous étiez de service jusqu'à minuit jeudi soir?

— Oui, monsieur.

— Avez-vous vu Mme Aarons ce soir-là?

Il hocha la tête.

— Elle est rentrée de son travail vers dix-sept heures quinze, et est ressortie vers dix-sept heures trente. Pour dîner en ville, je suppose, car elle est revenue vers dix-neuf heures et n'a plus bougé.

— Est-il rentré par la suite dans l'immeuble quelqu'un que vous ne connaissiez pas?

Il commençait à secouer la tête lorsqu'il se ravisa.

— Oui, on est venu apporter un télégramme. Vers vingt et une heure.

— Pour qui?

— Je n'en sais rien. Le télégraphiste est entré, son télégramme à la main, il a pris l'ascenseur. Je n'ai pas remarqué pour quel étage. Il n'est pas resté là-haut plus de cinq minutes.

— C'est une ligne extérieure? demandai-je en désignant le téléphone sur le comptoir.

— Vous pouvez vous en servir, dit-il en se tournant vers un standard derrière lui. Quel numéro voulez-vous?

— Service des télégrammes.

Lorsque j'eus expliqué qui j'étais et ce que je voulais à l'employée au bout du fil, elle me pria d'attendre pendant qu'elle consultait le fichier de jeudi soir.

Lorsqu'elle revint au téléphone, elle me dit :

— Un télégramme a bien été porté à Mme Aarons jeudi soir à cette adresse. Il avait été envoyé d'une cabine téléphonique de la ville et le correspondant a déclaré être Lester Mason, 5328 South Grace Street.

101

J'inscrivis le nom dans mon calepin, puis je demandai :
— Quel était le texte du télégramme?
— C'était l'une de nos formules de vœux rédigée comme suit : *Joyeux anniversaire et vœux sincères de longue vie et prospérité.* C'était signé *Lester.*
— Merci.

Lorsque je remontai au troisième, je trouvai Art Ward qui m'attendait avec son équipement de laboratoire. Je le fis entrer dans l'appartement et lui expliquai exactement ce que je désirais. Je lui demandai de relever d'abord les empreintes, car je voulais fouiller la pièce dès qu'il aurait fini. Puis je le quittai pour aller interroger les voisins.

Personne au troisième étage n'avait rien vu ni entendu d'inhabituel le jeudi soir. Seule une femme qui habitait au rez-de-chaussée se souvint d'avoir vu Ethel rentrer vers dix-neuf heures. Personne ne se rappela avoir vu le télégraphiste. J'essayai les appartements immédiatement à côté et en dessous du 313 mais sans résultat. Lorsque je revins à l'appartement du crime, Art Ward avait fini son travail.

— J'ai pris trois photos sous des angles différents, me dit-il. Il n'y a aucune empreinte qu'on puisse identifier excepté les siennes. Pas trace d'effraction, mais la serrure n'est qu'un simple système à ressort et un morceau de celluloïde suffirait pour l'ouvrir, à condition que le verrou intérieur ne soit pas mis.

— Il ne l'était pas, dis-je. Le directeur est entré avec son passe-partout.

— Ce qui ne veut pas dire que le visiteur était quelqu'un de sa connaissance. Elle a pu ouvrir le verrou en croyant reconnaître la voix et le tueur n'a eu qu'à tirer la porte derrière lui en repartant.

— On vous demande seulement de chercher des indices, pas d'élaborer des théories. Vous avez l'intention de vous faire flic?

— Jamais de la vie! s'exclama-t-il en prenant l'air dégoûté. Il rassembla ses affaires et partit.

Carl Budd passa la tête par la porte.

— Il y a des gars qui viennent pour emporter le corps à la morgue.

— Bien. Faites-les monter.

— Mais le médecin légiste ne l'a pas encore examiné!

Je le regardai. Apparemment j'avais oublié quelques détails lors de ma conférence à l'Ecole de Police.

— Vous croyez donc que le médecin légiste arrive en courant sur la scène du crime, comme au cinéma?

— C'est que...

Il se gratta la tête et laissa sa phrase en suspens.

— Le médecin a deux assistants, expliquai-je. Ils font leur travail sans quitter les locaux du tribunal où ils ont une salle d'autopsie moderne à leur disposition. Pourquoi viendraient-ils ici, alors que tous leurs appareils sont là-bas?

— Ne faut-il pas que le décès soit d'abord constaté par un médecin? demanda-t-il d'un ton hésitant.

J'aurais pu expliquer qu'il y avait généralement un praticien sur les lieux du crime parce que les gens en appellent un avant de nous alerter. J'aurais pu expliquer aussi que dans le cas où personne n'en a appelé, nous faisons venir le premier que nous trouvons dans le quartier s'il y a un léger doute quant au décès de la victime. Mais j'étais là pour procéder à une enquête et non pour faire une conférence.

— Ils s'en chargeront à la morgue, dis-je.

Je ne pensais pas avoir besoin d'un médecin pour diagnostiquer le décès d'une malheureuse qui avait passé quelque chose comme soixante heures avec un fil métallique serré autour du cou.

Budd permit à regret aux brancardiers d'emmener le corps. Après leur départ je fouillai la chambre de fond en comble. La seule chose importante que je trouvai fut un carnet d'adresses des trois ex-maris d'Ethel et de son petit ami du moment. Le nom de Julius Berger était rayé et le mot « mort » était inscrit en face dans la marge. Une adresse à Burbank, Californie, faisait suite au nom du second mari, Henry Jacobson. Lester Mason ne figurait pas dans le carnet.

Je ne trouvai pas trace du télégramme de vœux.

Je téléphonai au quartier général pour qu'on aille chercher le troisième mari Lyle Aarons, le petit ami Earl Burke et celui qui avait envoyé le télégramme, Lester

103

Mason. Je dictai aussi un télégramme de demande de renseignements à la police de Burbank, concernant le second mari, Henry Jacobson.

Il était à présent presque dix-sept heures et j'étais censé avoir fini mon service. Mais je ne pouvais laisser une telle enquête en suspens. Je téléphonai à ma femme pour la prévenir que je ne rentrerai pas dîner. Puis je donnai ordre à Budd de fermer la porte de l'appartement à clé et d'y mettre les scellés, après quoi il pourrait s'en aller.

Je dînai en chemin et j'arrivai au quartier général vers dix-huit heures trente. Sam Wiggens était de service de nuit. Il y avait aussi deux agents en uniforme qui avaient amené Lyle Aarons et Earl Burke.

— Rien en ce qui concerne Lester Mason? demandai-je à Sam.

— Si. Il n'y a pas de n° 53 à South Grace. Ça saute du 52 au 54. Et son nom ne figure ni dans l'annuaire ni dans le Bottin.

Je réfléchis puis je dis à l'un des agents :

— Courez à la poste, trouvez-moi le télégraphiste qui a apporté le télégramme et amenez-le ici.

L'agent fit signe qu'il avait compris et sortit.

Lyle Aarons était un grand maigre, d'environ quarante-cinq ans, qui déclara travailler comme comptable dans une brasserie de la ville. Il avait eu un banquet jeudi soir et il pouvait prouver son emploi du temps de dix-neuf heures jusqu'au moment où il avait repris son travail le vendredi matin. Le banquet avait duré jusqu'à une heure du matin, après quoi il avait passé la nuit chez un ami au lieu de rentrer chez lui. Je fis téléphoner à l'ami en question qui confirma son alibi.

Aarons déclara que son divorce d'avec la victime s'était fait à l'amiable et qu'il était resté en bons termes avec elle. Il expliqua qu'Ethel aimait un peu trop sortir à son goût, alors que lui était plutôt casanier. Ils s'étaient séparés d'un commun accord. Quant à Lester Mason, il n'en avait jamais entendu parler.

Je le laissai partir en lui recommandant de se tenir à notre disposition.

Earl Burke paraissait avoir dans les quarante ans. C'était un bon gros qui avait, lui aussi, un alibi à toute épreuve. Il conduisait un attelage de course et se trouvait à Indianapolis jeudi soir. En fait, il n'en était revenu que le jour même à midi. Il me donna le numéro de téléphone de l'organisateur de la course. J'appelai l'homme et il me confirma le fait.

Burke déclara avoir vu Ethel Aarons pour la dernière fois mercredi soir, quand ils étaient sortis ensemble. Il était parti pour Indianapolis jeudi matin, avait passé la nuit là-bas, s'était rendu en voiture à Dayton, Ohio, vendredi puis avait fait demi-tour pour rentrer chez lui.

— Nous n'étions pas fiancés ni rien du tout, dit-il. Ça m'amusait de sortir avec elle. On s'entendait rudement bien.

Il n'avait, lui non plus, jamais entendu parler de Lester Mason. Je le laissai partir en lui faisant la même recommandation qu'à Lyle Aarons.

En attendant la venue du télégraphiste, je me mis à appeler tous les Mason que je trouvai dans l'annuaire. Il y en avait une pleine page.

Chaque fois que quelqu'un décrochait, je demandais :

— Est-ce qu'un certain Lester Mason habite ici?

J'en étais à la moitié de la liste et je n'étais tombé que sur un seul Lester Mason, qui se révéla être un gamin de six ans, sur quoi, l'agent que j'avais envoyé chercher le télégraphiste revint avec lui.

C'était un jeune homme, grand, efflanqué et à la figure pointue, d'environ vingt-cinq ans et qui s'appelait Peter Hendrix. Il se rappelait avoir porté le télégramme à Mme Aarons, le jeudi soir.

— Etait-elle seule? lui demandai-je.

— Je n'ai vu personne d'autre chez elle. Je ne suis pas entré mais on pouvait voir à l'intérieur. Evidemment, il pouvait y avoir quelqu'un derrière la porte ou dans la salle de bains.

— Quelle a été sa réaction en lisant le télégramme?

Il haussa les épaules :

— Elle ne l'a pas ouvert devant moi. Elle m'a juste donné un pourboire et a refermé sa porte.

— Comment était-elle habillée?

Il réfléchit une instant :

105

— En robe de chambre, je crois bien. Une de ces petites choses en nylon. Elle avait l'air prête à aller se coucher. Elle s'était mis des bigoudis.

— Comment se fait-il que le télégramme ait été porté à domicile au lieu d'être transmis par téléphone?

— Nous portons toujours les messages de vœux. Ce sont pour ainsi dire des cartes et les gens aiment les voir. Par téléphone, ce n'est pas la même chose.

— Je vois. Avons-nous interrompu votre travail?

— Euh... je suis de service jusqu'à vingt et une heures. (Il jeta un coup d'œil vers la pendule.) Maintenant je suis libre.

Je suivis son regard et vis qu'il était vingt et une heures trente. Une rafle systématique de tous les désaxés connus de la police avait déjà commencé, je le savais, et ils allaient bientôt arriver en foule. Mais l'équipe de nuit s'occuperait d'eux.

C'était l'heure de partir. J'offris à Peter Hendrix de le reconduire chez lui. Mais il avait sa voiture garée devant la poste, aussi l'y déposai-je.

Dimanche était mon jour de repos, mais je me rendis tout de même au quartier général dès le matin. Il y avait un câble de Burbank prévenant qu'on avait trouvé Henry Jacobson, lequel pu prouver ne pas avoir quitté la ville depuis des semaines.

Vingt-six suspects ramassés pendant la rafle avaient été interrogés puis relâchés.

Ni le rapport du médecin légiste ni celui du laboratoire n'étant encore arrivés, je retournai à la maison.

Le lundi matin, les deux rapports se trouvaient sur mon bureau. Celui du médecin légiste concluait à la mort par strangulation et fixait l'heure du décès entre minuit et quatre heures, vendredi matin. L'examen des ongles de la victime indiquait que l'assassin n'avait pas été griffé, ce qui ne me surprit pas, la position du nœud coulant laissant penser qu'il avait attaqué par-derrière. D'autre part, la victime avait subi des violences après sa mort.

Le seul renseignement nouveau dans le rapport du laboratoire concernait le calibre et la marque du fil métallique qui avait servi à étrangler. C'était un article banal qui se vendait partout.

Je téléphonai au restant des Mason de l'annuaire sans pouvoir découvrir celui qui avait envoyé les vœux d'anniversaire.

A la fin de la semaine cent seize désaxés sexuels avaient été questionnés puis relâchés. Nous n'avions pas avancé d'un pas depuis le début de l'enquête.

C'est alors que, le samedi, on découvrit la seconde victime.

Cette fois-ci, c'était une secrétaire particulière de vingt-deux ans qui habitait un trois pièces dans le quartier de Bates, vers le Sud. Son nom, nous dit-on, était Leona Bacon.

De même que la première victime, elle ne s'était pas présentée à son travail le vendredi et n'avait pas répondu au téléphone quand le patron l'avait appelée. Le samedi, elle ne travaillait pas mais elle devait aller faire des courses avec une collègue de bureau. Quand celle-ci vint la chercher et que personne ne répondit à son coup de sonnette, elle s'inquiéta, sachant que Leona n'était pas allée travailler la veille. Elle fit part de son inquiétude à l'un des voisins. L'appartement était au rez-ce-chaussée et le voisin trouva une fenêtre entrouverte. Il se laissa glisser à l'intérieur de la pièce pour aller voir ce qui se passait.

Leona Bacon avait été étranglée de la même façon qu'Ethel Aarons et avait, elle aussi, subi des violences après sa mort. Il n'y avait pas trace d'effraction, mais là encore, cela ne voulait pas dire que la victime avait ouvert au tueur. L'appartement donnait directement sur la rue et la serrure était à ressort, du même type que celle d'Ethel Aarons. On pouvait l'avoir ouverte avec un passe-partout ou un simple petit morceau de celluloïd glissé dans la fente à côté de la serrure.

Dans le cas de cette fille, il n'y avait ni mari ni ami à interroger. Elle était fiancée à un militaire en service au Vietnam et ne fréquentait personne d'autre. Elle était orpheline, sans famille, et ne sortait que pour se rendre à l'église ou aux réunions de la chorale dont elle faisait partie. Ses amis la décrivirent comme une fille timide, réservée, qui passait presque toutes ses soirées chez elle et n'avait jamais eu d'ennemi.

Le rapport médical révéla qu'elle était morte entre minuit et quatre heures le vendredi matin.

Les journaux insistèrent sur le fait troublant que les deux meurtres avaient été commis exactement à une semaine d'intervalle, heure pour heure. Un journaliste qualifia le tueur d'*Etrangleur du jeudi soir* et l'histoire des deux crimes fut à la « une » des journaux.

Nous fîmes de nouveau sans résultat le tour de tous les désaxés sexuels que nous connaissions.

Le vendredi suivant, on découvrit la troisième victime. Elle s'appelait Anita Cabral et habitait une soupente au-dessus d'un bar dans le quartier d'Olive, qui n'est pas le meilleur de la ville. C'était sa propriétaire qui l'avait découverte en venant la mettre dehors pour n'avoir pas payé son loyer. Anita avait trente-huit ans.

En ce qui concernait les indices, c'était toujours la même histoire, sauf que, à cause de la découverte plus rapide du cadavre, le docteur avait pu fixer l'heure de la mort avec plus de précision. Il estimait qu'elle était survenue entre une heure et trois heures du matin. A part cela, nous n'avions pas plus d'indices que pour les deux crimes précédents.

Cette fois-ci encore il n'y avait pas trace d'effraction. La porte d'entrée de l'immeuble, qui donnait sur l'escalier desservant les chambres au-dessus du bar, n'était jamais fermée à clé si bien que n'importe qui pouvait être monté chez Anita sans être vu. La porte de sa chambre, comme celle des autres victimes, n'était munie que d'une simple serrure à ressort.

Après le troisième meurtre, l'*Etrangleur du jeudi soir* occupa quotidiennement la première page des journaux, même quand il n'y avait rien d'autre à raconter qu'une nouvelle version de ses crimes. Les journaux recommandaient aux femmes seules de verrouiller leur porte le jeudi soir et de ne laisser entrer que des personnes de connaissance.

J'avais mis par écrit tout ce que je savais des trois victimes. Je lisais et relisais chaque détail jusqu'à ce que les yeux me brûlent, essayant de trouver un point commun entre ces trois femmes.

Cela, sur la suggestion du lieutenant.

— Cherchez le facteur commun, m'avait-il conseillé. Dans ces affaires de fous, il y a toujours une façon de choisir les victimes qui semble logique au tueur. Il ne tue jamais au hasard. Il doit y avoir un point commun.
— Lequel par exemple?
— Prenez le cas de Jack l'Eventreur : toutes ses victimes étaient des prostituées. Celles de l'Etrangleur de Boston étaient pour la plupart des habituées de l'hôpital; c'étaient des malades, des infirmières ou des visiteuses.
— Les deux affaires n'ont jamais été éclaircies, soulignai-je d'un ton amer. On peut dire que vous me remontez le moral!
— Ne soyez pas défaitiste. Trouvez le point commun et vous aurez au moins un indice pour découvrir le tueur. Il choisit peut-être des femmes aux yeux bleus, ou aux jambes arquées, ou aux genoux cagneux ou encore qui se coiffent d'une certaine façon. Il doit y avoir quelque chose de commun entre elles.

Le jeudi suivant, à l'heure de rentrer chez moi, j'étais toujours en train de chercher, désespéré à l'idée que si je ne trouvais rien une autre femme allait probablement mourir cette nuit-là. Le lieutenant s'arrêta près de moi avant de sortir.

— Trouvé quelque chose?
— Peut-être. Le facteur commun, c'est qu'elles vivaient seules. A part ça, je n'ai jamais rencontré trois femmes aussi différentes. Vous voulez que je vous lise mon tableau de comparaison?
— Allez-y.
— Physique : Ethel Aarons était rondelette, Leona Bacon bâtie comme un rêve, Anita Cabral squelettique. Ethel brune, Leona châtain, Anita blonde. Yeux : marron, noisette, bleus. Ages : trente-quatre, vingt-deux, trente-huit. Passé : Ethel est née à Jackson, Mississippi, a fait deux années de collège et a suivi des cours d'esthéticienne. Leona, née à St. Louis, deux années de collège plus un an de secrétariat. Nous ne savons rien du passé d'Anita Cabral, mais les gens qui l'ont connue l'ont entendue dire qu'elle venait de l'Est. Elle n'avait certainement pas fait beaucoup d'études, car il paraît qu'elle était pour ainsi dire illettrée. Caractères : Ethel était un boute-en-train

avec trois ex-maris; Leona une petite bonne femme bien tranquille qui passait le plus clair de son temps à l'église; Anita une prostituée à moitié alcoolique. Voulez-vous que je poursuive?

— Non, à moins que vous ne puissiez faire mieux.

J'alignai les trois dossiers devant moi et les contemplai en rêvant. Les noms portés sur les étiquettes étaient tapés de façon à ce qu'on lise le nom propre en premier : *Aarons, Ethel; Bacon, Leona; Cabral, Anita.*

Je sursautai :

— Hé, mais c'est l'ordre alphabétique! A, B, C. Croyez-vous que ce cinglé choisisse les noms au fur et à mesure dans l'annuaire?

Le lieutenant me tapa affectueusement sur l'épaule.

— Dans ce cas, nous n'aurions que des A. Le deuxième nom de l'annuaire ne commence pas par un B.

— Non, mais le nom de la seconde femme sur la liste commence peut-être par un B, dis-je en feuilletant l'annuaire. Le tueur choisit peut-être ses victimes en prenant les noms de femmes les uns après les autres.

Le lieutenant eut l'air intéressé. Il se pencha par-dessus mon épaule pour suivre mon doigt tandis que je le faisais glisser le long de la première colonne de la page un.

J'eus un petit pincement au cœur quand je vis que le premier nom de femme était *Aarons, Ethel.* Je perdis de nouveau le moral quand je découvris que dix lignes plus bas c'était *Abbott Angel* et une demi-colonne plus loin *Abcock Lucille.* Je n'aurais jamais pensé que tant de téléphones soient à des noms de femmes. Il y en avait bien une vingtaine rien que sur la première page.

— J'ai l'impression que la théorie tombe à l'eau, dit le lieutenant. Bonsoir.

Après son départ, j'eus une autre idée. A supposer que l'étrangleur prenne les lettres de l'alphabet les unes après les autres, choisissant le premier nom de femme en A, puis le premier en B, et le premier en C, etc.?

J'ouvris de nouveau l'annuaire à la colonne des B. Le premier nom de femme était *Babcock Josephine.* Le suivant plusieurs lignes plus bas, *Bachmann Cleo; Bacon Leona* était le troisième de la liste.

Je regardai à la page des C. *Cable Edith* venait en premier et *Cabral Anita* en second.

Tant pis pour mon idée géniale, pensai-je, découragé. Le fait que le nom de la première victime commençât par A, celui de la seconde par B et celui de la troisième par C, n'était qu'une pure coïncidence.

Je remis les dossiers dans mon tiroir et rentrai à la maison.

Après dîner, alors que nous prenions le café dans le salon, Maggie me dit :

— Tu restes perdu dans tes pensées depuis que tu es rentré, Sod. C'est parce que nous sommes jeudi soir?

— Oui. Espérons que toutes les femmes seules de la ville ont suivi les conseils des journaux et n'ont pas oublié de verrouiller leur porte.

— As-tu avancé dans ta recherche d'un facteur commun?

— Je pensais avoir trouvé, mais ce n'était pas ça.

Je lui fis part de ma théorie que l'étrangleur avait dû choisir ses victimes dans l'annuaire d'après l'ordre alphabétique, mais bien que la première victime ait été la première femme en A sur la liste, la seconde était la troisième en B et la troisième la seconde en C.

— Mais, voyons, ça n'empêche rien! s'écria ma femme. Les premières deux B ne vivaient peut-être pas seules. Il les a peut-être épiées et a constaté qu'elles étaient trop bien protégées. Il suit sans doute l'ordre alphabétique, mais ne choisit que les femmes vivant seules.

Je la regardai, abasourdi. Même au bout de vingt ans de vie conjugale, je suis toujours aussi surpris chaque fois que je constate que ma femme est plus intelligente que moi.

Je me levai pour l'embrasser. Puis j'allai dans le hall téléphoner. Mais, au moment de composer le premier numéro, je décidai qu'il serait trop difficile de m'expliquer par téléphone. Alors je notai les adresses sur mon calepin.

Joséphine Babcock habitait vers Southgrand, une maison de deux étages. Un jeune homme d'une vingtaine d'années, solidement bâti, vint m'ouvrir.

Montrant mon insigne, je me présentai :

— Sergent Sod Harris, de la police. Josephine Babcock est-elle ici?

— Maman? Oui. Entrez.

Il m'introduisit dans le salon où une femme d'environ cinquante ans, aux cheveux grisonnants, regardait la télévision en compagnie d'un grand et fort garçon d'à peu près dix-huit ans.

— Voici le sergent Harris, maman. Il voudrait te parler.

La femme m'accueillit avec une surprise courtoise et me présenta les deux jeunes gens comme étant ses fils, Fred et George. Je leur serrai la main.

— Asseyez-vous, sergent, me dit Mme Babcock.

— Merci, je ne fais que passer. Je suis assez pressé. Je ne voudrais pas vous effrayer, mais j'ai des raisons de penser que l'*Etrangleur du jeudi soir* pourrait bien être venu observer votre maison, il y a une semaine ou deux. Si c'est le cas, n'ayez pas peur : il a renoncé à faire de vous sa victime.

La femme fit les yeux ronds. Les deux jeunes gens prirent un air farouche. Le plus jeune, George, frappa du poing la paume de sa main, d'un geste décidé.

— S'il vient fourrer son nez ici, on vous le livrera raide mort, cet assassin!

— Je suis certain qu'il ne se manifestera pas. Il ne choisit que des femmes vivant seules. C'est pourquoi, s'il avait pensé à vous, il a dû renoncer à son idée dès qu'il a appris que deux hommes habitaient la maison. Maintenant je vous demande de vous rappeler la semaine entre les deux premiers meurtres. Avez-vous remarqué quelqu'un qui se serait intéressé à la maison? S'est-il passé quelque chose de particulier? Par exemple un inconnu a-t-il sonné chez vous sous un prétexte ou un autre?

Ils se regardèrent et Mme Babcock finit par dire :

— Non, je ne vois rien.

Les deux jeunes gens n'ayant rien remarqué non plus, je les remerciai et remontai en voiture pour me rendre à l'adresse suivante.

L'appartement qu'habitait Cleo Bachmann se trouvait à Tower Grove. Cleo Bachmann était une fille d'environ vingt-cinq ans, qui partageait son appartement avec trois amies. Aucune d'elles ne se souvint d'un individu suspect ayant rôdé dans les parages durant la semaine précédant le second meurtre.

Edith Cable habitait plus au nord dans une maison de briques qu'elle avait transformée en pension de famille pour messieurs. C'était une femme robuste qui devait avoir dans les soixante ans. Jusque-là, l'hypothèse de Maggie se révélait juste. L'*Etrangleur du jeudi soir* aurait été non seulement cinglé mais aussi singulièrement courageux de choisir des victimes aussi bien entourées que les trois premières femmes au nom en C figurant dans l'annuaire.

Lorsque j'eus expliqué la raison de ma visite à la directrice de la pension, elle secoua la tête.

— Il y a tout le temps des messieurs qui viennent demander des chambres, mais je ne me rappelle pas qu'aucun d'eux se soit montré curieux.

— Il ne s'est rien passé de spécial ces jours-ci? Pas de coup de téléphone bizarre, par exemple?

Elle secoua la tête, puis se ravisa : Si! Mais ce n'était pas bien méchant. J'ai reçu une carte de vœux alors que ce n'était pas mon anniversaire.

Je sentis un frisson me parcourir le dos.

— Quand était-ce?

Elle réfléchit un instant :

— Il y aura quinze jours mercredi. On m'a apporté un télégramme vers huit heures du soir. Non seulement ce n'était pas mon anniversaire, mais je ne connaissais pas du tout celui qui me l'avait envoyé.

— Avez-vous reçu le télégramme en main propre?

— Non. Tout le monde ici se précipite quand on sonne. Trois de mes pensionnaires se sont trouvés en même temps devant la porte mais j'ignore lequel a pris le télégramme.

Il était facile d'imaginer qu'une telle réception aurait découragé n'importe quel étrangleur.

— Vous permettez que je téléphone? demandai-je.

— Je vous en prie.

Je téléphonai d'abord à Mme Josephine Babcock.

— C'est encore le sergent Harris, madame Babcock. Avez-vous reçu un télégramme dernièrement?

— Oh! oui, il y a deux semaines. C'était même curieux : un inconnu m'envoyait ses vœux; or ce n'était pas mon anniversaire!

113

– Vous rappelez-vous la date exacte?
– Euh... c'était un lundi. Il y a deux semaines.
– Est-ce à vous que l'on a remis ce télégramme?
– Oui.
– Aviez-vous un de vos fils auprès de vous à ce moment-là?

Il y eut un silence pendant qu'elle réfléchissait.

– Je ne crois pas qu'ils étaient dans le salon, reprit-elle au bout d'un moment. Mais ils étaient dans la maison. Pourquoi?
– Je n'ai pas le temps de vous expliquer. Avez-vous parlé avec le télégraphiste?
– Non, autant que je me souvienne... Ah! Si, au fait. Il m'a demandé si je vivais seule dans cette vaste maison et je lui ai répondu que j'avais deux grands fils.
– Merci. Je suis pressé, au revoir.

Quand je téléphonai à Cleo Bachmann j'appris qu'elle avait reçu un télégramme le soir suivant. Par la porte ouverte le télégraphiste avait aperçu les autres filles et avait demandé si elles vivaient toutes ensemble. Cleo lui avait dit que oui.

Les femmes auxquelles j'avais rendu visite habitaient assez loin les unes des autres, de sorte que j'avais perdu un temps considérable à me déplacer. Il m'avait fallu aussi beaucoup de temps chaque fois pour m'expliquer. Je vis qu'il était vingt-deux heures dix.

J'avais encore une marge de sécurité si l'étrangleur frappait suivant la même méthode. Jusque-là il n'avait jamais agi avant minuit. Il était vingt-deux heures trente quand je rejoignis le quartier général.

Sam Wiggens fut surpris de me voir arriver.

– Qu'est-ce qui se passe? me demanda-t-il.
– Je crois que j'ai résolu l'affaire de l'étrangleur.

Gagnant mon bureau, j'ouvris le dossier d'Ethel Aarons pour en sortir son certificat de décès. La feuille contenait divers renseignements, dont la date de naissance.

Je l'avais eue sous les yeux tout au long de l'enquête et pourtant je n'y avais pas prêté attention. L'anniversaire d'Ethel Aarons tombait le 2 août et la carte de vœux du mystérieux Lester Mason était datée du premier jeudi d'octobre.

Je me tournai vers Sam.

— Etablissez un mandat d'arrêt au nom du télégraphiste, Peter Hendrix. Il finit son travail à vingt et une heures mais on vous donnera son adresse à la poste.

— Quel motif?

— Présomption d'homicide. C'est lui, l'*Etrangleur du jeudi soir*.

Le voyant me regarder avec des yeux ronds, je lui expliquai :

— Il télégraphie des vœux aux femmes pour se donner l'occasion de voir dans quelles conditions elle vivent. Il dicte les télégrammes d'une cabine téléphonique quelconque en glissant dans la fente autant de pièces qu'il faut pour en régler le montant, et en donnant à chaque fois un faux nom et une fausse adresse d'expéditeur.

« Ces sortes de télégrammes sont toujours portés à domicile, si bien que, lorsqu'il retournait à son travail, on lui demandait d'aller les remettre à leurs destinataires. Ce qui lui permettait d'étudier les lieux et de s'assurer que sa future victime vivait bien seule. Si l'affaire se présentait mal, il envoyait le soir suivant un autre télégramme à celle dont le nom figurait tout de suite après sur la liste. Quand il avait choisi sa victime, il revenait dans le courant de la nuit pour l'étrangler.

Sam décrocha le téléphone sans rien dire.

Pendant qu'il demandait l'adresse de Peter Hendrix, j'utilisais un autre appareil. Le premier nom de femme sur la liste des D était Lulu Daane.

Une voix d'homme répondit sèchement que Mme Daane était couchée. Qu'est-ce que je lui voulais?

— Ici le sergent Sod Harris, de la police. Qui est à l'appareil?

— John Daane, dit l'homme d'une voix nettement plus aimable. Le frère de Lulu.

— Mme Daane a-t-elle reçu ces jours-ci un télégramme plutôt bizarre?

— Oui, fit-il tout surpris. Lundi soir elle a reçu un télégramme d'anniversaire émanant d'un plaisantin dont nous n'avions jamais entendu parler. Pourquoi, c'est une sorte de blague?

— Est-ce Mme Daane qui a reçu le télégraphiste?

— Non, c'est moi qui ai ouvert la porte.

— Je n'ai pas le temps de vous expliquer maintenant, mais vous comprendrez en lisant les journaux. Merci.

J'appelai ensuite le deuxième nom de la liste, une certaine Vera Daffin.

Elle avait bien reçu un télégramme le mardi, mais quand elle m'eut dit qu'elle logeait chez elle un couple marié, je compris que ce ne serait pas encore elle la prochaine victime.

Venait ensuite Sandra Dahl. Elle avait reçu son télégramme le mercredi soir.

— Vivez-vous seule, Miss Dahl? demandai-je.

— Oui. Pourquoi?

— Je vous envoie tout de suite un agent de police. Verrouillez votre porte et ne laissez entrer personne avant qu'il soit chez vous. Compris? Ne laissez entrer personne!

— Vous me faites peur, dit-elle d'une voix tremblante. Qu'est-ce que c'est? L'étrangleur?

— Ne craignez rien. Un agent sera chez vous dans cinq minutes.

Je téléphonai immédiatement au quartier général, expliquant ce qui arrivait et demandant qu'on envoie rapidement la plus proche voiture de patrouille chez Sandra Dahl.

J'avais tellement perdu de temps à m'expliquer au téléphone qu'il était à présent vingt-trois heures quinze. J'interrogeai Sam Wiggens du regard.

— On vient juste de me rappeler au sujet de Peter Hendrix. Il n'est pas chez lui, me dit-il.

— Alors il est probablement en train de se rendre chez Miss Dahl. Vous ne croyez pas qu'on pourrait faire cerner l'immeuble?

Sam haussa les épaules.

— Ce n'est qu'un pauvre type armé d'un bout de fil métallique. Deux voitures d'agents suffiront à le maîtriser.

— Je vais faire un saut là-bas pour les aider, décidai-je.

Il était juste minuit quand je garai ma voiture en face du bâtiment de pierre grise à deux étages. Une voiture de police se touvait de l'autre côté de la rue, à quelques mètres de là. Je pensai avec colère qu'ils auraient pu avoir assez de jugeote pour la cacher.

L'immeuble doit être loué en appartements meublés, notai-je, en approchant de la porte d'entrée. Celle-ci étant fermée à clé, je sonnai. Un policier vint m'ouvrir, le pistolet à la main.

Montrant mon insigne, je me présentai :

— Sergent Harris. Tout est en ordre?

— Je ne vois pas bien comment il pourrait arriver jusque chez la fille, me dit-il en s'effaçant pour me laisser passer. Je me retrouvai dans un grand hall désert éclairé seulement par une veilleuse. Un couloir central, aussi mal éclairé, desservait l'arrière de la maison.

— Où sommes-nous donc? demandai-je.

— Dans un dortoir d'ouvrières. Elles ont des chambres individuelles, mais elles sont bien une vingtaine, sans compter la directrice, à coucher ici. Mon collègue est là-haut, dans la chambre de Miss Dahl, au deuxième étage.

Un frisson me parcourut.

— Où est le téléphone? hurlai-je.

Il sursauta en me regardant d'un air étonné, puis désigna l'autre bout du hall.

— Là-bas.

Le nom suivant sur la liste était Evelyn Dane. Je fus soulagé de voir qu'elle n'habitait pas loin de là.

La voix d'Evelyn semblait indiquer que je l'avais surprise en plein sommeil.

Je la réveillai complètement en disant :

— Ici le sergent Harris, de la police, Miss Dane. Je m'excuse de vous déranger si tard mais c'est urgent. Avez-vous reçu un télégramme dernièrement?

— Oui, fit-elle d'un ton surpris. Dans la soirée, j'ai reçu en effet un télégramme de vœux. Ce n'est pourtant pas mon anniversaire.

Je me sentis glacé.

— Vivez-vous seule?

— Oui.

— Comment est votre appartement?

— C'est un quatre-pièces au rez-de-chaussée.

— Ecoutez-moi bien. Nous avons des raisons de croire que l'étrangleur va vous rendre visite. Je serai chez vous dans cinq minutes avec un collègue. Verrouillez votre porte et ne laissez entrer personne jusqu'à ce que nous arrivions.

— Oui... bien, dit-elle, terrorisée.

Raccrochant, je me tournai vers l'agent :

— Vite, j'ai besoin de votre uniforme! En civil, elle pourrait me prendre pour l'étrangleur.

— Et mon collègue, en haut? Au diable votre collègue. Allez, dépêchons-nous.

En quatre minutes nous étions là-bas. Cette fois-ci, il s'agissait d'un immeuble divisé en appartements de quatre-pièces ayant tous leur entrée particulière. Celui que nous recherchions était le plus à gauche.

J'allais sonner lorsque nous entendîmes un coup de feu.

J'essayai d'ouvrir la porte, mais elle était fermée à clé. Je fis sauter la vitre d'un coup de crosse et je réussis à tirer le verrou en passant mon bras à l'intérieur. Puis je tournai le bouton qui avait été bloqué pour la nuit.

Il n'y avait de lumière nulle part, mais quand nous entrâmes quelqu'un alluma dans une pièce du fond.

— Est-ce la police? demanda une voix de femme.

— Oui, répondis-je en me dirigeant vers l'endroit d'où venait la voix.

C'était la cuisine qui était allumée. Une jolie rousse d'environ vingt-cinq ans, vêtue d'une chemise de nuit vaporeuse, était debout sur le seuil de la salle à manger. Elle tenait d'une main un petit pistolet à crosse de nacre et de l'autre une lampe-torche.

Devant la porte de service ouverte s'étalait le corps de Peter Hendrix ayant encore dans ses mains un petit carré de celluloïd et un nœud coulant en fil métallique. Il portait d'épais gants de cuir.

— Je l'ai entendu derrière la porte de service juste au moment où vous raccrochiez, raconta la jeune fille d'une voix anormalement stridente. J'avais un pistolet, je l'ai donc pris ainsi que ma torche électrique et j'ai éteint la lumière de ma chambre. Dans les autres pièces, c'était déjà éteint. J'ai écouté dans le noir jusqu'à ce que j'entende la porte s'ouvrir. Alors j'ai allumé ma torche et j'ai vu le fil métallique dans sa main. Aussitôt j'ai tiré sur lui.

Avec un faible sourire, elle s'affaissa par terre, évanouie.

Peter Hendrix avait malheureusement pris la balle en plein cœur et ne pouvait répondre à aucune question. En fouillant dans son passé nous découvrîmes, comme bien souvent dans ces cas-là, qu'il souffrait depuis longtemps de déséquilibre mental.

J'aurais pourtant bien voulu pouvoir lui poser une question. Je n'arrive pas à comprendre, et cela me travaille toujours, pourquoi il choisissait le jeudi.

*The common factor*
Traduction de Michel Girard

© Droits réservés.

# Le Maître des tambours

par

Arthur Porges

Le cours de son rêve changea soudain. La ravissante fille qu'il poursuivait à travers un jardin ensoleillé s'évanouit sans laisser de trace. Il la chercha du regard dans toutes les directions, éprouvant devant sa disparition un profond sentiment de frustration. Des filles jeunes, ensorcelantes, sveltes et souples, il n'en avait à sa disposition, à sa merci, que dans ses rêves.

Il s'apprêtait à pourchasser une de ses fantomatiques sœurs lorsqu'il s'aperçut que le ciel s'assombrissait. Un brouillard subtil, pourtant singulièrement perceptible et pénétrant, s'étendait lentement mais inexorablement sur le monde, un monde de triomphante allégresse et d'irresponsabilité. Le soleil était obscurci; une lumière diminuée, violette, une demi-lumière, diluée, huileuse, transformait le paysage enchanteur des instants passés en quelque chose d'étrange et de sinistre.

Cela se produisait souvent depuis quelque temps. Dans cet éblouissant pays d'Au-delà du Sommeil, sans ombre et sans morale, il évoluait heureux et insouciant, recouvrant comme par magie une nouvelle jeunesse, jouissant sans retenue de ces pouvoirs divins et de cette liberté sans contrainte qu'il n'obtenait qu'en rêve. Mais inopinément, en de rares occasions tout d'abord et bien trop fréquemment désormais, à un certain moment de son enivrante Odyssée de la nuit, un brusque changement d'atmosphère intervenait – et le tourment commençait.

Tout autour de lui, les créatures ténues de son rêve, aux

contours subtilement déformés, s'enfuyaient comme des fourmis devant un jet d'insecticide; il les voyait s'éparpiller sans un son, légères, immatérielles, mais lançant toutes, cependant, le même cri d'angoisse et de terreur : « Le Maître des Tambours! Le Maître des Tambours! »

Le Maître des Tambours! Une fois de plus il se souvint, et, se souvenant, frissonna, accablé par une atroce évidence : l'objet de la poursuite, maintenant, c'était *lui!* Lui qui dominait ce monde du rêve, le régentant à sa guise, se trouvait soudain précipité dans un abîme de peur panique. Loin d'être en mesure de traquer les créatures qui l'entouraient et de leur imposer, avec une cynique arrogance, ses impérieuses exigences, voilà qu'il devenait lui-même une proie pourchassée par un poursuivant mystérieux, indéfinissable – non, pas simplement la mort – et d'autant plus terrifiant qu'il lui demeurait inconnu.

Comme si souvent déjà, il allait devoir courir jusqu'à ce que tous les muscles de son corps le torturent et le brûlent, lui donnant l'impression d'être une torche vivante, jusqu'au moment où, suffoquant, hoquetant, sanglotant, et toujours talonné par son poursuivant, il verrait enfin se dresser devant lui sa demeure. D'un ultime élan, il s'y engouffrerait, juste à temps, verrouillerait la porte, et se réveillerait, dans son lit. Trempé d'une sueur glacée, le cœur battant la chamade, mais éveillé – oh, la joie de ce réveil! – sain et sauf.

Il resta d'abord sur place, indécis, hésitant, perdant de précieux instants pour repérer cette « chose » qui voulait le prendre en chasse. Etourdi, sonné, plongé dans un profond malaise par des bribes, des bouffées confuses de souvenirs, il lançait de biais des coups d'œil furtifs, évitant de regarder franchement, craignant de voir avec trop de netteté ce qu'il valait peut-être mieux laisser dissimulé, voilé au moins.

Là-bas, sur ce terrain embrumé, irréel, une énorme forme rousse, velue, à la lourde démarche menaçante, inspectait les alentours avec une intensité farouche. Tendant ses grands bras, elle se baissait à droite et à gauche pour relever les traces de sa proie.

Pétrifié, étreint par la peur comme par un étau, le

121

rêveur voyait sa marge de sécurité sur le point d'être réduite à néant.

Non, il avait encore une chance. Il pouvait se cacher. Là, cet arbre – d'où avait-il surgi? – au tronc épais. Il bondit derrière et se colla, le cœur battant, contre le tronc sauveur. Pour un moment, il se sentit à l'abri, rassuré; et puis l'écorce perdit de sa rugosité, devint lisse et froide. L'arbre frémit et se métamorphosa, se faisant transparent comme du verre. Et le Maître des Tambours put le voir...

La figure courbée se redressa de toute sa hauteur, levant les bras en signe de triomphe; la paralysie du rêveur se dissipa aussitôt et il prit la fuite à fond de train.

Derrière lui retentit un grondement rauque. La chasse était commencée.

Durant quelque temps, les prouesses de ses pieds, dans une quasi-apesanteur de rêve, lui donnèrent de l'espoir. Il sautait sans la moindre appréhension, sûr de lui, par-dessus d'énormes souches, des clôtures, des fossés et même des rivières. Il gravissait sans effort, à toute allure, des pentes semées d'obstacles et s'élevant presque à la verticale. Il se découvrait le don de se frayer un chemin à travers un fouillis apparemment inextricable de buissons épineux, et réussissait à franchir, d'une détente fantastique, d'immenses barrières soudain dressées vers le ciel, surgies de nulle part pour lui barrer la route. Rien n'était à la mesure de son agilité; il pouvait battre le soleil à la course dans le ciel; ses pieds légers pouvaient défier le monde entier; il était le dieu Mercure...

Mais à nouveau les cris du Maître des Tambours résonnèrent à ses oreilles, et cette sorte de subtil sable mouvant, fatal tourment des êtres pourchassés dans le Pays d'Au-delà du Sommeil, vint ralentir sa course folle. Chaque pas à présent impliquait une lutte douloureuse des muscles et du cœur, tandis que sa fuite l'entraînait à travers des prairies détrempées, des rues désertes, des pièces épouvantablement encombrées n'ayant pourtant jamais connu la présence humaine, et aussi le long d'interminables corridors flanqués de portes derrière lesquelles d'horribles entités étaient tapies, prêtes à bondir.

Laissant échapper des cris de frayeur, redoutant d'imminentes blessures, il progressait à présent péniblement à travers une vaste cave, noire et glacée, au sol humide tout jonché d'objets rouillés, restes épars de quelque appareillage incongru.

Et derrière lui, tout proche, sans relâche, il pouvait entendre le bruit sourd de larges pieds frappant le sol en cadence; Le Maître des Tambours poursuivait sa chasse en procédant par bonds implacablement réguliers.

Le rêveur prit alors une brusque décision, si simple qu'il fut surpris de n'y avoir pas songé plus tôt. Là-bas, juste en face de lui, une très haute falaise surplombait un précipice; l'endroit idéal d'où il pourrait plonger, bernant ainsi son poursuivant qui resterait pantois, dépité, rongeant son frein au bord du gouffre.

Il se mit à escalader la pente escarpée parsemée de rochers, suant et soufflant, devant faire à chaque pas un prodigieux effort pour arracher ses pieds à une gadoue collante comme de la glu. Parvenu au sommet, il lança un hurlement de défi au Maître des Tambours, prit une profonde inspiration, empli d'une soudaine euphorie, et bascula dans l'abîme. Tout en bas, un tumultueux torrent, sombre et terne, bouillonnait dans une gorge étroite.

Sa chute lui sembla durer des heures; l'accélération lui donnait la nausée et le sifflement de l'air à ses oreilles devenait intolérable. Enfin, il vit le sauvage cours d'eau venir à sa rencontre, paraissant monter vers lui. Il le reconnaissait à présent. Il ornait le frontispice d'une édition des *Contes de Grimm*, une des lectures favorites de son enfance, depuis longtemps oubliée. Il se raidit, appréhendant le contact de l'eau glacée.

Mais voilà qu'il se retrouvait plongé jusqu'à la taille dans un marécage et que le cri de guerre du Maître des Tambours revenait lacérer son cerveau endolori.

Et puis, de but en blanc, une voie ferrée apparut devant lui; un long train de luxe, aux vitres brillamment illuminées, roulait sereinement sur les rails. Il aperçut le wagon-bar, qui se détachait en couleurs vives, flamboyantes, sur un ciel crépusculaire. Un bon nombre de personnages élégamment vêtus y levaient leurs verres en échangeant de gais propos et il sentit son cœur se gonfler d'envie et d'espoir.

Oui, il allait être secouru; il allait pouvoir se joindre à ces joyeux voyageurs, si tranquillement à l'abri, sinon, tant pis, il mourrait broyé sous les roues. Il se campa au beau milieu de la voie, bravant l'énorme locomotive noire, la défiant de lui passer sur le corps.

Le train, heureusement, freina dans un grand crissement et il vit, étonné, un vieux chasse-pierres métallique de l'ancien temps, formant étrave, stopper à un centimètre de son visage. Mais toutes les lumières s'éteignirent alors et c'est en vain qu'il se précipita pour frapper du poing sur les parois des wagons obscurs en criant à pleins poumons : « Au secours! Laissez-moi entrer! Je vous en prie, je vous en prie – pour l'amour de Dieu! » Il n'obtenait pas de réponse; rien ne troublait le silence, à part le morne égouttement de l'huile, un faible chuintement de vapeur échappée, ou le gloussement sardonique de quelque soupape.

Et de nouveau, ce lancinant martèlement sourd de pieds ou de pattes, étrangement rytmé : Lubb-DUPP! Lubb-DUPP! Renonçant à ses inutiles supplications, il repartit une fois encore à toute allure, ayant à peine le temps de s'apercevoir l'instant d'après (ô ironie!) que le train, brillant maintenant de tous ses feux, reprenait nonchalamment sa route vers un monde de lumière et de sécurité.

Au cours de sa fuite éperdue, le rêveur eut l'impression qu'au plus profond de son cerveau, quelque part, en sourdine, comme pour accompagner les bonds saccadés du Maître des Tambours, une voix à la fois lugubre et railleuse psalmodiait cette formule insolite : « Systole! Diastole! Systole! Diastole! »

Comme toujours, c'est au moment même où il allait craquer, s'effondrer, ayant atteint l'extrême limite de ses forces, qu'il vit pour ainsi dire surgir sous ses yeux sa demeure, sa chère demeure accueillante qui lui offrait le refuge de ses solides murs de brique.

Il gravit en titubant les marches du porche, entendant gronder le Maître des Tambours juste derrière lui, sentant presque son souffle dans son dos. Une patte écailleuse ou griffue lui balaya la nuque, arrachant le col de sa chemise, et, au comble de la panique, il ressentit comme un coup de poignard en son cœur à cet affreux contact. La porte, en claquant, supprima l'ultime assaut de l'agresseur, arrêta le coup fatal, et il put s'engager dans le long corridor obscur qui menait à sa chambre, toujours titubant et tâtonnant fébrilement dans le noir. Une autre lourde porte fut enfin refermée et verrouillée derrière lui; pleurant d'épuisement, il s'abattit sur son lit où il demeura immobile.

Jamais encore il n'avait échappé d'aussi près au péril. Peu à peu, tandis qu'il gisait là, cloué par la fatigue, secoué de sanglots silencieux, formant d'incohérentes ébauches d'actions de grâce, les brumes du songe se dissipèrent, les contours de sa chambre apparurent à ses yeux ensommeillés et il put en discerner, de moins en moins flous, les objets familiers, à l'aube d'une belle matinée de printemps. Il était inondé de sueur, son cœur était agité de soubresauts chaotiques, mais les pinsons gazouillaient dehors dans le jardin, et il était réveillé – sain et sauf.

Quand il en eut pris pleinement conscience, une vague de soulagement, d'une ravageuse intensité, déferla sur lui et il s'étira voluptueusement au sein de ses draps et couvertures emmêlés. « Ce fichu dîner d'hier soir, » marmonnait-il, « ces plats riches, lourds et gras. Je n'aurais pas dû en manger. On m'a recommandé de... » Il s'interrompit, saisi par l'effroi, submergé d'angoisse, figé dans une expectative incrédule et horrifiée. N'entendait-il pas marcher, à pas pesants, là-bas, dans le hall?

« Quelque chose » se déplaçait le long du corridor, s'avançait vers la chambre, et les battements de son cœur s'accélérèrent à mesure que s'approchaient ces pas qui faisaient craquer le plancher.

Dans un effroyable fracas, la porte massive se fendit en deux et creva en son centre comme si elle avait été en carton bouilli. Un bras velu, strié de muscles saillant comme des câbles, passa violemment à travers le panneau défoncé, fouettant l'air à l'aveuglette.

Il ferma les yeux. Le rythme de son cœur s'amplifia en un affolant crescendo, celui d'un roulement de tambour démentiel. Futilement caché sous les couvertures, transi de peur, il perçut sans le voir le bond du Maître des Tambours, qui lui tomba de toute sa masse en plein sur la poitrine.

A ce contact révulsant, intolérable, la folle sarabande de son cœur s'arrêta net, comme si un chef d'orchestre avait impérieusement levé sa baguette. Durant un interminable moment d'agonie, il sentit cette « chose » vautrée sur sa poitrine, lui soufflant au visage son haleine chaude et fétide.

De ce second rêve, qui avait si faussement semblé ramener un monstre dans le monde réel, il ne devait pas émerger. Deux courants, l'un noir et froid, l'autre écarlate et chaud, progressaient vers lui en une sorte de rivalité silencieuse. Ce qui se trouvait sur sa poitrine, il le comprit, mais trop tard; il le comprit juste au moment où le courant noir gagnait la partie, l'entraînant dans une nuit sans fin.

On le retrouva mort ce matin même. Sur sa poitrine, les pattes sagement repliées, ronronnant doucement, Balthazar, le gros matou persan, se prélassait et somnolait dans les chauds rayons du soleil qui baignaient aussi le visage crispé de son maître.

Le diagnostic fut thrombose coronaire – une fatale crise cardiaque.

*The drum major*
Traduction : Philippe Kellerson

© 1962, by H.S.D. Publications, Inc.

# Lucrezia

## par
## H.A. de ROSSO

Je n'aurais jamais pensé qu'un jour je me réjouirais de la mort de quelqu'un, mais c'est cependant ce que je fis lorsque mourut Nicolo di Donato. Bien sûr, je n'affichai pas mon allégresse, je ne la criai pas à tous les échos. En compagnie des parents et amis du défunt, je pris, au contraire une mine de circonstance et m'affligeai ouvertement comme le voulait la bienséance, déplorant bien haut qu'un homme aussi juste et aimable, un époux aussi tendre et un logeur aussi scrupuleux eût été brutalement enlevé à l'affection des siens. Par moments, je mettais une main sur mes yeux comme pour dissimuler mon chagrin, et ceux qui me virent faire ce geste ne surent jamais que, derrière cette main, il n'y avait nulle larme et qu'au fond de moi-même, au contraire, je riais.

Qu'on ne se méprenne pas, pourtant. Je ne détestais pas Nicolo di Donato. Ma joie n'avait pas pour fondement un sentiment vil, indigne de moi. Je n'éprouvais envers Nicolo ni haine ni affection. Mais j'aimais sa femme, Lucrezia.

J'avais connu Nicolo au pays natal, dans un petit village du Val d'Aoste dont nous étions tous deux originaires. Et, quand on a traversé un océan plus la moitié d'un continent pour s'installer en terre étrangère, il est bien naturel de chercher à se fixer dans un coin où l'on possède des compatriotes, des *paesani,* comme nous disons. L'étrangeté du cadre et des coutumes devient alors supportable, le sentiment d'isolement et le mal du

127

pays ne sont plus aussi aigus ni aussi douloureux. Voilà pourquoi j'avais pris pension, j'étais devenu un *dozzinante,* chez Nicolo et sa femme, Lucrezia.

Le lotissement Carson, où se trouvait leur maison, faisait partie d'un village minier du Wisconsin. C'était comme un petit morceau d'Italie enclavé dans le sol étranger, car nous étions beaucoup d'immigrants à l'habiter, à y maintenir les traditions et les usages de la mère-patrie. Ceux d'entre nous qui avaient la chance d'être mariés bâtissaient de grandes maisons et prenaient des pensionnaires célibataires qui, sans eux, n'auraient pas eu de foyer. Comme Nicolo et moi étions « pays » et qu'il y avait chez lui une chambre libre, je m'y installai et de la sorte tombai amoureux de Lucrezia.

Ce n'était pas une *paesana* à Nicolo et à moi. Elle venait d'un petit village des bords du Tibre, près de Rome : Nicolo avait fait sa connaissance et l'avait épousée alors qu'il était déjà installé aux Etats-Unis. Lucrezia avait des cheveux auburn auxquels le soleil donnait un reflet fauve, des yeux pervenche, de belles épaules, une forte poitrine et la croupe plantureuse des femmes de son pays. Elle riait souvent, d'un bon rire franc, et son regard, lorsqu'elle le posait sur les hommes, brillait d'un éclat un peu diabolique. Je compris d'autant mieux que Nicolo se fût épris d'elle et l'eût épousée, que j'eus moi-même le coup de foudre en la voyant.

Je ne lui avouai pas mon amour et en subis secrètement les tourments. Elle était la femme d'un autre, celui-ci ne m'avait jamais fait de tort et je ne pouvais me résoudre à tromper sa confiance. Si Lucrezia comprit les sentiments que j'éprouvais à son égard, elle n'en laissa jamais rien paraître.

C'est chez elle que je rencontrai Gian Carlo Corradini. Comme il était d'usage dans les pensions de ce genre, Gian Carlo et moi occupions la même chambre. Nous en vînmes à bien nous connaître. Gian Carlo me comprenait d'ailleurs mieux que je ne le comprenais moi-même, et il ne fut pas long à se rendre compte de mes sentiments pour Lucrezia.

— Ah! ah! Annibale! me disait-il en me menaçant du doigt tandis qu'un sourire taquin éclairait son beau visage. Tu as encore regardé Lucrezia ce soir, au dîner, et ton expression était celle d'un homme qui se meurt d'amour. Un de ces jours, Nicolo va s'en apercevoir, et alors... hop! il te flanquera à la porte! Tu devrais te montrer plus discret, Annibale!

— *Ma via!* répondais-je. Tu dis des sottises!

— Des sottises? Alors, pourquoi es-tu devenu si rouge? Tu as bu trop de vin?

Gian Carlo et moi étions coéquipiers à la mine. En fait, c'était lui qui m'avait procuré l'emploi que j'exerçais, lequel consistait à forer le sol et le faire sauter à la dynamite pour découvrir le minerai de fer dans les entrailles de la terre. C'était un travail aussi pénible que dangereux, et les heures que nous y passions nous semblaient longues. Mais la paye, comparée à celle que nous aurions touchée au pays natal – si nous y avions trouvé du travail – était bonne, aussi ne nous plaignions-nous jamais. Nous faisions notre journée de douze heures et, en rentrant chez Lucrezia, nous buvions une bouteille de son fameux vin en attendant l'excellent dîner qu'elle nous préparait.

J'ai du mal, après tant d'années, à me rappeler l'aspect physique de Nicolo. C'était un homme effacé, silencieux, replié sur lui-même – tout l'opposé de la radieuse Lucrezia qui, par sa seule présence, avait le pouvoir de faire oublier les êtres et les choses qui l'entouraient et de vous rendre indifférent à tout ce qui n'était pas elle. Il était donc tout à fait normal qu'en parlant de leur maison on dît, non pas: la maison de Nicolo di Donato, mais: la maison de Lucrezia, comme on disait: la cour de Lucrezia, la vache de Lucrezia, le fromage, le vin de Lucrezia. Tout ce qui appartenait à leur foyer portait le nom de Lucrezia.

Nicolo semblait satisfait de cet état de choses ou s'il ne l'était pas, il n'en laissait rien voir. Chacun estimait que Lucrezia et lui étaient en train d'amasser une petite fortune, bien qu'ils ne fissent pas étalage de leur richesse. Nicolo travaillait, comme Gian Carlo et moi-même à la mine Carson et, entre sa paye, l'argent que lui versaient les pensionnaires au nombre d'une demi-douzaine, le vin qu'il fabriquait et vendait, plus le jeu de boules qu'il avait installé dans sa cour, il devait certainement se constituer un joli magot.

C'était l'époque de la Prohibition, où la vente de vin ou d'alcool étant interdite, les gens venaient non seulement du lotissement Carson, mais de toutes les villes voisines, jouer aux *bocce* et boire en cachette le vin des Donato, contribuant ainsi à remplir leur coffre-fort. Ces dimanches chauds et ensoleillés où j'étais grisé par le vin, excité par le jeu, sont restés dans mon souvenir comme les jours les plus heureux de ma vie. Je voyais les joues de Lucrezia s'empourprer, ses yeux scintiller comme des joyaux, et il me semblait déceler dans sa voix une chaleur toute spéciale quand elle m'adressait la parole.

— Annibale, me disait-elle lorsque je venais acheter la bouteille de vin que le perdant aux *bocce* devait offrir à ses adversaires plus heureux, cela fait plaisir de vous voir rire. Vous êtes toujours si sérieux! Vous devriez rire plus souvent.

— C'est parce que vous riez que je ris moi-même, *padrona,* répondais-je, cherchant à me montrer galant.

— *Ma via*, allons donc! Gardez vos mots doux pour votre bien-aimée. C'est à elle que vous devriez les dire, pas à moi.

Oui, j'étais heureux en ce temps-là, bien que l'amour dont je brûlais fût un tourment pour moi et que j'eusse bien envie de dire à Lucrezia ce que j'avais sur le cœur. Mais je gardais le silence, parce qu'il n'aurait pas été bienséant de lui parler des sentiments qui me torturaient, et aussi parce qu'à l'époque, je ne pouvais pas me résoudre à faire du mal à qui que ce fût, pas même à un ennemi.

Puis je sentis un changement s'opérer peu à peu en moi. J'en pris conscience pour la première fois au début d'un de ces longs et cruels hivers, si différents des hivers de mon pays qui sont si doux et cléments, même dans les montagnes du Nord. Une nuit, tandis qu'étendu dans mon lit j'écoutais les bruits que fait la Nature par une température inférieure à zéro, je me mis, sans le vouloir, à penser que ce serait bien agréable si quelque chose arrivait à Nicolo... S'il mourait — rapidement, sans douleur – Lucrezia serait veuve et, après un délai convenable, je pourrais lui avouer mon amour.

Non que j'eusse l'intention de me livrer à des violences envers Nicolo : cette seule idée me faisait frémir d'horreur! Mais que s'accomplît l'œuvre de la divine Providence, que se fermât la dernière page de l'histoire d'une vie, voilà ce que j'attendais, ce dont, dès lors, je rêvais tous les jours et toutes les nuits.

Nicolo était sensiblement plus âgé que Lucrezia et les pensionnaires, comme les autres visiteurs, en plaisantaient entre eux, disant qu'il était trop vieux pour se montrer à la hauteur de son rôle. Ils insinuaient même que Lucrezia devait soupirer après un homme plus jeune, et sans doute y avait-il du vrai dans ces remarques, car Nicolo devenait de plus en plus silencieux. Il souriait rarement et s'était mis à boire sec, ingurgitant chaque soir ses deux bouteilles de vin, avant d'aller s'affaler sur son lit dans un état d'ébriété totale. Malgré mon désir d'obtenir Lucrezia et mon espoir de voir mourir Nicolo, je ne pouvais me défendre d'un sentiment de pitié envers le pauvre diable et je m'en voulais de cette faiblesse.

Gian Carlo continuait à me taquiner au sujet de Lucrezia, si bien qu'un jour je me fâchai et nous en vînmes aux coups. Plus rapide et plus fort que moi, il m'administra une raclée qui me ramena à la raison. La bagarre eut lieu sur le chemin qui nous ramenait à la maison et je me félicitai qu'elle n'eût pas de témoin. Gian Carlo n'était pas rancunier : il m'aida à me relever après m'avoir fait rouler à terre tant de fois que je n'arrivais plus à me remettre sur pied tout seul.

– *Sacramento,* Annibale! s'écria-t-il. Je disais ça pour rire. Tu ne comprends donc pas la plaisanterie?

– Pas lorsqu'il s'agit de Lucrezia.

Il se baissa pour mieux voir mon visage, car, en ces courtes journées d'hiver, il faisait déjà sombre lorsque nous partions au travail et lorsque nous en revenions.

– Tout ça ne te vaut rien, Annibale, grommela-t-il. Trouve-toi donc plutôt une gentille jeune fille, marie-toi, fonde une famille : voilà ce qu'il te faut. C'est bon pour des types comme moi de courir après les Lucrezia. Elle n'est pas femme à s'attacher à un seul homme.

— Qu'est-ce que tu insinues? demandai-je en élevant la voix

— Allons, calme-toi, reprit-il, les mains levées pour me repousser. Tu veux m'obliger à te mettre K.O? Restons donc bons amis! Je ne te parlerai plus de Lucrezia.

— Tu ne me taquineras plus?

— Non, parole d'honneur! répondit Gian Carlo.

Quand l'événement se produisit, il me sembla que mes prières avaient été exaucées. Certes, je ne m'étais jamais mis à genoux ni rendu à l'église pour invoquer la divine Providence, car des prières de cette nature auraient constitué un sacrilège et un blasphème. Mais j'avais souhaité de tout mon cœur la mort de Nicolo, je l'avais appelée de toutes les forces de mon être. Et voilà qu'elle survenait exactement comme je l'avais désiré.

Nicolo se réveilla un matin brûlant de fièvre et délirant. Lucrezia se tordait les mains d'inquiétude et de peur en attendant la visite du docteur.

— *Stupido ghiotto!* Quel stupide goinfre! sanglotait-elle, mi-peinée mi en colère. Je passe mon temps à lui répéter que c'est mauvais pour lui de boire tout ce vin avant d'aller se coucher. Comment peut-on être aussi gourmand? Un verre de temps en temps devrait lui suffire. Mais non! Il boit comme un trou! Il s'endort ivre tous les soirs et, maintenant, il est malade!

Je m'efforçai maladroitement de la rassurer et de la réconforter.

— Ce n'est probablement rien de grave, dis-je en lui tapotant l'épaule. Quelques médicaments, ou un ou deux jours de lit et il n'y paraîtra plus.

Elle leva sur moi des yeux remplis de larmes.

— Oh, Annibale! J'ai peur! Je suis sûre qu'il a une pneumonie. Avant que vous ne veniez habiter ici, j'ai eu un pensionnaire qui a présenté exactement les mêmes symptômes. C'était une pneumonie qu'il avait, et il en est mort. Oh! mon pauvre Nicolo! *Che dolore*, Annibale!

Lucrezia avait raison. Nicolo avait bien une pneumonie et, en dépit des médicaments, des bouillottes d'eau chaude et des cataplasmes à la moutarde, deux jours plus tard il était mort...

\*\*\*

Le printemps, cette année-là, fut le plus beau que j'aie jamais connu. Les vents firent leur apparition dès la fin de mars, le soleil se mit à briller, l'eau provenant de la fonte des neiges à tomber avec un joyeux clapotis, et, au début d'avril, après une nuit de pluie torrentielle, nous constatâmes au réveil que la neige avait complètement disparu, qu'une brume légère et parfumée s'élevait du sol détrempé.

Mais, à mesure que les jours allongeaient, que l'herbe devenait verte et que à chaque repas, nous voyions paraître sur la table une fraîche salade de *radicchielle* — les tendres et succulents pissenlits nouveaux — mon cœur se gonflait d'un tourment plus grand encore qu'autrefois. Mes rêves s'étaient réalisés en partie seulement : Nicolo était mort et je m'en étais réjoui, mais, à présent, j'étais de nouveau accablé de tristesse parce que Lucrezia me préférait Gian Carlo.

J'avais voulu attendre mon bonheur et, malgré la joie qui m'inondait lors de la mort de Nicolo, laisser à Lucrezia le temps de pleurer son mari avant de lui faire part de mes sentiments pour elle. Je mettais à profit cette période pour lui faire comprendre mon amour par mes actes, sinon par mes paroles. Je me levais alors qu'il faisait encore nuit pour aller traire la vache, nettoyer l'étable et apporter le bois pour le feu avant de partir au travail. Et le soir, après avoir passé douze heures dans la mine, je trayais de nouveau la vache et faisais toutes sortes de travaux domestiques pour en décharger Lucrezia. Je pensais lui faire comprendre ainsi combien je l'aimais, mais, pendant que je me tuais à la tâche, Gian Carlo, lui, déployait devant elle tous ses charmes...

Je me rappelle encore cette soirée où, rentrant de l'étable en tenant à la main le seau rempli de lait, je sifflotais gaiement parce que j'estimais que le deuil avait assez duré et que j'étais décidé, dès que le moment favorable se présenterait, à avouer mon amour à Lucrezia en lui demandant de m'épouser. J'arrivais à la porte de la cuisine quand je les entendis rire, elle et Gian Carlo. Ils semblaient si heureux d'être ensemble que mon propre bonheur s'éteignit aussitôt et que je sentis dans ma bouche un goût amer. J'ignore combien de temps je restais là, debout, à les écouter rire, tandis que la colère m'envahissait. « Tu as trop attendu », me répétais-je. « *Stupido, senza cervello!* Ce qui arrive était à prévoir! »

Enfin, je me décidais à entrer; je ne pouvais rester dehors toute la nuit. Ma présence ne troubla pas leur joie. Ni l'un ni l'autre ne parurent s'apercevoir de ma tristesse, de mon désespoir, ou, s'ils s'en aperçurent, cela leur fut parfaitement indifférent.

— Tiens, Annibale! s'écria Gian Carlo, le visage empourpré par le vin qu'il avait bu. Tu arrives juste à temps. Ce pichet de vin est vide : va le remplir, s'il te plaît!

Lucrezia aussi avait le visage empourpré par le vin, le rose de ses joues était plus éclatant que jamais et ses yeux pervenche brillaient d'animation. Elle me jeta les bras autour du cou tandis que, gêné pour elle de cette manifestation intempestive, je demeurais planté là comme un benêt.

— Vous êtes si bon pour moi, Annibale! dit-elle en me caressant la joue, *Cosi bravo!* Vous m'avez rendu tant de services, depuis que mon pauvre Nicolo n'est plus! Je vous récompenserai un jour... Maintenant peut-être.

Et elle pressa impétueusement ses lèvres chaudes et humides sur les miennes, pendant que Gian Carlo s'esclaffait en se tapant sur les cuisses. Puis elle recula, le souffle coupé, et se mit à rire doucement en me caressant de nouveau la joue.

— Et maintenant, vous voulez bien aller chercher du vin? Pour moi?...

A cause des règlements sur la Prohibition, nous cachions le vin dans l'étable, derrière la meule de foin. J'allai ouvrir la cannelle du tonneau, mais des larmes de rage et de chagrin m'aveuglaient et je laissai déborder le vin du pichet. Après avoir refermé la cannelle, je m'essuyai les yeux, composai mon visage et retournai à la cuisine.

— Vous boirez bien un verre avec nous, Annibale?

demanda Lucrezia comme je m'éloignais d'elle pour monter dans ma chambre. Non? Pourquoi? Qu'avez-vous?

— Je ne me sens pas bien, répondis-je.

— Raison de plus pour prendre un verre de vin : cela vous remontera. Allons, venez, Annibale.

— Pas ce soir.

Elle me regarda avec une expression que j'aurais pu prendre pour de l'inquiétude si je n'avais pas remarqué en même temps l'air heureux et sûr de lui de Gian Carlo.

— Qu'est-ce qui ne va pas? murmura-t-elle.

Je me forçai à tousser.

— J'ai reçu un peu de poussière dans la gorge. Nous avons beaucoup foré aujourd'hui : demandez à Gian Carlo.

— Oh! oui confirma ce dernier en secouant vigoureusement la tête, les sourcils froncés à l'évocation du pénible travail que nous avions effectué ce jour-là dans la mine. Je serai bien content quand nous retournerons au *ferro*, au minerai de fer, ajouta-t-il.

Je sentis le regard de Lucrezia me suivre tandis que je montais l'escalier et, un instant, j'en fus rasséréné : elle semblait vraiment inquiète de mon prétendu malaise. Mais, en ouvrant la porte de ma chambre, j'entendis de nouveau résonner son rire joyeux et je fus repris par la tristesse.

Je restai étendu dans l'obscurité, essayant de dormir sans y parvenir, car le bruit des rires et des plaisanteries venant de la cuisine filtrait à travers les murs. Alors je me mis à penser aux nombreuses nuits que Gian Carlo avait passées hors de notre chambre, aux piètres excuses qu'il m'avait données de ses absences, et à toutes les petites gentillesses de Lucrezia envers lui : depuis quelque temp, elle s'efforçait de lui préparer ses plats préférés et allait jusqu'à lui mettre du vin au lieu de café dans le thermos qu'il emportait à la mine.

Je n'avais jamais haï Nicolo : j'avais même éprouvé à son égard une sorte de pitié et un sentiment de culpabilité à cause de l'amour que je portais à sa femme. Mais, envers Gian Carlo, je commençais à me sentir pris d'une sombre et mauvaise rancune, comme je n'en avais encore

135

jamais éprouvé. Et mon animosité ne fit que croître, à en devenir presque intolérable, quand je pris conscience de mon impuissance à me mesurer avec lui. Il m'avait rossé déjà une fois et pouvait parfaitement recommencer. Il était beaucoup trop fort et trop malin pour moi. Je devrais donc m'y prendre d'une autre façon si je voulais avoir le dessus, mais de quelle façon?

J'explorai en pensée les sombres sentiers de la haine à la recherche d'une réponse et, quand j'eus trouvé celle-ci, j'en demeurai pantois et tremblant. Tournant mon visage vers le mur, je fermai bien fort mes paupières pour essayer d'effacer de mon esprit la pensée qui y était venue. Mais je savais bien que je n'y parviendrais pas et que la tentation me hanterait aussi longtemps que vivrait Gian Carlo.

*<br>* *

Lucrezia se rappela sans doute le prétexte que j'avais invoqué la veille et remarqua la pâleur de mon visage après cette nuit sans sommeil, car elle m'observa attentivement quand j'entrai dans la cuisine, le lendemain matin, avec le seau de lait. Le feu ronflait dans le poêle et l'odeur du café bouillant me ragaillardit un moment. Mais je fus bientôt repris par la tristesse et le sentiment de mon impuissance. En effet, à la clarté froide et raisonnable de l'aube, j'avais compris que ce que j'avais pris, au cours de la nuit, pour une solution parfaite à mon problème était, en fait, une idée irréalisable.

Lucrezia semblait soucieuse. De fines rides, que je n'avais jamais remarquées auparavant, se dessinaient au coin de sa bouche et au bord de ses paupières. Elle me désigna de la main une chaise et s'assit auprès de moi. Sa main effleura un instant mon bras, puis retomba.

— Vous sentez-vous mieux ce matin, Annibale? demanda-t-elle d'une voix douce.

Je la regardai d'un air interrogateur; elle eut un léger sourire, du bout des lèvres, et reprit :

— Ce Gian Carlo! Il a bu tellement de vin, hier soir, qu'il serait sage, je crois, de le laisser dormir le plus longtemps possible. Je ne pense pas qu'il soit transporté de joie, en se réveillant, à la perspective d'aller travailler! Laissons-le donc dormir encore un peu, qu'en dites-vous?

— Tel que je connais Gian Carlo, il ne serait guère déçu si vous ne le réveilliez jamais, répondis-je. Ce garçon-là aime par-dessus tout dormir!

Elle me regarda de nouveau avec une lueur de sollicitude dans ses yeux pervenche.

— Vous ne m'avez toujours pas répondu, Annibale. Comment allez-vous aujourd'hui?

— Très bien.

— Si vous ne vous sentez pas tout à fait dans votre assiette, vous feriez mieux de ne pas aller travailler. C'est dangereux ce que vous faites, vous et Gian Carlo, n'est-ce pas?

Je haussai les épaules pour répondre :

— Nous devons constamment nous tenir sur nos gardes.

— Parce qu'un accident est toujours possible, je suppose?

Je ressentis des picotements dans la nuque. Avait-elle lu en moi?

— Nous n'y pensons pas. Il vaut mieux ne pas en parler, d'ailleurs : cela porte malheur.

— Je me suis fait tant de soucis pour mon pauvre Nicolo, et tout cela sans raison! C'est plutôt la boisson et la pneumonie qui auraient dû m'inquiéter!

Elle tourna de nouveau vers moi ses beaux yeux dont le regard était triste, mais rempli d'affection. Cette affection m'était-elle destinée? Je le crus un instant, mais le souvenir de son intimité de la veille avec Gian Carlo revint me narguer et réveiller ma rancune.

— Racontez-moi ce que vous faites dans la mine, vous et Gian Carlo demanda Lucrezia

— Cela ne vous intéressera pas, répondis-je.

— Mais j'aimerais tant en parler un peu avec vous ce matin : nous en avons si rarement l'occasion!

Elle m'adressa un sourire qui me remua l'âme et insista :

— Décrivez-moi l'endroit où vous travaillez : cela me fera tellement plaisir!

137

— Eh bien, c'est ce qu'on appelle une remonte. Nous sommes en train de forer un puits dans la veine. Quand nous aurons atteint le minerai de fer, nous creuserons dans le roc et nous le ferons sauter à la dynamite, puis nous transporterons le minerai dans le puits principal, d'où il sera hissé à la surface.

— Qu'y a-t-il de dangereux là-dedans, Annibale? Depuis mon arrivée dans ce pays, j'ai entendu parler de tant de mineurs blessés ou même tués! Je sais bien que les conditions de travail sont devenues moins mauvaises qu'elles ne l'étaient, mais elles restent très dangereuses, n'est-ce pas? Où est le danger?

Je n'aimais pas voir la conversation rouler sur ce sujet. Un sentiment de superstition, la crainte de tenter la mort — toujours à l'affût d'une proie — en parlant d'elle, me faisaient hésiter à répondre. Mais je poursuivis néanmoins parce que tel était le désir de Lucrezia :

— Il y a toujours le danger d'une chute de rocher; ou bien on risque de creuser dans une charge de dynamite qui n'a pas explosé; on peut tomber aussi... Il y a beaucoup de risques : *una moltitudine*.

— Tomber? Vous travaillez donc à une grande hauteur?

— A une très grande hauteur, répondis-je. En ce moment, nous sommes à plus de quarante mètres du sol.

— Sur quoi êtes-vous installés pour travailler?

— Sur des planches.

— Sans rien d'autre? s'écria-t-elle d'un ton horrifié. Il n'y a rien au-dessous de vous?

— Rien du tout.

— Et si vous étiez pris de vertige? questionna-t-elle, les yeux agrandis de frayeur. Qu'est-ce que vous pourriez faire?

— Nous cramponner ou tomber.

Elle frissonna.

— Vous aviez raison, Annibale. Il vaut mieux ne pas parler de cela : je vous comprends! Et vous n'avez jamais songé à changer de métier?

J'esquissai de la main un geste d'impuissance.

— Que faire d'autre? Je suis étranger à ce pays, c'est à

peine si j'en parle la langue. Où donc trouverais-je du travail, si ce n'est à la mine?

Elle frissonna de nouveau, puis regarda la pendule accrochée au mur et s'écria :

— Oh! mais il est tard! Je ferais bien de réveiller Gian Carlo...

***

Si elle n'avait pas parlé de la sorte, peut-être n'eussé-je pas trouvé en moi-même le courage d'agir. Je me demandai un instant si elle n'avait pas cherché justement, par ses discours, à me donner ce courage. Mais ce n'était pas possible : comment aurait-elle eu connaissance du noir dessein que j'avais formé au cours de cette interminable nuit?

En tout cas, j'étais désormais décidé à mettre mon projet à exécution, et le plus tôt serait le mieux si je voulais recouvrer ma tranquillité d'esprit. Gian Carlo m'avait tourmenté assez longtemps à propos de Lucrezia.

Il ne dit pas un mot, ce matin-là, tandis que nous nous rendions ensemble à la mine : il avait trop bu la veille et, dans ces cas-là, il ne parlait pas beaucoup. Mais, comme c'était habituellement un garçon plein d'entrain et qui aimait à plaisanter, un de nos camarades s'étonna de ce silence. Gian Carlo, pressant une main sur son front, expliqua alors avec une petite grimace :

— *Troppo vino*, trop de vin hier soir!

Après avoir revêtu notre tenue de mineur nous descendîmes rapidement dans la cage à quelque six cents mètres sous terre, puis nous nous dirigeâmes le long de la galerie vers la remonte qui s'élevait à une quarantaine de mètres au-dessus de nous. L'air était lourd et humide et l'éclairage nous était fourni uniquement par les petites lampes accrochées à nos casques de mineur. Gian Carlo se mit à gravir les degrés de l'échelle qui conduisait à notre échafaudage, c'est-à-dire aux planches sur lesquelles nous nous tenions pour creuser le roc au-dessus de nos têtes. Je le suivis, sentant ma gorge se dessécher, mes membres trembler, et un début de nausée m'étreindre l'estomac.

Il me semblait vivre un cauchemar. Je ruisselais de sueur, comme si on m'avait trempé dans la rivière et je tremblais au point que je manquai moi-même de tomber de l'échafaudage. A un moment donné, je faillis lâcher le brise-béton que je tenais à la main.

Gian Carlo me regarda.

— Ça ne va pas, Annibale? Hier soir, je me rappelle, tu as dit que tu ne te sentais pas bien?

A la lueur de ma lampe, son visage m'apparaissait blanc comme celui d'un spectre. Cette image me donna froid dans le dos, puis je fus pris d'un accès de colère. Pourquoi manifestait-il tant de sollicitude à mon égard? Croyait-il donc pouvoir me détourner ainsi de mon projet? Pourquoi n'avait-il pas pensé à moi quand il poursuivait Lucrezia de ses assiduités?

— Ce n'est rien, répondis-je, surpris moi-même du ton calme de ma voix. Je suis un peu nerveux, voilà tout. Ça va passer.

Au fur et à mesure que les heures s'écoulaient, je sentais ma résolution faiblir. J'en vins même à me dire qu'il n'y aurait aucun inconvénient à remettre au lendemain l'exécution de mon projet, mais je compris aussitôt que, en agissant de la sorte, je risquais de la différer de jour en jour, jusqu'à ce que Gian Carlo ait épousé Lucrezia... Cette pensée me rendit fou de rage et me donna le courage qui me manquait.

Nous nous apprêtions à interrompre le travail pour prendre le repas. Gian Carlo était debout sur la planche, essuyant la sueur qui coulait sur son visage couleur de craie, quand, mû par une force malfaisante, j'étendis les mains et le poussai. Il perdit l'équilibre et, pendant un moment qui me parut durer une éternité, chancela au bord de l'échafaudage en battant des bras comme un oiseau géant qui cherche à prendre son vol. Je faillis en sangloter d'horreur, car je ne pouvais me résoudre à le pousser de nouveau. Enfin, il bascula en arrière et poussa un grand cri, puis un autre, en tombant comme une masse. J'entendis encore un cri prolongé, qui s'arrêta net...

\*\*\*

Il m'arrive encore de me réveiller en sursaut, la nuit, avec ce cri qui résonne dans mes oreilles. Seule, la mort pourra en effacer le souvenir... Il me semble que je restai pendant un siècle debout, pétrifié, sur l'échafaudage, avant de me mettre lentement, en tremblant de tous mes membres, à descendre le long de l'échelle.

Je ne voulus pas regarder l'amas de chair qui avait été Gian Carlo. Des bras compatissants m'entraînèrent, des voix étouffées s'efforcèrent de me calmer. Je marchais comme un homme ivre. Je me rappelle avoir ramassé mes outils ainsi que le panier contenant le déjeuner de Gian Carlo, et m'être demandé si Lucrezia conserverait ce dernier en souvenir du mort, comme elle avait conservé le panier de Nicolo. Lucrezia était une femme économe, qui détestait le gaspillage. Elle ferait une bonne épouse et, grâce à son goût de l'épargne, son mari pourrait mettre de côté une somme confortable. Mais même ces pensées d'ordre pratique ne réussirent pas à me réconforter : le cri de Gian Carlo retentissait encore à mes oreilles.

Je n'étais pas sûr d'avoir le courage de me retrouver ce soir-là, face à Lucrezia et, pourtant je me répétais qu'elle ne savait rien, qu'elle ne soupçonnerait jamais la vérité. Tout s'était bien passé à la mine. Nul n'avait mis en doute le récit que j'avais fait de l'accident : Gian Carlo, pris de vertige, avait glissé et était tombé de l'échafaudage. Il ne viendrait jamais à l'idée de personne que j'aie pu jouer un rôle dans cet « accident ». Le dernier obstacle entre Lucrezia et moi avait enfin disparu et un radieux bonheur s'offrait à moi. Ragaillardi par cette perspective, je pénétrai dans la maison sans hésiter.

Les autres pensionnaires étaient sortis pour s'apitoyer avec des voisins sur le sort funeste de Gian Carlo. Lucrezia avait préféré rester seule. Elle m'entendit poser les paniers sur la table et m'appela de sa chambre.

Je la trouvai étendue tout habillée sur son lit. Elle tourna vers moi son visage d'où les couleurs avaient disparu. Ses yeux étaient emplis d'une horreur et d'une tristesse que je n'y avais pas vues lors de la mort de

Nicolo et je me demandai si elle avait vraiment beaucoup aimé Gian Carlo. Une crainte me glaça : et si elle l'avait aimé au point de ne jamais vouloir se remarier?...Mais non, cela ne pouvait pas être. Elle n'était pas femme à porter éternellement le poids d'un chagrin et d'un deuil.

Incapable d'articuler un mot, je tombai à genoux à côté du lit et enfouis mon visage dans les couvertures. Au bout d'un moment, Lucrezia avança la main pour me caresser la tête.

— *Poveretto*, murmura-t-elle. Ça a dû être terrible, n'est-ce pas, Annibale?

Sans pouvoir relever la tête je pris sa main, l'embrassai et la retint dans la mienne.

— *Poveretto* répéta-t-elle, tu m'as toujours aimée, n'est-il pas vrai?

J'allais protester, mais elle me fit taire d'un geste.

— Je l'ai toujours su et je me suis toujours demandé pourquoi tu ne me le disais pas.

Je pus enfin la regarder et balbutier :

— Mais Gian Carlo. Je croyais... Je m'arrêtai court.

Elle sourit tristement.

— Il y a au sujet de Gian Carlo des choses dont je te parlerai peut-être un jour. Je le trouvais gai, séduisant, d'une compagnie agréable, mais je ne l'aimais pas. Cependant, sa mort m'a porté un coup terrible. Cela... cela s'est bien passé comme tu me l'as raconté? Il est... Gian Carlo est...

Elle ne put achever sa phrase.

J'approuvai de la tête.

— Il a été pris de vertige et... avant que j'aie pu le retenir, il est tombé, dis-je en frissonnant à cette évocation.

— Je ne me sens pas très bien, reprit Lucrezia. Voudrais-tu aller me chercher un verre d'eau?

— Vous êtes très pâle. Un verre de vin vous ferait certainement plus de bien.

Elle m'adressa un sourire si doux que mon cœur en bondit dans ma poitrine.

— Comme tu voudras, Annibale, dit-elle.

Le pichet de vin était vide et j'allais me rendre, pour le

remplir, à l'étable où nous cachions les tonneaux, quand je me rappelai le vin que Lucrezia avait l'habitude de mettre dans le panier de Gian Carlo. J'en remplis un verre que je lui portai et elle me sourit de nouveau gentiment en le buvant. Peu à peu, le rose remonta à ses joues.

Nous nous mîmes à parler de choses et d'autres, à bavarder gaiement, comme des amoureux. Elle me raconta la vie qu'elle avait menée dans son village au bord du Tibre, et je lui parlai de ma jeunesse au Val d'Aoste. Le temps pour moi n'avait jamais passé aussi vite : il semblait voler! Puis brusquement, Lucrezia se tut ; elle porta une main à sa gorge, l'autre à son estomac, et me regarda avec des yeux agrandis par la frayeur.

— Le vin... murmura-t-elle. Je viens d'y penser : j'avais vidé le pichet ce matin. Quel vin m'as-tu donné à boire?

— Je ne voulais pas vous bouleverser ainsi répondis-je d'un ton très humble, mais il ne faut rien gaspiller et je pensais que cela vous serait égal...

— *Insensato!* s'écria-t-elle en se dressant sur son lit. Imbécile! Quel vin m'as-tu donné à boire?

— Le vin qui était dans le panier de Gian Carlo.

Le cri strident qu'elle poussa fit trembler les poutres du plafond.

— *Stupido!* Tu m'as empoisonnée!

Je me sentis envahi d'une horreur encore plus grande encore qu'au moment où j'assistais à la chute de Gian Carlo.

— Empoisonnée? répétai-je en écho. Comment cela?

— Le vin, le vin!... cria-t-elle d'une voix pressante, affolée. Je l'avais préparé pour Gian Carlo. Je voulais le rendre malade pour qu'il tombe de son échafaudage et qu'il se tue. Personne, alors, n'aurait pu soupçonner qu'il avait bu du poison. Mais, maintenant, c'est moi que tu as empoisonnée avec ce vin!...

— Mais pourquoi vouloir empoisonner Gian Carlo? balbutiai-je, paralysé de frayeur et d'horreur.

— Il savait ce qui s'était passé la nuit où Nicolo est tombé malade. Il savait que j'avais déshabillé Nicolo et ouvert la fenêtre toute grande pendant qu'il était étendu ivre sur le lit. C'est de cette façon qu'il a attrapé la pneumonie dont il est mort. Gian Carlo m'avait menacée d'aller tout raconter à la police si je ne lui remettais pas une forte somme. Mais, plus je lui donnais de l'argent, plus il en voulait. Alors, j'ai décidé de l'enivrer pour qu'aujourd'hui, il se sente mal à l'aise, et que, le poison aidant, il tombe de l'échafaudage et se tue. J'avais tout préparé et... voilà que tu m'as empoisonnée!

Son corps se tordit de douleur.

– *Madre di Dio! Beati Santi!* hurla-t-elle. Au secours! A moi!

Fou de terreur, je courus chercher un médecin, mais j'eus beaucoup de mal à en trouver un. Quand, enfin, nous arrivâmes à la maison, on ne me laissa pas entrer chez Lucrezia. Je sus par quelqu'un qu'elle m'accusait de l'avoir empoisonnée. Mais tout m'était devenu indifférent. Assis sur le petit mur qui clôturait le jeu de *bocce,* j'avais pris ma tête entre mes mains... Je compris que tout était fini quand le shérif vint à moi en disant :

– Au nom de la loi, Annibale Lucca, je vous arrête pour le meurtre de Lucrezia...

*Lucrezia*
Traduction de Denise Hersant

© 1960, by H.S.D. Publications, Inc.

# Une femme en lamé or

### par
### Jonathan Craig

A première vue, il s'agissait d'un suicide ou d'un accident. Ce n'était ni l'un ni l'autre. C'était un meurtre.

Les détectives sont rarement les premiers policiers à se trouver sur la scène d'un homicide, mais ce fut le cas cette fois-là. Le détective Stan Rayder, mon équipier, et moi étions en patrouille dans Greenwich Village à bord d'une voiture banalisée, comparant mentalement les visages aperçus dans les rues aux photos de notre fichier de criminels recherchés, quand un petit garçon avait surgi de la ruelle derrière l'hôtel Corbin en criant qu'il y avait un mort là-bas.

L'enfant avait continué à courir, et Stan, qui était au volant, s'était engagé dans la ruelle.

A présent, peu après six heures, par une soirée d'août des plus humides que j'aie connues, nous étions en train de regarder le corps d'un jeune homme bien habillé, aux cheveux bruns, qui semblait être tombé quelques minutes plus tôt par la fenêtre de l'hôtel ouverte juste au-dessus, au deuxième étage.

Il gisait sur le dos, pieds et bras écartés, et, malgré l'impact violent de son corps sur le béton, il y avait très peu de sang. L'arête de son nez présentait une enflure brune et la peau était pourpre sur le côté gauche de son visage, ainsi que sur la main et le poignet gauches.

A New York, les détectives sont censés ne pas toucher un cadavre tant que le médecin légiste ne l'a pas examiné, mais nous trichons parfois un peu. Je poussai le menton du bout d'un doigt et la tête céda aisément à cette pression.

— Pas de rigidité cadavérique, Pete? demanda Stan.

— Non, répondis-je en extirpant délicatement de sa veste le portefeuille de l'homme.

Il contenait quatre-vingt-trois dollars, plusieurs cartes d'achat et une carte d'identité indiquant qu'il s'agissait de Harry B. Lambert, du 687, 71ᵉ Rue Est. Je lus à Stan les nom et adresse, remis le portefeuille en place et me redressai. Après l'arrivée du médecin légiste, naturellement, nous livrerions à une fouille plus minutieuse.

— Là, sur le côté gauche, observa Stan, c'est tout à fait la lividité cadavérique. Il faut environ une heure pour qu'elle apparaisse aussi nettement, n'est-ce pas?

— A peu près, oui, acquiesçai-je.

La lividité cadavérique résulte de l'arrêt du sang dans les parties du corps en contact avec le sol. Dans le cas de Harry Lambert, cela signifiait qu'il gisait sur le côté gauche depuis au moins une heure quand on l'avait poussé par cette fenêtre du deuxième étage.

— Il avait bu un peu, d'après l'odeur, remarqua Stan d'un air légèrement surpris.

Stan, qui a toujours l'air surpris à propos de tout, est un jeune policier grand, sec et nerveux, avec des fils gris prématurés dans sa chevelure taillée en brosse à l'ancienne mode, et des manières trompeusement douces. Il est aussi ceinture noire de judo, il a les poings les plus durs de la section et la peur physique est une chose qu'il ignore.

— Tu penses que le coup qu'il a reçu entre les yeux l'a achevé? demanda-t-il.

— Ça se pourrait, oui. Quelqu'un a peut-être espéré qu'il heurterait le pavé à plat ventre, effaçant ainsi la preuve, en quelque sorte.

— Et cela a bien failli réussir, opina Stan. Bon, c'est toi le chef dans cette histoire, Pete. Qu'est-ce qu'on fait?

— Reste ici avec le corps jusqu'à l'arrivée du médecin légiste. Je vais aller secouer les puces aux gens de l'hôtel.

Je contournai l'immeuble jusqu'à l'entrée du Corbin et

utilisai une des cabines téléphoniques du hall pour appeler le lieutenant Barney Fells, notre supérieur à Stan et à moi. Barney nous rayerait tous les deux du tableau de service et nous affecterait à plein temps au meurtre. Il aviserait aussi immédiatement le Bureau des Communications. Celui-ci, à son tour, enverrait une ambulance et préviendrait les autres services intéressés.

Le Corbin n'était qu'un hôtel un peu plus petit, plus vieux et plus mal tenu que la plupart de ceux de sa catégorie, avec un vestibule réduit au minimum et un ascenseur pas plus grand qu'une cabine téléphonique.

Il n'y avait personne au bureau de réception; je sonnai deux fois et attendis.

L'homme d'âge moyen qui sortit finalement de la pièce située derrière le bureau était petit et de faible carrure, avec une grosse tête, presque parfaitement ronde, des cheveux couleur de paille qui se raréfiaient, des yeux gris humides, et un menton minuscule.

— Oui, monsieur, dit-il d'une voix beaucoup plus grave que je ne m'y attendais, que désirez-vous?

Je lui montrai mon insigne.

— Détective Selby, dis-je. Vous avez un Harry Lambert sur votre registre?

Il acquiesça.

— Oui, monsieur. Il est arrivé ce matin.

— Quelqu'un avec lui?

— Non.

Je pris mon carnet de notes.

— J'ai besoin de votre nom.

— Dobson. Wayne Dobson.

— Est-ce que M. Lambert a reçu des visites?

— Pas à ma connaissance. Pourquoi? Qu'est-il arrivé?

— Il est mort. Dehors, dans la ruelle derrière l'hôtel. Il est tombé par la fenêtre.

Dobson déglutit.

— Un suicide?

— Vous le connaissez personnellement?

— Non. Mais je... ( Il secoua lentement la tête. ) C'est la première fois qu'il se passe quelque chose comme ça ici.

— Vous ne venez à la réception que quand quelqu'un sonne?

— En général, oui.
— Dans quelle chambre était Lambert?
— Un instant.

Il se tourna pour consulter son dossier de fiches d'inscription.

— 304.
— Il a indiqué son domicile sur la fiche?
— Oui, monsieur. C'est la loi. 684, East 71ᵉ Rue.
— A quelle heure est-il arrivé?
— Onze heures quarante-cinq.

Je rangeai mon carnet.

— Il me faut une clé de sa chambre, monsieur Dobson. Et veuillez rester là, car d'autres policiers vont arriver dans un instant.

Il hocha la tête en me tendant un passe-partout suspendu à un gros anneau.

— Je ferai tout mon possible pour faciliter votre tâche.

J'allai vers l'ascenseur, puis me ravisai. J'ai un préjugé contre les ascenseurs de ce gabarit et de cette cuvée. Aussi me dirigeant de l'autre côté du vestibule, je préférai prendre l'escalier.

Il a pu m'arriver un jour ou l'autre de me trouver dans une chambre d'hôtel plus petite, mais je n'en ai pas souvenance. Ce dont je suis sûr, c'est de n'avoir jamais été dans une où il fît aussi chaud. Le lit métallique et la commode également métallique avaient été peints en vert et le fauteuil paraissait sur le point de céder sous son propre poids.

Pas de signe de lutte, mais Harry Lambert devait avoir reçu au moins une visite, celle d'une femme. Une petite bouteille de whisky presque vide se trouvait à un bout de la commode et deux verres à l'autre. L'un de ceux-ci portait une trace de rouge à lèvres sur le bord.

Il n'y avait rien sous le lit, sauf de la poussière, et rien dans le placard, sinon encore de la poussière et deux cintres rouillés. Rien non plus dans la salle de bains.

J'allais fouiller la commode. Il y avait une élégante mallette noire dans le tiroir du haut et rien du tout dans les autres. Je posai la mallette sur le lit, en la manipulant avec précaution, afin de ne pas oblitérer d'éventuelles empreintes digitales et je l'ouvris.

Elle contenait, entre autres choses, une autre mallette noire, d'environ vingt-cinq centimètres de long, quinze de large et moins de deux centimètres d'épaisseur, portant le nom d'Harry Lambert gravé en lettres dorées, et à laquelle était fixée une chaînette d'or d'environ soixante centimètres avec un mousqueton au bout. J'avais vu beaucoup de ces mallettes; elles sont utilisées par les courtiers en diamants pour transporter leurs pierres. On les appelle des marmottes. Elle était vide.

La mallette contenait aussi, dans divers compartiments, une loupe de joaillier, une balance miniature, avec une série de poids dans une boîte en plastique transparent, et nombre de ces carrés de papier de soie blanc dans lesquels les négociants en diamants enveloppent les pierres.

Je posai la mallette sur la commode, enlevai ma veste et me mis à défaire le lit. Je trouvai le tube de rouge à lèvres entre les oreillers.

Ce n'était pas un tube de rouge à lèvres ordinaire. Même les moins chers peuvent paraître coûteux, mais celui-là l'était vraiment. Il était en or massif, avec un dessin floral magnifiquement gravé sur toute sa longueur et les initiales L.C. sur le capuchon.

C'est le genre de chose que les femmes ne s'achètent jamais et qui porte généralement le poinçon discret d'un joaillier. Le quartier général tient un répertoire de centaines de ces marques, comme il le fait pour les marques de blanchisseries.

A l'aide de mon mouchoir et de la loupe qui était dans la mallette de Lambert, je découvris le poinçon. Il se trouvait à l'intérieur du capuchon, en haut : une ancre entourée de trois cercles concentriques.

Je plaçai le tube de rouge à lèvres sur la commode, à côté de la mallette, et terminai mon inspection du lit. Je remettais ma veste quand on frappa à la porte : deux techniciens et un photographe du commissariat entrèrent.

— Salut, Pete, dit le technicien-chef en essuyant son front en sueur. Quelle chaleur!
— Vous avez terminé dans la ruelle? demandai-je.
— En dehors des photos, y avait rien à y faire.
— Mieux vaudrait prendre aussi deux vues plongeantes depuis la fenêtre, dit le photographe en y allant.

— Le médecin légiste est là? m'informai-je.
— Il est arrivé juste au moment où nous partions. C'est le Dr Chaney.
— Bon, à vous de jouer, Ed, dis-je en me détournant pour partir. Je veux bavarder encore un peu avec l'employé de la réception.

Avant de descendre, je frappai aux portes de chaque côté de celle de Lambert et à celle qui lui faisait face, de l'autre côté du couloir. Pas de réponse, nulle part.

Quand j'atteignis le hall, je constatai que Wayne Dobson avait de nouveau déserté la réception. La porte située derrière était entrouverte. J'allai l'ouvrir complètement.

Dobson était étendu sur son lit, dans une pièce qui, à l'exception d'un poste de télévision portatif et des barreaux de fer qu'on trouve en général aux fenêtres du rez-de-chaussée dans tout New York, était la reproduction de celle que je venais de quitter. Couché, Dobson semblait encore plus petit que derrière le bureau et ses yeux paraissaient tirés par la souffrance.

— Qu'est-ce qui ne va pas? questionnai-je.

Il eut un vague sourire.

— Un ulcère. Ce suicide m'a bouleversé.
— Puis-je faire quelque chose pour vous?

Il secoua la tête et se redressa péniblement pour s'asseoir au bord du lit.

— Ça va passer. Du moins, ça passe toujours jusqu'à présent.
— Vous sentez-vous assez bien pour parler un peu?

Il haussa les épaules.

— S'il le faut... Qu'est-ce que vous voulez savoir?
— D'abord, y a pas de grooms ici? Je n'en ai vu aucun.
— Joe Moody est de service. Le hic, c'est de le trouver.
— Moody est monté avec Lambert quand celui-ci est arrivé?
— Non, Joe n'était pas dans les parages à ce moment-là.
— Lambert a eu de la visite, dis-je. Une femme. En avez-vous vu passer dans le hall?

— J'en ai vu une. Une beauté. Elle a pris l'ascenseur et elle valait le coup d'œil. Une blonde platine, un châssis formidable et une robe en lamé or qui lui collait dessus comme une seconde peau. Une robe toute dorée qui avait dû coûter une fortune.

— Quand était-ce?

— Oh, vers quatre heures, je crois... Peut-être un peu plus tard.

— C'est la seule femme que vous ayez vue?

— Oui. Voudriez-vous me rendre un service, s'il vous plaît? Il y a une boîte à chaussures sous le bureau avec un tas de fouillis dedans, des trucs que les gens laissent dans leur chambre. Je viens juste de me rappeler que j'y ai mis l'autre jour un flacon de comprimés contre l'acidité gastrique. Ça me soulagerait peut-être.

J'allais fouiller dans la boîte jusqu'à ce que je trouve les comprimés en question que je rapportai à Dobson.

— Merci, dit-il. N'ayez jamais d'ulcère.

— Juste un détail encore et je vous laisse vous reposer. Est-ce vous qui vous occupez du standard?

— Oui. Ici, l'employé de la réception fait tout, sauf gagner de quoi vivre.

— Est-ce que Lambert a demandé ou reçu des communications?

— Sapristi!

— Qu'est-ce qui cloche?

— J'avais complètement oublié! Oui, il a reçu une communication. Et le type qui l'appelait était furieux. Il s'est mis d'emblée à lui dire des sottises. M. Lambert ne cessait de répéter : « Voyons, une minute, Rocky » et : « Ecoutez, Rocky », et : « Laissez-moi vous expliquer »... des choses comme ça.

— Bon. Mais en dehors des sottises, qu'est-ce qu'il a dit, ce bonhomme?

— Rien. Il ne faisait que l'injurier. Puis, brusquement, M. Lambert a raccroché.

— L'autre a rappelé?

— Non.

— Quand a-t-il téléphoné?

— Je peux vous le dire exactement. Il était quatre heures moins dix, car je venais juste de mettre ma montre à l'heure.

151

Il eut soudain une grimace de douleur et s'allongea de nouveau sur le lit.

— Comme je vous l'ai dit, n'attrapez jamais d'ulcère!

J'inscrivis quelques notes dans mon carnet, remerciai Dobson pour son obligeance, puis contournai l'hôtel. Je voulais voir où en étaient de leur tâche dans la ruelle Stan Rayder et le médecin légiste.

Il y avait là maintenant deux autres voitures de police, une ambulance, et peut-être une centaine de curieux.

— Doc Chaney pense qu'il peut déterminer avec assez de précision l'heure de la mort, Pete, annonça Stan après que je me fus frayé un chemin à travers les badauds. Il la situe entre quatre et cinq heures de l'après-midi.

Le médecin légiste, qui était agenouillé près du cadavre, leva la tête.

— Exactement, dit-il. C'est un cas entre cent où je peux indiquer des limites précises.

— Cette ecchymose entre les yeux, docteur, demanda Stan, pensez-vous qu'il aurait pu en mourir?

— Très possible, effectivement. C'est sans doute une fracture avec enfoncement, mais il faut attendre que je l'autopsie.

Il se leva et jeta un coup d'œil vers l'ambulance.

— J'ai terminé. Si vous voulez livrer le corps, je peux l'emmener avec moi.

— Tu as tout retiré de ses poches, Stan? questionnai-je.

— Oui, répondit-il en tapant sur l'enflure de sa poche de veste. Rien d'utile, toutefois. Il n'y avait dans son portefeuille que ses pièces d'identité et de l'argent!

Je fis signer au médecin légiste une décharge, puis Stan et moi nous frayâmes un chemin à travers la foule jusqu'à la voiture dans laquelle nous étions venus, et nous y montâmes.

— Ainsi, Lambert était courtier en diamants, commenta Stan après que je lui eus fait part de mes recherches à l'hôtel et de mes entretiens avec l'employé de la réception. Quelle manière d'exploiter un hôtel! Cent personnes auraient pu entrer et sortir, mais la seule que nous connaissions avec certitude est cette fille en robe dorée.

— Nous en trouverons peut-être quelques autres grâce au chasseur.

Je démarrai et sortis de la ruelle en marche arrière.

— Je vais aller en ville vérifier l'adresse de la carte d'identité de Lambert, Stan. Toi...

— Oui, je sais, fit-il avec un sourire aigre-doux, je dois rester ici pour surveiller les opérations dans ce four, là-haut.

— Il faut bien que quelqu'un se charge des basses besognes.

— Certes, mais pourquoi faut-il que ce soit toujours moi?

— Avant tout, mets la main sur le chasseur. Puis vérifie si un des autres clients à l'étage de Lambert a vu ou entendu quoi que ce soit. D'autre part, il y a un kiosque à journaux dans la rue, en face. Peut-être celui qui le tient aura-t-il remarqué quelque chose.

Je tournai au coin de l'immeuble et m'arrêtai devant l'entrée.

— Une chose encore, dis-je. Envoie quelqu'un au commissariat central avec ce bâton de rouge à lèvres. Je veux qu'on identifie le poinçon du bijoutier.

— Tu es sûr de ne pas voir une autre petite corvée dont tu pourrais encore me charger?

— Pas pour l'instant, répliquai-je. Mais en cherchant bien...

— Tant pis! dit-il en ouvrant la portière. A tout à l'heure, dans la salle de rapport.

Le 684 de la 71e Rue Est se révéla être un riche hôtel particulier transformé en appartements. Je trouvai une boîte aux lettres avec une carte libellée *Lambert/Manning* 2 A et appuyai sur le bouton au-dessous. Un instant après, le vibreur ouvrit la porte du hall et je grimpai jusqu'au premier.

Un homme de forte carrure, les bras croisés sur la poitrine, était campé sur le seuil du 2 A et me regardait approcher en fronçant les sourcils. Agé d'environ trente ans, estimai-je, il avait d'épais cheveux blond roux, et des sourcils anormalement touffus surmontant de très petits yeux noisette avec des reflets jaunes.

— C'est vous qui avez sonné au 2 A? s'enquit-il avec une certaine acidité.

Je lui montrai mon insigne.

— Détective Selby. Etes-vous un ami de M. Lambert?

— Il habite ici. Nous habitons ici tous les deux. Qu'y a-t-il?

— Nous pourrions parler plus commodément à l'intérieur.

Il hésita un instant, puis haussa les épaules et me fis signe d'entrer dans l'appartement.

Le living-room n'était pas très grand, mais le mobilier avait dû coûter un joli denier. Je m'assis dans un fauteuil de cuir crème et indiquai d'un signe de tête le canapé qui lui faisait face.

— Voyons maintenant, dis-je en sortant mon carnet, quel est votre nom?

Il me regarda d'un air maussade, mais se résigna et s'assit.

— David D. Manning, faites comme chez vous, Selby.

— Merci. M. Lambert et vous êtes très amis?

— Nous sommes colocataires et faisons bon ménage. Pourquoi?

— J'ai malheureusement une nouvelle assez fâcheuse à vous apprendre. Il a été assassiné.

Il ouvrit la bouche, se ravisa et resta à me regarder comme s'il essayait de déterminer si je disais la vérité.

J'attendis.

— Comment? demanda-t-il.

— Nous n'en sommes pas tout à fait sûrs. Quelqu'un a essayé de brouiller les pistes en le faisant tomber par la fenêtre.

— Quelqu'un? Cela signifie-t-il que vous ne connaissez pas le coupable?

— Pas encore.

Il se leva brusquement et se dirigea vers un bar dans le coin de la pièce.

— J'ai besoin d'un remontant, dit-il en se servant un whisky. En désirez-vous?

— Non, merci.

Il but une gorgée et revint lentement vers le canapé, où il se rassit.

154

— J'ai du mal à m'y faire, commenta-t-il.
— Il était marié? Séparé?
— Non.
— Divorcé?
— Non.
— Nous devons prévenir ses proches. Vous les connaissez?
— Non. Il ne parlait jamais de sa famille. Je sais que ses parents sont morts.
— Il avait de bons revenus?
— Nous gagnions à peu près autant, je pense. Entre 20 et 25 000 dollars par an.
— Vous êtes aussi courtier en diamants?
— Oui.
— Eh bien, la grande question, c'est évidemment : connaissez-vous quelqu'un qui souhaitait sa mort?

Manning esquissa un sourire acerbe.

— J'en vois deux ou trois qui ne demandaient que ça.
— Qui donc?
— Eh bien, cette fille avec qui il avait été fiancé, Barbara Nolan. Harry l'a lâchée pour une autre. Barbara avait juré d'avoir sa peau.
— Il a pris ça au sérieux?
— Pas au début. Puis il y est venu. Cela commençait à lui donner des sueurs froides. Je pense qu'elle l'avait convaincu.
— Vous savez où elle habite?
— C'est dans le Village. 542, Waverly Place.
— Vous disiez qu'il y en avait d'autres?

Il but une gorgée.

— Eh bien, il y a un type nommé Mel Pearce, diamantaire lui aussi. Il estimait que Harry lui avait soufflé une grosse vente. Il en était presque obsédé. Un jour, j'ai dû m'interposer pour les empêcher de se bagarrer.
— Vous savez où je peux le trouver?
— Il demeure vers Central Park Ouest, je crois. J'ignore au juste où.

Je tournai la page de mon carnet.

— Ça en fait deux. Quelqu'un d'autre encore?
— Pas à ma connaissance.

— Harry a reçu un coup de téléphone désagréable d'un nommé Rocky. Ce nom vous dit quelque chose?

Manning réfléchit en fronçant les sourcils, puis secoua la tête :
— Non.
— Harry avait-il des ennuis? Des créanciers intraitables? Des procès? Des dettes de jeu? Quoi que ce soit de ce genre?
— Non. Du moins, pas à ma connaissance.
— Vous avez dit qu'il avait lâché Barbara Nolan pour une autre femme. Comment s'appelle-t-elle?
— Elaine Greer.

Il hocha la tête en direction d'un grand portrait en couleur sur la table à thé.
— Voici sa photo.

J'allai l'examiner. C'était une fille très jeune, très blonde et très belle, mais d'une beauté froide, et le sourire de ses lèvres n'avait pas réussi, semble-t-il, à gagner ses yeux légèrement obliques.
— Il faudra que je lui parle, dis-je. Vous connaissez son adresse?
— Non, mais elle est dans l'annuaire de Manhattan.
— Harry était un homme à femmes, alors?
— Non. Il devait pratiquement les endormir à coups de massue, mais quand il en avait conquis une, il s'y tenait.

Il resta un instant silencieux.
— Ce doit être quelqu'un de formidable, cette Elaine. Harry en perdait littéralement la tête. Comme je vous l'ai dit, Barbara et lui allaient se marier. Mais quand il a eu fait la connaissance d'Elaine, il a oublié complètement Barbara. Elle avait rendu Harry tellement fou d'elle qu'il ne savait plus où il en était.
— Vous la connaissez, cette Elaine?
— Non, je ne l'ai jamais vue et j'en arrivais à souhaiter que Harry ne l'ait pas rencontrée non plus. Il ne parlait que d'elle. Il soupirait après elle comme un gosse de quinze ans à son premier béguin. Il fallait voir pour le croire!

Je changeai de position dans mon fauteuil et fis glisser une mine neuve dans mon porte-mines.

— Pour qui Harry travaillait-il?
— Pour personne. Il prenait des pierres sur bordereau.
— Sur bordereau?
— En consignation. Il vendait parfois des pierres pour une demi-douzaine de diamantaires en même temps. Un bordereau, c'est le détail établi par le diamantaire des pierres qu'il vous confie. On signe le bordereau et c'est tout.
— Alors sa réputation devait être bonne.
— Mieux que bonne. Excellente.
— Quand l'avez-vous vu pour la dernière fois, monsieur Manning?

Il me jeta un coup d'œil pénétrant, puis leva son verre et le vida tout en m'observant par-dessus le bord.

— Ne me dites pas que je suis suspect!
— Ce n'est qu'une question habituelle, monsieur Manning. Quand était-ce?

Il posa le verre sur le guéridon près du canapé.

— Ce matin, Et cela s'est passé très bizarrement. Je n'y ai rien compris.
— Qu'est-il donc arrivé?
— Eh bien, le téléphone a sonné très tôt dans la chambre de Harry. Vers six heures à peu près. Cela m'a réveillé. Je suis allé dans la cuisine préparer du café et, quelques minutes après, Harry est entré avec sa marmotte sous le bras, tout habillé pour sortir. Il avait l'air tout retourné, comme s'il avait eu très peur.
— Que vous a-t-il dit à ce moment-là?
— Rien. Je lui ai demandé ce qui clochait, mais il est passé devant moi pour aller prendre une bouteille de whisky dans le placard et a bu une longue rasade au goulot. J'étais stupéfait. C'était la première fois que je le voyais boire depuis plus d'un an. Il avait des difficultés du côté de l'alcool, vous comprenez. Il ne le supportait pas. Et le voilà qui, brusquement, buvait à même la bouteille!
— Il n'a absolument rien dit?
— Pas un mot. Je crois qu'il n'avait qu'à moitié conscience de ma présence. Je lui ai demandé qui avait téléphoné de si bonne heure, mais je ne pense pas qu'il

m'ait entendu. Il n'est pas resté dans la cuisine plus d'une demi-minute.

— Et il a quitté l'appartement aussitôt après?
— Oui.
— Avez-vous entendu ce qu'il disait au téléphone?
— Non, répliqua Manning en se levant pour aller se servir un autre verre.

Je l'observai avec attention. Il y avait chez lui quelque chose qui me chiffonnait. Il était vraiment trop calme eu égard aux circonstances; mais quand il revint et se rassit, un détail m'apprit que son calme était tout de surface. Il était assis, le dos confortablement appuyé sur le coussin, apparemment très détendu, peut-être un peu ennuyé, mais il serrait son verre de whisky au point de faire blanchir ses articulations.

Je feuilletai mes notes, puis me levai.

— Votre annuaire téléphonique est dans les parages? demandai-je.
— Là-bas, près du bar.
— Ce courtier en diamants que vous disiez être à couteaux tirés avec Harry, Mel Pearce. Son prénom est Melvin?
— Non, Melford.

Je trouvai un Melford Pearce au 216 Central Park Ouest. Elaine Greer, la jeune femme pour qui Harry avait plaqué Barbara Nolan, habitait au 734 58ᵉ Rue Est.

— Ce sera tout pour cette fois, monsieur Manning, déclarai-je en me dirigeant vers la porte. Merci beaucoup.

— Il n'y a pas de quoi, répliqua avec aisance Manning. Je vous souhaite bonne chance.

De retour dans la rue, je marchai jusqu'à l'endroit où j'avais laissé la voiture. Il faisait maintenant tout à fait nuit, mais l'air saturé d'humidité était aussi suffocant que l'après-midi, et cela continuerai comme ça toute la nuit. Quantité d'éclairs de chaleur étincelaient autour de l'Empire State Building, et les sirènes des bateaux sur l'East River avaient cette tonalité étouffée de quand le brouillard tombe de bonne heure.

J'insérai la voiture dans le flot de la circulation et me

dirigeai vers le centre pour avoir un entretien avec Barbara Nolan, la jeune femme dont les menaces contre la vie de Harry Lambert avaient causé tant de soucis à celui-ci.

Le logement d'une seule pièce au-dessus d'un magasin de bibelots Waverly Place était minuscule, même pour Greenwich Village, et la jeune femme qui m'avait fait entrer était petite, jolie et de très mauvaise humeur. Elle avait des cheveux qui lui tombaient sur les épaules, si noirs qu'ils avaient des reflets bleuâtres, un petit visage ovale avec une peau d'un blanc crémeux et des yeux bruns sous des cils noirs comme jais si longs que, au premier abord, je les crus faux.

— Alors pourquoi venir me voir à ce sujet? dit-elle en me jetant un regard furibond du haut du pouf où elle s'était assise. Que suis-je censée faire? Me jeter sur son bûcher funéraire ou quoi?

— Pas forcément, répliquai-je. Je me satisferai de réponses à quelques questions.

Avec le dos de sa main, elle rejeta en arrière les cheveux qui pendaient sur son front et croisa les jambes.

— Vous êtes sûr que je l'ai tué, n'est-ce pas? s'exclamat-elle.

— Je n'ai pas dit cela, Miss Nolan.

— Pas besoin! C'est écrit sur votre affreuse grosse tête de flic.

— Nous avons aussi un affreux gros commissariat. Préféreriez-vous répondre là-bas?

— Eh bien, pour votre gouverne, je ne l'ai pas tué. Et toujours pour votre gouverne, je regrette profondément de ne pas l'avoir fait.

— Pourtant, à un moment donné, vous deviez l'épouser.

— Dave Manning vous a fait un compte rendu complet, à ce que je vois.

— Comment gagnez-vous votre vie, Miss Nolan?

— Je suis dessinatrice, principalement en bijouterie. Et aussi pour pinces à billets, boucles de ceinture, poudriers, étuis de rouge à lèvres, flacons de parfum, montures de lunettes, etc.

159

— Vous avez travaillé cet après-midi? Disons, entre quatre et cinq heures?
— Ah, nous y voilà! C'est à cette heure-là qu'il a été assassiné, n'est-ce pas?
— Répondez simplement à la question, s'il vous plaît.
— Je travaille chez moi. Je n'en suis pas sortie de la journée.
— Vous avez plus d'une fois menacé de mort M. Lambert, je crois.
— J'étais prête également à passer à l'exécution.

Elle fit une pause pour allumer une cigarette.

— Dave Manning a dû vous le dire aussi, je suppose?
— La plupart des femmes ne menacent pas un homme de le tuer, simplement parce qu'il change d'idée et renonce à les épouser.
— *Simplement parce que!* A vous entendre, on dirait que ce n'est rien du tout, comme de changer d'avis à propos d'une sortie au cinéma ou quelque chose du même genre!

Elle tira une brève bouffée rageuse de sa cigarette et rejeta la fumée par les narines.

— En outre, je ne suis pas « la plupart des femmes ». Je suis moi, et je n'admets pas une chose comme ça.
— Mais c'est tout ce qu'il vous a fait?
— Si c'est tout? Ses yeux sombres semblaient avoir de petits incendies en leurs profondeurs.
— Eh bien oui, homme simple que vous êtes, c'est tout ce qu'il m'a fait. Qu'est-ce qu'il aurait dû faire de plus? Me lier à un poteau planté dans une fourmilière?
— Vous connaissez une jeune femme nommée Elaine Greer?
— Non. Devrais-je?
— Et un certain Rocky?
— Non, pas de Rocky non plus.
— Vous êtes déjà allée à l'hôtel Corbin?
— Je n'ai même jamais entendu parler de cet hôtel.
— Connaissez-vous, quelqu'un qui aurait aimé voir Lambert mort?
— Oui, moi. Je...
— Coopérons un peu, Miss Nolan. D'accord?

Elle éteignit la cigarette dans un cendrier posé par terre

à côté du pouf et croisa le jambes dans l'autre sens.

— Pour commencer, ce faux frère de Dave Manning. Il détestait Harry, vous savez. J'entends : il le haïssait vraiment, dit-elle.

— Pourquoi ?

— A cause de moi. Harry m'avait enlevée à lui. Vous a-t-il dit cela ? Non, bien sûr que non.

Elle marqua un temps d'un air significatif.

— Dave l'a très mal pris. Très mal. Ça l'avait fichu à plat. (Elle haussa un sourcil et me sourit.) Vous saisissez ?

— Ils ont pourtant continué d'habiter ensemble.

— Qu'est-ce que ça prouve, pour l'amour du ciel ?

Je posai à Miss Nolan plusieurs autres questions, dont aucune ne m'apporta d'élément intéressant et je me levai pour prendre congé.

— Merci de votre concours, dis-je. Il est possible que nous désirions encore avoir un entretien avec vous, Miss Nolan.

— Oh, je m'en doute. Et merci *à vous* de m'avoir apporté une aussi bonne nouvelle.

Quand j'arrivai dans la salle de rapport au commissariat, les aiguilles de la grande pendule électrique au-dessus du haut-parleur mural marquaient neuf heures quarante-deux. Stan Rayder, assis à son bureau, martelait son antique machine à écrire.

J'étalai ma veste sur le dos de ma chaise et m'assis.

— Comment ça s'est passé à l'hôtel ? demandai-je.

— Tout est réglé, dit Stan. Scellés de la police sur la porte et le reste.

— Trouvé quelque chose ?

— Pas dans la chambre, non. Si ce n'est que quelqu'un avait effacé toutes les empreintes sur la bouteille et les verres. Je les ai envoyés quand même au laboratoire avec le reste.

— Bien. Et l'étui de rouge à lèvres ? Tu as demandé qu'on vérifie le poinçon du bijoutier ?

Il hocha la tête.

— On vient justement de nous téléphoner à ce sujet. Le poinçon était bien enregistré dans les archives. Le graveur habite Broadway. J'ai demandé qu'on envoie quelqu'un pour le ramener si possible.

161

— Tu as parlé au chasseur?

— Oui, pour ce que ça a servi! Idem en ce qui concerne les femmes de chambre. Et aucun des occupants des chambres voisines n'était là. Le tenancier du kiosque à journaux de l'autre côté de la rue a vu la femme en robe dorée, pourtant, celle dont le réceptionniste t'a parlé. Elle est entrée vers les quatre heures, à ce qu'il dit. Il ne l'a pas vue ressortir.

— As-tu appris autre chose?

— Oui. Nous avons eu deux coups de téléphone affolés de diamantaires. Il paraît que Harry Lambert a emporté pour près de cinquante mille dollars de pierres en consignation ce matin. Il marqua un temps.

— Peut-être a-t-il été tué à cause d'elles, et peut-être pas. Peut-être qu'il allait s'enfuir avec. Peut-être un tas de choses.

Je dis à Stan ce que j'avais appris de Dave Manning et de Barbara Nolan, puis je téléphonai au service de l'identité judiciaire pour demander des vérifications concernant Dave Manning, Barbara Nolan, Elaine Greer, Mel Pearce et Harry Lambert lui-même

Quelques minutes plus tard, on me rappela pour dire qu'il n'y avait rien sur aucun d'eux, sauf Elaine Greer. Une contre-vérification avait établi qu'elle était la femme d'un ex-condamné nommé Ralph Greer, qui avait été libéré quatre jours plus tôt de l'hôpital de l'Etat pour aliénés criminels de Matteawan.

Au casier judiciaire de Ralph Greer étaient inscrites plusieurs condamnations pour vols qualifiés, voies de fait graves et extorsions de fonds. Son seul complice connu était un autre repris de justice, Floyd Stoner, supposé habiter maintenant 631 74ᵉ Rue Ouest. Les coordonnées actuelles de Greer lui-même étaient inconnues.

— Ainsi la nouvelle bonne amie de Lambert avait un mari, commenta Stan quand je lui transmis le renseignement. Et le mari bat le pavé depuis seulement quatre jours. Cela paraît intéressant, Pete.

J'appelai le service des Recherches, demandai qu'un mandat d'amener soit délivré contre Ralph Greer, puis me levai et pris ma veste.

— Je crois que Mme Greer mérite le plaisir de notre

compagnie, Stan, dis-je. Ne l'en privons pas plus longtemps.

Mme Greer en fut quand même privée, car elle n'était pas chez elle.

Nous n'eûmes pas plus de chance quand nous gagnâmes le quartier résidentiel pour parler à Floyd Stoner, celui qui avait été naguère le complice de Ralph Greer. Stoner non plus n'était pas chez lui.

— Nous perdons notre temps, dit Stan comme nous redescendions l'escalier. A ce rythme-là, nous terminerons l'enquête juste à temps pour faire valoir nos droits à la retraite!

J'utilisai la cabine téléphonique dans le hall du rez-de-chaussée pour demander des mandats d'arrêt contre les deux - Elaine Greer et Floyd Stoner - et pris des dispositions afin que des détectives en civil surveillent leurs domiciles. Puis nous sortîmes et remontâmes dans la voiture.

— Je vais conduire, dit Stan en s'installant au volant. Ta conduite est trop fantaisiste pour mes nerfs. Où va-t-on?

— 216 Central Park Ouest.

— Qui habite là?

— Mel Pearce, le courtier qui estimait que Lambert l'avait frustré d'une vente.

Stan soupira.

— Pauvre Lambert! Il doit bien y avoir au moins une personne dans cette ville qui ne voulait pas sa mort. Je me demande qui ça peut être.

Mel Pearce avait environ cinquante ans, à mon estimation. C'était un homme grisonnant, légèrement voûté, avec des yeux protubérants derrière d'épaisses lunettes sans monture, des bras d'une longueur démesurée et qui avait réponse à toutes les questions, sauf celle touchant ses faits et gestes entre quatre et cinq heures de l'après-midi.

Il avait, dit-il, passé le temps « simplement à marcher dans le centre de la ville en ruminant certaines affaires qu'il espérait conclure ».

Quant à sa bisbille avec Lambert à propos de la vente de diamants, c'était un malentendu. Il avait découvert

163

qu'il s'était trompé, avait fait des excuses à Lambert et l'affaire s'était arrêtée là.

Je téléphonai au commissariat pour savoir s'il y avait du nouveau. Il y en avait.

Le détective que j'avais fait mettre en planque devant l'immeuble de Floyd Stoner avait téléphoné qu'un homme répondant au signalement de l'ex-complice de Ralph Greer avait été vu entrant dans la maison.

C'était un immeuble de quatre étages avec du papier collant en travers des fenêtres du rez-de-chaussée pour faire tenir les carreaux cassés, des vieilleries dans le vestibule et des détritus dans l'escalier. Entrer n'offrit aucune difficulté, car quelqu'un avait calé la porte avec les restes d'un annuaire téléphonique dans un vain effort pour stimuler la ventilation.

Je frappai à la porte du 301. Il y eut un faible bruit de remue-ménage à l'intérieur, mais personne ne vint ouvrir. Je frappai de nouveau. Cette fois, il n'y eut aucun bruit.

— Police, dis-je alors.

— Tu es trop bien élevé, déclara Stan. Tu n'y vas pas assez fort.

Il s'approcha tout contre le panneau.

— Au nom de la loi, ouvrez! cria-t-il.

Environ quinze secondes s'écoulèrent.

Je tirai Stan un peu en arrière.

— Reste ici, dis-je. Je vais voir du côté de l'escalier d'incendie. Si tu entends quelque chose d'intéressant, enfonce la porte.

Je montai jusqu'au dernier étage, grimpai par l'échelle métallique sur le toit et redescendis par l'escalier de secours jusqu'à la fenêtre de derrière l'appartement.

Il y avait un espace d'environ un centimètre et demi entre le bas du store et le rebord de la fenêtre. Je regardai dans la chambre. La fille blonde aux yeux légèrement obliques, étendue sur le lit bâillonnée et ligotée, était bien celle dont j'avais vu la photographie dans l'appartement de Dave Manning : Elaine Greer. Elle se débattait contre les serviettes qui l'attachaient, sa brillante robe de lamé remontée jusqu'aux hanches.

J'essayai la fenêtre. Elle était fermée. Je reculai et

donnai un coup de pied qui fit tomber la vitre hors de son cadre. Puis je sortis mon revolver de son étui, sautai à l'intérieur et courus vers la porte de la chambre à coucher.

Je l'ouvris brutalement, juste au moment où Stan, alerté par le bruit du verre brisé, jaillissait revolver en main par la porte d'entrée de l'appartement dans un fracas de bois qui éclate.

Nous nous regardâmes, chacun d'un côté d'une pièce vide.

— Que diable! s'exclama Stan. j'ai entendu du bruit à l'intérieur. Toi aussi.

— Il y a une femme ligotée dans la chambre à coucher, répondis-je. Elaine Greer. Ce que nous entendions, c'étaient ses efforts pour se libérer.

— Elaine Greer?

Je hochai la tête.

— Dans une robe dorée étincelante. Exactement comme celle que portait la femme de l'hôtel Corbin.

Le bruit avait attiré plusieurs locataires curieux, qui nous regardaient maintenant, bouche bée, depuis le palier.

— Affaire de police, dis-je. Evacuez, s'il vous plaît!

Mme Greer était au bord de la crise nerveuse. Elle fut plusieurs minutes avant d'être assez calmée pour nous parler. Même alors, il fallut une quantité de questions avant d'obtenir d'elle un récit cohérent.

Elle avait, dit-elle, participé involontairement à un kidnapping bidon. Son mari, dont elle avait une peur bleue, avait appris sa liaison avec Harry Lambert pendant qu'il était encore interné dans l'asile d'aliénés. Quand il avait été libéré, quatre jours auparavant, il était allé chercher son vieil ami Floyd Stoner et tous deux avaient combiné un plan pour exploiter au maximum les sentiments de Lambert pour Mme Greer.

Les deux hommes l'avaient emmenée dans l'appartement de Stoner où, sous menace de mort si elle s'y refusait, elle avait été contrainte de faire la communication téléphonique matinale dont le colocataire de Lambert nous avait parlé. Elle avait dit à Lambert qu'elle avait été kidnappée et serait tuée s'il ne venait pas avec

165

une rançon de petits diamants faciles à écouler, pour un montant de cinquante mille dollars. Lambert, dont l'assurance couvrirait cette somme, prétendrait avoir été dépouillé par deux hommes armés ayant pénétré de force dans sa voiture.

Lambert devait mettre les pierres dans un sac en peau de chamois, prendre une chambre à l'hôtel Corbin sous son propre nom et attendre un coup de téléphone lui donnant d'autres instructions. Cependant, lorsque Ralph Greer l'avait appelé là, Lambert n'avait pas répondu. Greer s'était mis en fureur.

— J'avais à moitié perdu la tête, déclara Elaine Greer. Je sentais qu'il me fallait faire quelque chose. Une chance de me glisser hors de l'appartement se présenta et je la saisis.

— Et puis? questionna Stan.

— J'avais entendu mon mari dire à Stoner le numéro de la chambre de Harry à l'hôtel Corbin. J'ai pris un taxi et j'y suis allée. J'ai frappé et refrappé, mais Harry n'est pas venu ouvrir. J'ai entendu alors quelqu'un derrière moi... C'était mon mari, avec un revolver en main. L'espace d'une minute, j'ai cru qu'il allait me tuer sur place. Cela se lisait dans ses yeux. Mais il a rangé son revolver et marmonné qu'il se débrouillerait bien pour obtenir les diamants d'une manière ou d'une autre. Il a ouvert la porte de Harry avec un morceau de celluloïd qu'il a glissé entre la porte et le chambranle...

— Nous connaissons la technique, l'interrompit Stan. Continuez.

— La porte s'est ouverte tout de suite. Nous sommes entrés et... et Harry était étendu sur le lit. Mort. J'ai dû étouffer un cri ou quelque chose comme ça, car Ralph m'a frappée brutalement en me disant de me taire. Il a cherché les diamants, mais ils n'étaient pas là. Alors il m'a giflée de nouveau et il a mis sa veste sur son bras pour que personne ne puisse voir qu'il tenait un revolver braqué vers moi, puis il m'a ramenée ici en taxi.

— Pourquoi vous ont-ils ligotée? questionna Stan.

— Ils voulaient me tuer. J'ai entendu Ralph le dire. Ils ne tenaient pas à me laisser derrière pour raconter ce qu'ils avaient fait.

— Où sont-ils maintenant? demandai-je.
- Je ne sais pas. Ils sont partis voici environ vingt minutes.

Ses yeux s'emplirent soudain de larmes.

— J'ai été contrainte d'agir comme j'ai fait. Sinon ils m'auraient tuée. A présent, ils allaient me tuer, de toute façon.

Stan et moi restâmes à la regarder.

— C'est vrai! insista-t-elle. Tout ce que je vous ai dit est la vérité!

Nous avons alors demandé des renforts pour surveiller l'intérieur et l'extérieur de l'immeuble, confirmé l'ordre d'arrestation de Greer et de Stoner en urgence, puis emmené Mme Greer au commissariat.

En traversant la salle de rapport pour aller au fond, dans une des salles d'interrogatoire, je m'arrêtai à mon bureau afin de vérifier s'il y avait des fiches de communications téléphoniques se rapportant au crime sur mon buvard ou dans ma corbeille « à voir ».

Il y avait un rapport du laboratoire disant que le rouge à lèvres de l'étui que j'avais trouvé dans le lit de Lambert et celui du verre étaient identiques. Toutefois, la trace sur le verre n'y avait pas été laissée par des lèvres de femme; elle semblait plutôt avoir été mise avec le gras du pouce ou le bout du doigt. Un test révélait que le sang de Lambert au moment de sa mort avait une forte teneur en alcool.

Je trouvai aussi un bref rapport préliminaire du médecin légiste déclarant, en résumé, que Lambert était mort à la suite d'un coup porté à la base du nez par un objet contondant. Il y avait également un message sur mon buvard demandant de téléphoner à Ed Gault, le détective chargé d'identifier le poinçon de l'étui trouvé dans la chambre de Lambert.

— Bonne nouvelle au sujet de ce tube de rouge à lèvres, dit Ed quand je l'eus au bout du fil. Non seulement j'ai découvert le gars qui l'a gravé, mais j'ai même parlé à la jeune fille pour qui il l'a fait. C'est le cadeau d'un ami et elle avait son nom sur le certificat de garantie.

Ed avait commis une erreur, car il risquait ainsi de mettre en éveil un suspect important, mais je laissai passer.

— Qu'as-tu découvert? questionnai-je.
— La fille s'appelle Linda Cole. Elle habite au Pendleton et, crois-moi, tu ne trouveras jamais plus fieffée menteuse. Finalement, elle a reconnu être allée à l'hôtel Corbin et a même convenu qu'elle avait très bien pu y perdre son étui de rouge à lèvres, mais elle affirme que cela remonte a près d'un mois et qu'elle n'y est pas retournée depuis. (Il rit.) Quelle bonne blague!
— Merci, Ed, dis-je. Nous allons reprendre l'enquête à partir de là.

Je raccrochai et mes doigts pianotèrent un moment sur la table. Quelqu'un avait menti, oui, mais j'avais l'impression que ce n'était pas Linda Cole.

Je fis signe à Mme Greer de s'asseoir sur la chaise à côté de mon bureau, puis je tirai Stan à l'écart pour lui communiquer les rapports et ma conversation avec Ed Gault.

Stan secoua la tête.
— On dirait que quelqu'un nous a raconté des craques, hein? Ça ne colle pas.
— Assure-toi que Mme Greer connaît ses droits et a un avocat.
— Tu vas là-bas?
— Oui.
— Je t'accompagne.
— Je ne crois pas qu'il y aura du grabuge, Stan, dis-je.
— D'ailleurs, il faut que l'un de nous reste ici au cas où l'on aurait des nouvelles de Greer et de Stoner.

Je descendis, pris une voiture de service et roulai vers l'hôtel Corbin qui se trouvait à quelques pâtés de maisons de là.

Une fois de plus, il n'y avait personne au bureau de réception mais de la lumière filtrait sous la porte de la chambre de Wayne Dobson, où j'entendais quelqu'un aller et venir. Je marchai jusqu'à cette porte, tournai le bouton très lentement et entrebâillai le battant.

Le réceptionniste s'activait entre le lit et la commode, affairé à préparer une valise. Il était habillé comme pour sortir, il avait même un chapeau sur la tête. Il se hâtait, car il avait beaucoup à faire et très peu de temps pour le faire.

— Vous nous quittez, monsieur Dobson? dis-je en m'avançant dans la pièce.

Il pivota sur lui-même pour me faire face et resta bouche bée un instant, mais se ressaisit vite.

— Qu'est-ce que ça signifie? Pourquoi n'avez-vous pas frappé?

— Nous sommes de vieux amis, maintenant, répondis-je. Je croyais que je serais le bienvenu.

Il y avait une enveloppe de compagnie aérienne sur la commode. Je sortis le billet et regardai le nom inscrit dessus. Il était destiné à « J. Jackson » pour un vol à destination de Los Angeles.

— Et, c'est un aller simple, commentai-je.

— Il appartient à un client. Qu'est-ce que cela signifie, Selby?

— Cette valise que vous remplissez, elle est aussi à un client?

— De toute manière, cela ne vous regarde pas. Existe-il une loi selon laquelle je ne peux aller où je veux et *quand* je veux?

— Ça se pourrait bien, rétorquai-je. Entraver une enquête sur un meurtre est un délit grave.

— Entraver? Qu'est-ce qui vous prend? Entraver comment?

— Vous m'avez dit que Harry Lambert avait reçu un appel téléphonique d'un nommé Rocky à trois heures cinquante de l'après-midi exactement. Vous étiez formel.

— Alors?

— Rocky n'existe pas, monsieur Dobson. Et Lambert n'a tenu aucune conversation au téléphone. C'est un ancien alcoolique qui ne supportait pas du tout la boisson, mais il avait beaucoup bu dans cette chambre et il est mort avec un taux d'alcoolémie très élevé. A trois heures cinquante, non seulement il était ivre mais il l'était même trop pour émettre une parole.

Je marquai un temps.

— Pourquoi avez-vous menti?

— Je n'ai pas menti. Je...

— Et il y a ce luxueux étui de rouge à lèvres que vous avez fourré dans le lit de Lambert. Il a été perdu ici voici un mois et vous l'aviez rangé dans la boîte à chaussures sous le bureau, cette boîte où vous m'avez fait prendre les comprimés contre l'acidité stomacale. Ce que vous croyiez être un simple rouge à lèvres de prisunic était un étui coûteux, gravé à la main...

— Je comprends maintenant! me coupa Dobson. Vous vous imaginez que vous allez monter une accusation contre moi pour...

— Autre chose encore, continuai-je. Vous avez étalé un peu de rouge à lèvres sur le bord du verre pour nous faire croire que Lambert avait eu de la compagnie dans sa chambre. Cela me rend perplexe, monsieur Dobson. Pourquoi avez-vous fait ça?

— Je... commença Dobson, puis il pinça brusquement les lèvres et resta à me regarder d'un œil furibond.

Je m'approchai du lit et soulevai la couche supérieure de vêtements que je sortis de la valise. Il était bien là : un sac en peau de chamois, pas plus grand que ceux dans lesquels les enfants rangent leurs billes.

J'entrevis le sac au moment même où je sentis dans le dos le contact du revolver de Dobson. Nous restâmes ainsi sans bouger ni parler, pendant au moins dix secondes.

Puis Dobson ordonna :

— Entrez dans la salle de bains. Marchez doucement.

— Pourquoi? répliquai-je. La détonation s'entendra tout aussi bien là-bas que d'ici.

— Très lentement! répéta-t-il. En route, Selby.

Je haussai les épaules, fis lentement un pas en direction de la salle de bains - puis me laissai choir en saisissant mon revolver et me roulai sur le côté dès que je touchai le sol.

La première balle de Dobson me manqua, mais la seconde traça un sillon brûlant dans mon biceps gauche. Mon propre revolver tressauta dans ma main et je vis le corps de Dobson reculer sous l'impact.

On eût dit un film tourné au ralenti. La main droite de Dobson s'abaissa presque centimètre par centimètre jusqu'à ce que le revolver lui échappe, il plia d'abord un bras puis l'autre en travers de son corps, vacilla sur place pendant plusieurs secondes. Après quoi, très lentement, il s'affaissa sur les genoux.

D'un coup de pied, je projetai son revolver sous le lit, je remis le mien dans mon étui et pris dans la valise, deux maillots de corps propres.

Dobson ne s'intéressait plus qu'au sang qui suintait du trou fait par la balle dans son abdomen. Il me regarda enfoncer un des maillots sous sa ceinture en guise de compresse et rouler l'autre autour de mon bras à l'endroit où sa balle m'avait labouré la peau. Je sortis ensuite pour aller au standard appeler une ambulance. Les coups de revolver avaient attiré plusieurs clients dans le vestibule, mais je ne m'occupai pas d'eux.

L'ambulance arriva au bout de huit minutes. J'aidai l'interne à mettre la civière de Dobson à l'arrière et pris place sur la banquette en face, l'interne à côté de moi. L'instant d'après, l'ambulance décolla du trottoir et partit rapidement.

— Je vais mourir, dit Dobson, presque sans aucune émotion. Vous m'avez tué, Selby. Je suis mourant.

Il n'y avait pas une chance sur mille qu'il meure, bien entendu, et l'interne ouvrit la bouche pour le dire, mais je lui donnai un coup de pied et il referma sa bouche. Si quelqu'un est convaincu d'être mourant - même s'il se trompe - tout ce qu'il déclare équivaut à une confession *in extremis* et est considérée légalement comme l'expression de la vérité. C'était mon travail d'obtenir une déclaration de ce genre si je le pouvais.

— Il y a des choses que vous aimeriez dire je pense, monsieur Dobson? suggérai-je. Ce serait peut-être le moment.

Il me regarda fixement tout le temps que l'ambulance mit à atteindre le coin de la rue suivante. Ses yeux se détournèrent alors des miens et il fit rouler sa tête lentement sur l'oreiller.

— Je n'aurais jamais dû apprendre le karaté, dit-il, presque comme s'il se parlait à lui-même. Si je ne l'avais pas appris, Lambert serait encore en vie et je... je ne serais pas ici en train de mourir.

Sa voix était résignée et faible, mais ferme – avec un fond d'ironie.

— Est-ce ainsi qu'il est mort? Questionnai-je à mi-voix. D'un coup de karaté?

— Oui. Quand j'ai vu tous ces diamants, je...

Il prit une profonde inspiration qu'il retint un instant, puis exhala avec un soupir.

— Je passais devant sa chambre. La porte était entrouverte et je l'ai aperçu sur le lit, une bouteille à la main. J'ai pensé que c'était encore un de ces ivrognes qui laissent leur porte béante et je m'apprêtais à la fermer quand j'ai vu les diamants étalés à côté de lui sur le lit.

J'attendis. Comme il se taisait, je demandai :

— La tentation a été trop forte?

Il acquiesça d'un signe de tête.

— Je savais que ce serait la seule chance que j'aurais jamais d'être riche. J'ai toujours été obligé de regarder au moindre sou. J'ai passé ma vie à travailler d'une place minable à une autre et je... Je me suis dis que je n'avais qu'à les prendre et que personne n'en saurait jamais rien.

— Et ensuite, monsieur Dobson?

— Je les ai mis dans un sac de cuir qui était là et j'allais partir quand Lambert a bougé un peu la tête, alors je... Comme j'ai dit, je n'aurais jamais dû apprendre le karaté. Je n'ai même pas réfléchi, je l'ai frappé machinalement. J'avais peur qu'il reprenne conscience et me voie et... Il vous faut me comprendre. Ce fut tout à coup comme si c'étaient *mes* diamants, pas les siens, et qu'il était sur le point de m'en dépouiller.

— Après quoi vous avez pensé qu'en le faisant tomber par la fenêtre vous pourriez masquer l'assassinat?

— Oui, mais l'idée ne m'est venue que plus tard. Je suis remonté, et c'est alors que j'ai fait ça.

Il se tut. Il respirait maintenant avec plus de lenteur, sa voix était un peu plus faible.

— Tout le reste, c'est comme vous avez dit — l'étui de rouge à lèvres, le coup de téléphone bidon, etc. C'était assez maladroit, bien sûr. J'essayais de détourner les soupçons, mais j'étais si nerveux, si agité, et je souffrais de mon ulcère que je n'ai que...

— Continuez, monsieur Dobson.

Il détourna son visage.

— J'ai toujours été un imbécile, conclut-il d'une voix presque inaudible, puis il ferma les yeux.

L'ambulance approchait de l'hôpital. Soudain recru de fatigue, je regardais les enseignes au néon défiler derrière la vitre au-dessus de la civière de Dobson. L'idée de laisser quelqu'un, Dobson ou un autre, plus longtemps que nécessaire sous l'impression qu'il allait mourir me déplaisait.

— O.K., murmurai-je à l'interne à côté de moi. Vous pouvez lui dire la vérité maintenant.

L'interne se pencha en avant, examina le visage de Dobson, puis allongea le bras pour soulever une de ses paupières.

— Il n'a pas tenu le coup, dit-il. Il est mort.

*The girl in gold*
D'après la traduction d'Arlette Rosenblum

© Droits réservés.

# Le dernier repas

par
**Donald HONIG**

Ils dépassèrent le monument et traversèrent l'avenue. Ils apparurent un instant dans la lumière du réverbère puis s'évanouirent de nouveau dans l'obscurité. La confiserie était la dernière boutique ouverte au bout du quartier. Ils la dépassèrent sans la regarder, puis longèrent les terrains vagues. Un vent léger soufflait sur l'herbe folle.

— Quoi que tu dises, je continue de croire que c'est dément, lança George.

— Lorsque tu mettras la main sur les cinq mille dollars, rétorqua Joe Geeb, tu verras si c'est dément.

— Je ne comprends pas ce qui te rend certain qu'ils y sont.

— Parce que ça ne peut être autrement. Carl Muldoon les y a mis.

— Et après ils l'on tué.

— C'est ça, acquiesça Joe Geeb. Ils l'ont tué parce qu'il n'a pas voulu dire où était l'argent ou, peut-être, parce qu'il a essayé de marchander, ou pour n'importe quelle autre raison.

— Comment sais-tu qu'il ne leur a pas dit?

— Parce qu'ils l'ont tué, mon vieux. Pourquoi crois-tu qu'ils l'ont tué? S'il avait parlé, ils ne l'auraient pas tué. Ils auraient pris l'argent et se seraient tirés vite fait. Seulement il ne voulait pas parler. Alors, ils l'ont tabassé pour qu'il parle mais ça n'a servi à rien. C'était pas un type très grand mais un dur. Mon vieux l'a connu. Il dit que c'était vraiment un dur.

— Comment sais-tu qu'ils l'ont battu à mort? demanda George.

Il était grand et marchait lentement, les mains dans les poches, les yeux baissés vers le trottoir. Son air grave et tranquille paraissait trahir un certain mécontentement comme s'il avait été entraîné dans cette aventure malgré lui.

— Je l'ai vu, tu t'en souviens? dit Joe. C'est moi qui ai trouvé le corps. Moi et Inchy Hines. Depuis ce jour — Bon Dieu, ça fait presque dix ans maintenant! — je n'arrête pas d'y penser, d'essayer de comprendre... toute cette histoire : ce type trouvé mort, les articles dans le journal puis, Carl Muldoon tué dans cette maison et l'argent qu'on n'a jamais retrouvé.

— Ecoute, dit George. Sais-tu, en dix ans, combien de clochards, de vagabonds, de gosses et d'amoureux nocturnes sont passés dans cette maison?

— Pas tant que ça. D'abord, il n'y a pas tellement de clochards à Capstone et puis, les enfants n'osent pas s'approcher de l'endroit, quant aux amoureux, ils ont mieux à faire que fouiner autour d'eux.

Ils traversèrent une rue et longèrent quelques maisons paisibles, plongées maintenant dans l'obscurité. L'avenue était très silencieuse.

— Si tu es si sûr que l'argent s'y trouve, dit George, pourquoi ne vas-tu pas y voir toi-même?

— Je n'irais pas seul dans cette maison pour... cinq mille dollars.

— Mais tu iras avec moi pour deux mille cinq cents?

— Tout juste.

— Et comment se fait-il que tu aies attendu si longtemps?

— Il m'a fallu tout ce temps pour me convaincre que l'argent s'y trouvait. Et d'ailleurs, ne sais-tu pas qu'ils vont démolir la maison dans quelques semaines? C'est ma dernière chance.

Ils arrivèrent à la maison. Elle comportait un étage et, recouverte de bardeaux décolorés, elle était abandonnée depuis longtemps, vingt ans peut-être. Elle se dressait seule dans cette partie déserte du quartier, lugubre, les carreaux brisés. On sentait la caresse du vent qui soufflait doucement sur les innombrables terrains vagues. La haie, livrée à l'abandon, devant la façade, s'élevait à une hauteur incroyable. Noire et broussailleuse, elle avait presque la taille d'un arbre et s'étendait sur environ huit mètres de chaque côté de l'allée cimentée et défoncée menant à la maison.

Dix ans auparavant, la haie n'était pas aussi haute mais était aussi large et touffue. Quant à la maison, elle était aussi morne et désolée, mais n'avait pas encore atteint cet extrême délabrement où elle était aujourd'hui. Elle semblait alors gémir et pleurer sur son sort comme si elle avait su qu'il y avait encore de l'espoir et du temps devant elle mais que ceux-ci diminuaient. Cette partie de Capstone était alors plus tranquille. Les quelques maisons qui s'y élevaient actuellement n'avaient pas encore été construites. Personne ne venait jamais s'y promener. Il en allait différemment à l'autre bout du quartier. Ce n'était pas alors vraiment plus vivant, mais plus animé; particulièrement du côté des allées désolées du cimetière de Baker Avenue. Il semblait que les gens de la ville et de Brooklyn aient entendu parler de la tranquillité régnant dans les rues de Capstone. Chaque fois que quelque chose se produisait dans ces quartiers peu sûrs, en ces jours où l'on avait la gâchette facile, chaque fois qu'il fallait supprimer quelqu'un, cela se passait à Capstone. On trouvait constamment des corps percés de balles dans les bas-côtés des avenues, dans les terrains vagues autour du cimetière, des gentlemen liquidés par leurs pairs pour des raisons souvent mal élucidées. (La police n'était jamais vraiment intéressée; les témoins qui déposaient étant presque toujours des gens ayant eu maille à partir avec elle.)

Carl Muldoon, un matin, descendait Baker Avenue à pied lorsqu'il vit, dépassant de l'herbe, une paire de chaussures noires brillantes dont les bouts pointaient obliquement vers le ciel. Il avança dans le terrain vague et regarda l'herbe à ses pieds. Il aperçut un visage à l'expression très maussade qui fixait le ciel bleu d'un regard aveugle. Comme les balles avaient atteint l'arrière de la tête, Carl n'était pas certain que l'homme fût mort bien qu'il en eût la nette impression car, comme les gars de chez Paddy le disaient, quand on regarde dans cette direction, c'est qu'on a chanté sa dernière chanson. Il s'accroupit et mit sa main sur le cœur de l'homme. Il ne battait plus.

Etant si proche du cadavre, Carl décida de pousser plus loin ses recherches. Il glissa la main dans chacune des poches. Il ne trouva rien. Il allait se redresser lorsqu'il remarqua une bosse à l'intérieur de la veste de l'homme. Il n'y avait pas de poche à cet endroit. Quel que fût l'objet se trouvant là, il avait été cousu à l'intérieur de l'étoffe. Carl couvrit le visage de l'homme avec un mouchoir puis déchira le tissu de la veste. Une liasse de billets lui tomba dans les mains. Celui de dessus était un billet de cent dollars. Du pouce, il les fit défiler rapidement. Tous des billets de cent dollars. Il les fourra dans sa poche, découvrit le visage menaçant du mort puis se releva et s'éloigna, les jambes flageolantes, la tête lourde, en proie à des vertiges.

Il marcha jusqu'à Grant Avenue où il prit la direction du commissariat de police. Il y entra et rendit compte de ce qu'il avait vu sans rien dire, évidemment, de l'argent. (Il y avait cinq mille dollars; il les avait comptés dans les toilettes de chez Paddy.)

Le lendemain, l'histoire était dans les journaux qui relataient la macabre découverte faite par Carl Muldoon de Capstone. La presse expliquait que le mobile du crime était probablement le vol car quelque chose, placé entre le tissu et la doublure de la veste de la victime, avait été arraché.

Carl Muldoon ne s'en doutait pas mais une autre personne se trouvait dans le cimetière, ce matin-là. Stephen avait tout vu. C'était un chemineau, sans domicile fixe, qui vivait alors dans le voisinage; un pauvre maladroit avec l'esprit confus d'un enfant dans un corps d'adulte. Il était dans le cimetière, près de la clôture, à la recherche de la tombe de sa mère. (Il avait oublié où elle se trouvait. Depuis six mois il venait avec des fleurs et, chaque fois, finissait par les abandonner sur une autre tombe.) Il vit Carl Muldoon s'agenouiller dans l'herbe. Il l'observa à la dérobée, s'immobilisant entre les pierres tombales, la tête tendue en avant.

Il vit Muldoon faire un geste. Puis ce dernier s'en alla rapidement, la démarche raide, gauche. Lorsqu'il se fut suffisamment éloigné, Stephen laissa tomber ses fleurs, escalada la clôture et courut dans l'herbe. Il se rapprocha du corps et s'arrêta net, la tête penchée, regardant fixement, les yeux écarquillés. *Mort,* pensa-t-il tout en se concentrant fortement sur le mot jusqu'à ce qu'il en eût une perception claire et positive. Il releva les yeux. La silhouette de Muldoon, qui s'éloignait vite, devenait de plus en plus petite. Stephen entreprit de la suivre en pensant : *Il a fait quelque chose.*

Il le suivit ainsi jusqu'à l'avenue. Il s'assit au bord du trottoir tandis que Muldoon était chez Paddy. Regardant fixement les pavés, les mains serrées sur les chevilles, il essayait de percer le mystère qui se cachait, il en était sûr, derrière les gestes de Muldoon. Ses yeux s'écarquillèrent tandis que le souvenir de la veste déchirée lui traversait l'esprit. *Il a pris quelque chose,* pensa-t-il, affirmatif après une concentration aussi intense.

Lorsque Muldoon sortit du bar, Stephen se leva et le suivit, à l'ombre des arbres, jusqu'au commissariat de police, dans une rue perpendiculaire à l'avenue. Il s'arrêta, regarda Muldoon passer entre les deux globes jumeaux, monter les marches et pénétrer dans le commissariat. Stephen s'assit de nouveau au bord du trottoir, sous les arbres, les chevilles entre les mains, ruminant et regardant fixement le vieux bâtiment de bois, ancienne école devenue poste de police. Muldoon en sortit peu après, suivi d'un policier. Ils descendirent les marches. Ils parlaient. Muldoon indiquait une direction d'une main tout en se frottant la joue de l'autre. Le policier dit alors quelques mots et Muldoon fit non de la tête. Le policier monta dans une voiture et s'éloigna.

Stephen observait Muldoon. Il marchait lentement, maintenant, le regard baissé vers le trottoir. *Il est toujours sur le même coup,* pensa Stephen. Il se leva et le suivit à distance vers l'avenue. Soudain, Muldoon s'arrêta, se gratta la nuque puis repartit, rapidement cette fois, avec une intention bien déterminée, les mains enfouies dans les poches. Stephen s'arrêta également, retenant sa respiration, puis reprit sa filature. Il stoppa au coin de l'avenue, observant Muldoon qui s'éloignait en hâte.

Lorsque Muldoon tourna à l'endroit où se trouvaient les hautes haies broussailleuses, Stephen se mit à courir. Il dépassa dans sa course les terrains vagues et coupa court vers le côté de la maison en contournant la haie. Il regarda la maison, le cœur battant. Il avança dans l'herbe folle jusqu'à une fenêtre. Il scruta l'intérieur de la demeure vide. Il n'y avait jamais pénétré, car un panneau en interdisait l'entrée. Ce signe c'était la loi, menaçante, mortelle et implacable. Stephen entendit Muldoon au premier étage, il l'entendait marcher sur le plancher qui craquait. Une grande excitation l'envahit, ses mains agrippèrent le rebord de la fenêtre. Il entendit alors les pas de Muldoon descendre tranquillement l'escalier. Il plongea dans l'herbe. S'attendant à être découvert et roué de coups, il ferma les yeux. A ce moment, le bruit de pas cessa. Stephen rouvrit les yeux et, entre les herbes, vit Muldoon passer de l'autre côté de la haie, des fragments de sa silhouette s'éloigner interminablement et, enfin, disparaître. Libéré du poids qui l'écrasait, il redressa la tête, puis se leva, regarda de nouveau dans la maison, avant d'y pénétrer en passant par la fenêtre. Il traversa sur la pointe des pieds une pièce vide dont le plancher crissait. Il arriva dans un vestibule silencieux et nu. Un escalier en partait... Il leva les yeux, la main sur la rampe. *L'homme était là-haut avant de redescendre,* pensa-t-il en posant le pied sur la première marche et montant l'escalier.

Il s'arrêta sur le palier, penché en avant, l'oreille aux aguets, promenant son regard d'une pièce à l'autre. Elles étaient toutes vides, leurs portes ouvertes. Il entreprit de les visiter, contemplant chaque mur dénudé avec une expression ahurie dans les yeux, bouche bée comme s'il s'agissait d'un lieu inviolable et sacré. Son regard se dirigea vers un radiateur dans le coin d'une des pièces. Il l'observa pendant près de cinq minutes avant de s'en approcher. Il s'arrêta devant, hésita, regardant le mouchoir sale qui avait été fourré entre les tuyaux. *C'est lui qui a fait cela,* pensa-t-il gravement. Il plongea la main entre les tuyaux, toucha le mouchoir, et le tira à lui. Il le déplia et découvrit l'argent.

L'argent reposait dans sa main ouverte et figée, sous son regard stupéfait. Il la referma, serrant le poing sur le mouchoir et les billets de banque. Il sortit de la pièce et descendit l'escalier, son poing serré dans la poche. Il s'arrêta devant la porte d'entrée. *Il va revenir,* pensa-t-il. Il y avait à l'arrière de la maison, il le savait une sortie qui venait de la cave. Il alla au fond du hall d'entrée, trouva la porte de la cave et descendit prudemment l'escalier de bois dans l'obscurité.

Il toucha du pied le sol cimenté. Il faisait nuit dans la cave et il y régnait une odeur désagréable d'humidité. Stephen avançait dans l'obscurité, sa main libre tendue devant lui. Il effleura une lourde porte en bois qu'il fit pivoter vers l'intérieur, avide de liberté et de lumière. La porte grinça désagréablement. Il avança avec circonspection car il faisait noir de l'autre côté. Son pied heurta une paroi puis sa main la toucha, se plaqua contre elle. Il se retourna, soudain effrayé, et se cogna contre la porte à demi-ouverte. Il resta un instant étourdi par le choc. Puis, après coup, il entendit le déclic de la serrure de l'autre côté de la porte. A cet instant seulement, il se rendit compte qu'en se cognant contre elle il l'avait refermée. Il se précipita en avant, écrasant son épaule contre cette porte la frappant à coups de pied. Il leva les poings et se mit à taper. Puis ses doigts griffèrent le battant à la recherche d'un bouton, d'une poignée, d'un loquet. Il gratta et griffa avec une tragique incrédulité, puis s'arrêta. Il n'y avait ni poignée ni bouton ou loquet à l'intérieur de la lourde porte. Il resta planté là, écarquillant les yeux dans l'obscurité, respirant l'odeur de la petite resserre humide où il était pris au piège.

Les bruits le réveillèrent. Il était assis le dos contre le mur, les jambes repliées contre la poitrine. Il ouvrit les yeux et pensa immédiatement qu'il avait soif. (Il avait souvent passé un jour ou deux sans manger, battant le pavé attendant qu'on lui propose quelques menus travaux. Aussi la faim ne le tenaillait-elle pas encore). Il bondit vers la porte, haletant, collant son oreille contre elle, le corps tremblant, les muscles tendus. Il voulut crier mais se contint car les bruits qui lui parvenaient étaient âpres, hargneux et mauvais. Ils se transformèrent en hurlements, proférés surtout par une voix. Ils résonnèrent à maintes reprises puis quelque chose frappa le plancher avec un bruit sourd. Alors les bruits, le martèlement furieux et rapide d'une lutte s'amplifièrent et se confondirent puis tout se tut. Stephen retint sa respiration, intrigué par ce silence soudain. Il entendit des pas désordonnés et lourds descendre l'escalier. Il se plaqua une main sur la bouche jusqu'à ce qu'ils se fussent éloignés. La maison retomba alors dans le silence. Il attendit longtemps qu'un silence total se fût rétabli, avant de se dire : *il y a quelque chose là-haut*.

Il était assis dans la resserre obscure, les jambes croisées, se grattant vaguement la barbe. Quatre jours déjà s'étaient écoulés. Il avait hurlé, gémi, sangloté pendant quatre jours mais, maintenant, c'était fini. Ce qu'il avait cru être au premier étage et dont il avait essayé d'attirer l'attention en criant, n'avait jamais répondu. Aussi l'avait-il oublié. Il avait essayé de glisser ses doigts entre le chambranle et la porte jusqu'à ce qu'ils fussent enflés et douloureux. Mille fois, peut-être, il avait reculé jusqu'au mur et s'était jeté avec fureur contre la porte, si bien que ses épaules, ses bras et ses mains étaient tout endoloris. Tout en frictionnant son bras tuméfié, il fixait maintenant sur la porte noire et indifférente, un regard suppliant, ahuri, tel un enfant tremblant de douleur et de peur. De temps à autre, un bruit sortait de ses lèvres sèches et sans force, une faible plainte dont il n'avait pas conscience.

Il baissa les yeux et sa main balaya l'obscurité. Il sentit la liasse de billets, et ses doigts se mirent à la triturer négligemment comme s'il s'était agi de feuilles. Il froissait les billets et en faisait des boulettes. Ces billets commençaient à le fasciner, non en tant qu'argent mais parce qu'ils étaient avec lui dans le noir, prisonniers et condamnés comme lui. Il se mit à les caresser doucement, tendrement puis il y enfouit son visage et sentit des larmes chaudes couler sur eux. Il s'endormit, le visage contre les billets de banque.

Quelques jours plus tard, l'argent se transforma. Il était devenu son tourment, le démon qui le hantait – c'était à cause de lui qu'il était là. Il se mit à gronder et rager d'une voix qu'il ignorait avoir en lui. La faim qui le tenaillait en rendait la sonorité primitive, animale. Il dispersa l'argent dans le noir, agitant les bras comme des fléaux, les heurtant contre les murs et la porte, poussant des cris rauques jusqu'à ce qu'une douleur lancinante parcourût ses membres, l'horrible souffrance que l'on éprouve en se brisant les os, et qu'il sentît couler son sang chaud. Il s'arrêta alors, non pas tant à cause de l'effroyable douleur provenant de ses membres à vif que du sang doux et chaud. Cela le calma. Il s'effondra sur le sol, sans force, gémissant faiblement. Ses lèvres désséchées, craquelées, sucèrent le sang.

Il resta assis sans bouger jusqu'à ce que l'hémorragie eût cessé. Puis il s'endormit. Il ne cessait d'ouvrir et fermer les yeux, de sortir du sommeil pour y glisser de nouveau, essayant de supporter l'atroce sensation de douleur à l'estomac. Puis la faim l'empêcha de dormir. Il commença à mordre les poignets de sa chemise, à en arracher les fils avec les dents pour les enfouir dans sa bouche sèche et pâteuse. Puis à quatre pattes, grognant et gémissant, il se mit à ramper sur les billets.

— N'allume pas la lampe avant que nous soyons à l'intérieur, dit Joe Geeb.

Ils passèrent entre les deux haies et montèrent l'allée obscure où l'herbe haute poussait dans les fissures en ciment.

— Tu me disais, rappela George, comment tu avais su que l'argent s'y trouvait.

— C'est grâce à l'article du journal. Je l'ai découpé et conservé pendant des années. Le corps qu'ils ont trouvé près du cimetière était celui d'un escroc à la petite semaine. L'article racontait que ceux qui l'avaient liquidé avaient arraché cinq mille dollars au tissu de sa veste; c'est la somme avec laquelle, d'après sa famille, il avait quitté son domicile. Seulement, c'est Carl Muldoon qui avait pris l'argent, et les types qui avaient commis le crime l'ont lu dans le journal, comme moi. Ils ont compris qu'ils avaient été roulés. Ils sont alors allés trouver Carl Muldoon et l'ont forcé à les conduire ici pour leur donner l'argent, ou une partie seulement, selon leur accord. Mais ça ne s'est pas passé comme prévu, les voyous ne sont pas arrivés à ce qu'ils voulaient et, en guise de compensation, appelle cela comme tu voudras, ils ont battu Carl à mort, l'abandonnant ici avec l'argent. Tu comprends? Maintenant, allume la lampe, mon vieux.

George éclaira l'escalier.

— Commençons par là, dit Joe.

Précédés du rayon de lumière, ils montèrent lentement les marches qui fléchissaient et grinçaient, ils rôdèrent d'une pièce à l'autre, éclairant les plafonds, les murs et le plancher, fourrant leurs nez dans les placards.

— C'est là qu'il était étendu, dit Joe, debout au milieu d'une pièce, fixant le plancher blanc et nu sous le faisceau de lumière. J'étais venu avec Inchy, ce jour-là, et on l'a trouvé ici, en marmelade. Si tu avais vu ça! D'après eux, il devait y avoir un mois qu'il était là. J'en ai la chair de poule!

— Allons voir en bas, dit George.

Ils descendirent l'escalier et explorèrent les pièces du rez-de-chaussée, progressant lentement derrière le rayon lumineux de la lampe. Toutes les pièces étaient vides, sauf une où ils trouvèrent des boîtes de bière percées. Joe Geeb les lança par la fenêtre, en jurant.

— Je te l'avais bien dit, fit George.

— Il reste la cave.

Dans le vestibule, ils trouvèrent la porte de la cave. Elle s'ouvrit en grinçant et ils descendirent l'escalier, en balayant l'obscurité du rayon de leur lampe. Des toiles d'araignée pendaient dans tous les coins. Ils commencèrent à explorer les divers réduits, Joe Geeb rampant à quatre pattes, grattant partout creusant avec les doigts, cherchant les briques mal scellées. Puis, il se leva et sonda les murs, ouvrit les tiroirs d'une vieille commode couverte de poussière que contenait un des renfoncements tandis que George éclairait tous ses mouvements.

L'une des portes était équipée d'une serrure à ressort. Elle était très lourde. Avec un grand effort, Joe finit par l'ouvrir. Georges éclaira les murs de la réserve puis dirigea le rayon lumineux vers le sol.

— Oh, mon Dieu! souffla-t-il.

Le rayon de la lampe révélait un crâne à la blancheur ricanante. Le faisceau lumineux descendit le long du squelette, étendu.

— Regarde-moi ça, murmura Joe.

— Qui crois-tu que ce soit? chuchota George tenant fermement la lampe au-dessus de cette chose horrible.

— Qui c'était, veux-tu dire...

— Sortons d'ici, Joe!

— Attends un ...Eh, qu'est-ce que c'est que ça? dit Joe en se penchant et ramassant quelque chose, qu'il exposa à la lumière. C'était un morceau de billet de cent dollars; un coin déchiré. Les deux hommes se regardèrent. Joe saisit la lampe et en promena le faisceau à travers la resserre.

— Ne touche pas le..., balbutia George.

— L'argent est ici, il ne peut être qu'ici, répondit Joe en enjambant le squelette et projetant le rayon de la lampe de haut en bas tandis qu'il martelait le mur de son poing. Il ne peut être qu'ici! répéta-t-il fiévreusement.

Il fouillait tous les coins, frappait les parois tandis que George le suppliait sans cesse de ne pas toucher au... qu'il n'avait pas le courage de nommer.

Mais Joe ne trouvait rien que des fragments de papier vert. Il fit un pas en arrière, le regard fixé sur le débris de billet qu'il avait à la main.

— L'argent était ici, s'entêtait-il. Là-dedans!

— Eh bien, il n'y est plus maintenant, dit George.

Joe éclaboussa de lumière le squelette couvert de toiles d'araignée.

— Il devait l'avoir, dit-il. découragé.

— Même s'il l'a eu, dit George. combien de temps penses-tu qu'on peut subsister avec cinq mille dollars... là-dedans?

*The last gourmand*
Traduction de Philippe Barbier

© Droits réservés.

# Lafayette, me voici !

par

Michael BRETT

Le gardien de l'immeuble m'appela pour m'informer qu'un certain Harry Grant voulait me voir. Je lui demandai s'il y avait quelqu'un avec le Harry Grant en question. Comme il était seul, je lui dis de le faire monter.

Il était exactement sept heures et demie du matin. Je n'avais pas besoin de regarder ma montre pour en être sûr : je prends toujours mon café à cette heure-là. Question de routine. Voilà comment je mène toutes mes affaires. Je crois qu'il n'y a qu'une façon de réussir dans les affaires, et que c'est de ne jamais déroger à ses habitudes, de toujours s'en tenir à ses projets et de ne rien laisser au hasard. Un simple changement de cap et on a l'esprit perpétuellement sollicité par une multitude de détails, de démarches sans objet et autres sujets de distraction qui peuvent finir par coûter très cher. Avoir la tête à ce qu'on fait, tel est mon credo.

Il ne me fallut pas vingt secondes pour exhumer de leur cachette mon revolver et son silencieux. Je ne détiens pas précisément de permis de port d'arme, mais s'il est un instrument indispensable dans mon métier, c'est bien celui-là, aussi en ai-je toujours un à portée de la main. J'allai ouvrir la porte que je laissai à peine entrebâillée et regagnai ma chambre d'où je la voyais parfaitement.

Harry Grant frappa à la porte qui s'ouvrit légèrement.

— Entre Harry, et ferme derrière-toi, l'interpellai-je.

Il fit un pas dans l'entrée, repoussa la porte et la

185

verrouilla. Le temps qu'il se retourne, j'étais sorti de la chambre et je lui braquais mon 38 sur la poitrine. Ce qui produisit l'effet escompté.

— Qu'est-ce que tu fabriques, Darbash? me demanda Grant, livide. C'est moi, Harry Grant.

— Les mains en l'air, Harry. Je veux voir ton artillerie.

Je le palpai rapidement et abaissai le canon de mon arme.

— Il y a des siècles que je n'en trimballe plus. Que les flics trouvent seulement un flingue sur moi et ils auront tôt fait de m'embastiller. Tu crois que je suis cinglé ou quoi? protesta vertueusement Grant.

— Sûrement pas. Tout va bien Harry. Du calme, te fâche pas. C'est pas un traitement de faveur que je te réserve. J'ai pour principe de ne jamais parler à qui que ce soit avant de m'être assuré qu'il a laissé son calibre au vestiaire.

Je lui dédiai un beau sourire.

— Je ne fais confiance à personne, Harry. C'est grâce à ça que je suis encore dans les affaires.

— Ouais, je sais, mais ça fait toujours un drôle d'effet quand on vient chez toi de se retrouver avec un flingue braqué en pleine poire. C'est pas la première fois que je viens. Depuis le temps, tu devrais savoir que je ne suis jamais armé.

— C'est vrai, mais ce que je ne sais pas, c'est quand tu vas t'y mettre.

Il me rendit mon sourire et ses petits yeux disparurent presque dans les replis de graisse qui les entouraient. Il prit place dans un fauteuil en face de moi et secoua la tête.

— Si quelqu'un avait essayé de me raconter que Harry Grant se serait un jour fait faire les poches par un individu dans ton genre, je lui aurais dit qu'il était dingue.

— C'est pourtant vrai, Harry. C'est pourtant vrai, répondis-je.

Harry Grant avait dans les cinquante-cinq ans. Comme il commençait à se dégarnir sérieusement, il ramenait du côté droit de son crâne les longs et maigres cheveux noirs qui poussaient encore du côté gauche, d'un coup de peigne si magistral que chaque mèche se détachait distinctement sur sa peau rose. Il portait un costume impeccablement coupé et qui avait dû coûter chaud. Du temps de sa jeunesse, Grant, qui était aujourd'hui l'un des patrons du « syndicat », avait asséné plus d'un coup de matraque et cassé quelques têtes. Mais il menait la belle vie, maintenant. Et il ne cherchait plus qu'une chose : avoir la paix. Or c'était pour ça qu'il était venu me voir.

— Tu veux un café, Harry? lui demandai-je.
— C'est pas pour ça que je suis là, Darbash, répondit-il en secouant la tête.
— Je m'en doute, répondis-je.
— Tu connais Joe Lafayette? reprit-il après une hésitation. C'était un constat d'évidence.
— Je le connais, confirmai-je. Prends-donc un café, Harry. Tu te sentiras mieux, après.
— Je me sentirai mieux quand tu auras dit que tu acceptes de t'occuper de lui. C'est pour ça que je suis venu.
— Mais bien sûr, Harry. Pourquoi pas?
— Et qu'est-ce que ça va me coûter?

Je pensai à Joe Lafayette. La soixantaine; un pur produit des taudis de la Nouvelle Orléans. Il s'était frayé un chemin jusqu'au sommet de la hiérarchie du trafic des stupéfiants, et sans faire de sentiment. Il avait parcouru du chemin, ce gamin qui s'était fait piquer pour avoir essayé de racketter les petits commerçants. Il n'était pas plus tôt sorti de prison qu'il se mettait à fourguer des drogues, et en moins de deux, il se retrouvait à la tête d'un réseau de fourmis puis de distribution à grande échelle, avant de faire partie des caïds du « syndicat ». Le temps que les fédés se manifestent, il avait réinvesti ses bénéfices dans des affaires régulières. Et aujourd'hui, Joe Lafayette avait à la fois l'argent, le pouvoir, des relations, et deux gardes du corps.

Tout individu un peu sensé aurait banni de son esprit l'idée de s'attaquer à Joe Lafayette. Parce que, couronnée ou non de succès, toute tentative de liquidation de Joe Lafayette impliquait des représailles immédiates.

— Cinquante mille, Harry, répondis-je donc.

— Tu es fou, Darbash! rugit-il. La dernière fois, c'était quarante.

— C'était un prix d'ami.

— Quarante mille dollars, un prix d'ami! grommela-t-il du coin des lèvres.

— Quand tout a été arrangé, qui aurait pu dire que c'était toi qui l'avait fait descendre?

— Personne.

— Tes gars et toi, vous aviez tous un alibi, poursuivis-je. Vous étiez tous blanc-bleu. C'est ça, le cadeau, Harry. Tu n'as pas eu le moindre ennui.

— Ça marche, acquiesça-t-il en hochant la tête. Cinquante. Et... quand?

— Ne te bile pas pour ça, ce sera fait, Harry. Tu les allonges et ton gars se fait dessouder. Qu'est-ce que tu veux de plus? Une description détaillée des opérations? N'y compte pas. Ce n'est pas comme ça que je travaille.

Il se mit à rire.

— Quand on lâche cinquante mille dollars, on a le droit de savoir comment ils seront employés, non?

— Tu sais bien comment ils seront employés, lui répondis-je avec un clin d'œil. Alors que, moi, je ne sais toujours pas pourquoi tu veux payer un costume de sapin à un brave bougre.

— D'où tu sors, Darbash? demanda-t-il en me braquant un index accusateur sur la poitrine et hochant la tête. Depuis quand les gars de ton acabit ont-ils besoin de connaître le comment et le pourquoi des choses?

Il souriait, mais son visage était tout sauf cordial.

— Je ne te comprends plus.

— Non seulement tu ne comprends plus, Harry, mais tu es incapable d'encaisser ça. Ça te dépasse, hein? Tu files le gros paquet à un tueur à gages pour faire un certain boulot, et tu penses que tout ce qu'il a besoin de savoir, c'est le nom du gars qu'il va descendre. Hein, c'est ça, Harry?

— C'est exactement comme ça que je vois les choses, renchérit-il.

— Toi, peut-être, mais pas moi. Moi, il faut que je sache pourquoi ça vaut cinquante mille dollars pour toi.

— Ce que tu ne sais pas ne peut pas te faire de mal, Darbash.
— Ce n'est pas ma façon de voir.
Il secoua la tête d'un air ébahi.
— Je pourrais faire faire ce boulot pour la moitié de ce que tu demandes.
Je me gardai bien de répondre.
— Très bien. Joe Lafayette nous donne beaucoup de souci, à moi et aux autres responsables de l'organisation. Il est ambitieux. Il a les dents longues — très longues — et il prend des risques. Beaucoup de risques. Il fait des choses insensées. Il agit tout seul dans son coin, en nous mettant tous dans le bain. Ça pourrait nous valoir de gros ennuis avec la police.
— Ça ne prend pas. Personne ne lâcherait cinquante mille talbins pour un truc pareil. Si ses acolytes foirent un coup, ils sauront la boucler. Alors, pourquoi la carcasse de ce Lafayette peut-elle bien valoir cinquante mille biffetons?
Il poussa un profond soupir.
— Tu sais que nous ne voulons pas toucher à la came?
— Certes, répondis-je en haussant les épaules. Et alors?
— Nous ne voulons même pas en entendre parler, reprit Harry. Plus maintenant. Tu t'amuses à ce petit jeu, et les fédés ne te laissent plus un moment de tranquillité. Ils ne te lâchent plus; ils te font suivre, ils vérifient tout : tes antécédents, tes investissements, les gens avec lesquels tu es en affaire, tout.
— Ouais, fis-je.
— Alors tu prends des risques. Tu en veux encore plus et ils te tombent dessus comme une tonne de briques. Et le gouvernement ne fait pas de cadeaux. C'est vingt ans à chaque coup, maintenant. Et des fois, les fédés arrivent à te faire tomber pour deux ou trois chefs d'accusation.
Harry fit la grimace.
— Or les grosses légumes qui sont au sommet n'ont plus l'âge de s'amuser à ça. Avec ces plaisanteries-là, ce qu'on risque, c'est de finir ses jours en prison. Et ça ne nous fait plus rire.

— C'est pourtant vous qui avez inventé la règle du jeu.
— Ouais, rétorqua-t-il en hochant la tête. En tout cas, Lafayette est tellement avide de palper la grosse galette qu'il ne veut pas lâcher. Il accepte encore trop souvent des commandes au coup par coup. Et les fédés, les fonctionnaires du Ministère de la Justice et certains des collaborateurs du procureur sont au courant. Ils n'ont pas encore assez de preuves pour le coincer, mais il finira par tomber, tôt ou tard. C'est évident. Et ce jour-là, il arrivera bien à lâcher quelques noms pour s'en sortir. Il ne se laissera pas mettre à l'ombre pour des années. Il s'allongera. Pour nous, il représente une menace permanente.
— Voilà qui est déjà mieux, Harry. Ça me convient davantage. (J'eus un beau sourire.) Quand j'en aurai fini, il ne te menacera plus. Et ça, ça vaut bien cinquante mille dollars.
— Quand vas-tu t'en occuper? demanda-t-il
— Fais-moi confiance. Une semaine ou deux, un mois, peut-être. Il faut savoir attendre le bon moment.
Il braqua sur moi un regard intense.
— Je t'envoie quelqu'un demain, avec l'argent.
— Erreur. Tu viens en personne me l'apporter. Pas de coupures de plus de vingt dollars. Inutile de prévenir l'univers entier que nous allons liquider quelqu'un, n'est-ce pas, Harry?
J'eus un instant l'impression de le voir trembler. Il se ramollissait, le vieil Harry Grant.
— Je t'apporte ça demain, répondit-il.
Vingt ans plus tôt, il n'aurait eu besoin de personne pour se débarrasser de Lafayette. Il se leva et s'apprêta à partir.
— Ces cinquante mille dollars... repris-je. C'est toi qui payes, en personne, ou vous vous êtes tous cotisés?
— C'est un investissement collectif, répondit-il très vite. Mais il a fallu que je les travaille au corps pour les persuader que Lafayette était un danger public pour nous.
Il regardait au-delà de moi.
— Il leur fout une trouille bleue à tous, tant qu'ils sont, mais tout le monde est tombé d'accord quand quelqu'un a

suggéré que je te confie le boulot. Ça n'a pas été du tout cuit. J'ai dû leur dire et leur répéter que Lafayette pouvait nous envoyer tous au trou s'il se faisait piquer. On ne peut pas prendre de risques avec un type pareil. C'est nos vies qu'il tient entre ses mains. Je te verrai demain, conclut-il en repartant vers la porte.

Grâce au silencieux, le coup qui l'abattit ne fit pas trop de bruit. J'ouvris la fenêtre et mis le ventilateur en marche pour chasser l'odeur de poudre. Puis je retournai vers Harry Grant et le regardai attentivement. Il avait perdu toute énergie, il était devenu mou; on aurait dit un gros matou chatré. C'est ce qui en faisait un danger public, une menace pour tout le monde.

Je composai le numéro du « syndicat ».
— Je voudrais expédier une malle par bateau, dis-je.
— Parfait.
Je reconnus tout de suite la voix de Joe Lafayette.
— Nous en avons une dans le coin. Nous serons chez vous dans dix minutes.

Je raccrochai, sortis la malle du placard et me mis en devoir d'y fourrer Harry Grant. Il partait en voyage.

*Highly Recommended*
Traduction de Dominique Haas

© 1969, by H.S.D. Publications, Inc.

# Vous pouvez me faire confiance

par

Jack RITCHIE

Comme Mike Neeland refusait de verser les deux cent mille dollars de rançon, Sam Gordon lui était rendu... morceau par morceau.

L'auriculaire était posé sur de l'ouate, dans une petite boîte en carton ouverte sur le bureau.

– Celui-ci est arrivé hier, expliqua Neeland. Je m'attends à en recevoir un autre au courrier d'aujourd'hui – il consulta sa montre – ...c'est-à-dire, théoriquement, à une heure et demie.

J'examinai le doigt quelques instants avant de m'asseoir. Jouer les détectives était pour moi une activité toute nouvelle, aux antipodes de mon travail habituel. D'ordinaire, Neeland me chargeait de faire disparaître des gens, non d'en retrouver.

– Pourquoi refusez-vous de payer? demandai-je.

Mike tira sur son cigare.

– Pour moi, Gordon n'est qu'un flemmard en smoking, rien de plus. Un type à qui je donne cent cinquante dollars par semaine pour aider à maintenir l'ordre au *Blue Moraine*. Je ne me rappelle même pas la couleur de ses yeux.

– Marron, intervint Eve Neeland, sa femme.

Elle ajouta avec un petit sourire indolent :

– Je remarque toujours les yeux des gens.

Le papier d'emballage de la boîte m'apprit que le paquet avait été posté à North Lancaster, de l'autre côté de la frontière de l'Etat, la veille au soir à vingt-deux heures trente.

— Qu'est-ce qui a pu faire croire à quelqu'un que vous étiez prêt à débourser deux cent mille dollars pour retrouver Gordon?

Neeland haussa les épaules.

— Gordon a dû se vanter inconsidérément. Les autres auront cru qu'il était pour moi comme un frère, ou un bras droit.

Je lus le message écrit au crayon, en lettres capitales :

NOUS AVONS D'AUTRES MORCEAUX DE GORDON ET VOUS PROMETTONS LIVRAISON RÉGULIÈRE. QUAND VOUS SEREZ DISPOSÉ À VERSER LES DEUX CENTS SACS, INSÉREZ UNE ANNONCE DANS LA COLONNE OBJETS TROUVÉS DU « JOURNAL » : PERDU TERRIER NOIR ET BLANC. ADRESSER RÉPONSES À WILLI. NOUS PRENDRONS CONTACT AVEC VOUS.

Ma question suivante ne fut pas posée sérieusement :
— Pourquoi ne pas vous adresser à la police?
Neeland éclata de rire.
— S'il s'agissait d'une affaire banale, Danny — un meurtre, par exemple — je laisserais peut-être les flics s'en occuper, histoire de m'amuser. Je paie des impôts exorbitants, et certains inspecteurs du commissariat reçoivent plus d'argent de moi que de la municipalité. Mais un enlèvement, c'est du ressort de la police fédérale; il me serait impossible d'empêcher l'enquête de déborder. Et quand les fédéraux fourrent leur nez dans les affaires de quelqu'un, ils ont l'habitude de fouiner partout. J'ai mis vingt ans à monter cette organisation et je ne tiens pas à ce qu'elle me tombe sur le coin de la figure à cause d'un imbécile comme Gordon. Je ne suis pas pressé d'être engagé par les gars du F.B.I. pour un interrogatoire devant le congrès retransmis par la télé.

Car tel était, en effet le fond du problème. C'était à cause de cela que certaines personnes espéraient voir Neeland débourser l'argent. Pour éviter d'ébruiter l'affaire.

D'un geste caressant, Eve remit en place une mèche de ses cheveux blonds.

— Dans ce cas, pourquoi ne pas payer la rançon? Je ne

pense pas que deux cent mille dollars fassent un bien grand trou dans ton budget.

— C'est quand même une grosse somme, et je ne veux pas créer un précédent. Si je me laisse faire cette fois-ci, d'autres personnes ambitieuses risquent de s'imaginer que m'extorquer de l'argent est un nouveau jeu de société. (Neeland fronça les sourcils d'un air menaçant.) Je veux savoir, coûte que coûte, qui a eu le culot insensé de me jouer un tour pareil. Et quand vous aurez découvert les ravisseurs, Danny, vous pourrez les liquider de la manière qui vous plaira. Je vous laisse le choix.

Eve tassa une cigarette sur le bureau luisant.

— Pourquoi ne pas commencer par faire libérer Gordon et rechercher *ensuite* ceux qui l'ont enlevé?

Je souris.

— Gordon a encore neuf doigts et dix orteils. Et le corps humain offre d'autres possibilités que les phalanges. Nous avons donc tout le temps. Si Mike paie maintenant, les ravisseurs de Gordon n'auront aucun mal à se cacher; au contraire, tant qu'il ne réagit pas, les autres sont obligés de rester dans les environs.

Eve tourna vers moi ses yeux gris.

— Vous êtes vraiment impitoyable.

Dans sa bouche, ça sonnait comme un compliment.

— Je peux confier à Danny n'importe quel boulot, ça ne l'empêchera jamais de dormir, déclara Neeland en riant.

— Vous avez une organisation ici même, dis-je. Quand vous n'utilisez pas mes services, je suppose que vous faites appel à vos hommes de main?

— Évidemment, mais ce sont des incapables. Tous. Et c'est ma faute, puisque je les choisis comme ça. Je n'aime pas avoir des gens trop malins dans mon entourage. (Il me considéra avec attention.) Je m'adresse à vous pour les tâches les plus délicates, Danny, parce que vous avez l'intelligence de ne pas commettre d'erreurs. Mais je ne voudrais pas vous avoir près de moi en permanence. Ça me rendrait nerveux.

— Depuis combien de temps Gordon a-t-il disparu?

— Une semaine. Mardi dernier, à onze heures du soir, j'étais censé déposer à un carrefour une mallette contenant les deux cent mille dollars, à une quinzaine de kilomètres de la ville. Mais j'ai voulu jouer au plus fin : j'ai laissé un paquet rempli de journaux et j'ai posté trois de mes hommes à proximité. Un individu à tête de fouine est arrivé dans une vieille guimbarde, et ils l'ont cueilli au moment où il prenait le paquet. Nous l'avons emmené à un endroit où personne ne pouvait l'entendre crier et nous l'avons interrogé. Il s'appelait Baini, mais il n'y avait rien d'autre à en tirer. Il ignorait tout de Gordon : j'en mettrais ma main à couper, parce qu'il était disposé à dire tout ce qu'on voulait — même le nom de jeune fille de sa grand-mère si ça pouvait nous intéresser. Tout ce qu'il savait, c'était qu'on lui avait téléphoné pour lui promettre cinquante billets s'il faisait la commission. Il devait rapporter la mallette chez lui et attendre qu'on vienne la chercher. Il n'a même pas pu nous donner le signalement du quidam chargé de prendre livraison.

— Je suppose que vous avez mis un de vos hommes en faction chez Baini?

Neeland hocha la tête.

— Oui, mais sans résultat. Il y avait des collines à ce fameux carrefour, et la nuit était claire. Les ravisseurs avaient dû nous guetter et nous voir intercepter Baini. Le lendemain, j'ai reçu un message m'avertissant que si jamais je faisais une nouvelle tentative de ce genre, ils trancheraient la gorge de Gordon.

— Et alors?

Neeland grimaça un sourire.

— Alors, j'ai laissé courir. J'espérais qu'ils mettraient leur menace à exécution et ficheraient le camp du pays. Malheureusement, je constate qu'ils n'ont pas renoncé.

— Qui est au courant de la disparition de Gordon?

— Juste nous trois et les trois gars qui ont épinglé Baini. Ils ne sont pas très malins, mais ils savent tenir leur langue. Je n'aime pas que les nouvelles se répandent.

— Savent-ils qu'on vous restitue Gordon par morceaux?

— Non. Ils risqueraient de s'agiter et de trouver malsain de travailler pour un patron qui laisse malmener un de ses hommes. (Il alluma un nouveau cigare.) Gordon travaillait au *Blue Moraine*; c'est un de mes établisse-

195

ments, à la frontière du comté. Sa femme, Dorothy, ignore ce qui s'est produit. Les ravisseurs de Gordon n'ont pas pris la peine de la prévenir, pensant sans doute qu'elle ne disposait pas des deux cents sacs. Je lui ai dit que j'avais envoyé Gordon en mission à San Francisco et qu'il serait absent un moment.

— Et elle vous a cru? Ça ne l'a pas étonnée qu'il soit parti sans emporter de valise ni lui dire au revoir?

— Je lui ai raconté qu'il n'avait pas eu le temps, qu'il s'agissait d'un boulot urgent.

— Quel est le signalement de Gordon?

— Environ un mètre quatre-vingts. Beaucoup de dents blanches... C'est à peu près tout. Comme je vous l'ai dit, je ne le connaissais pratiquement pas.

On frappa à la porte et un vieux portier en bras de chemise entra.

— Votre courrier, monsieur Neeland.

Neeland prit les lettres et le petit paquet, puis congédia le portier d'un signe de tête. Eve Neeland se leva.

— J'ai déjà vu suffisamment de doigts dans ma vie.

Elle prit son manteau et sortit de la pièce. Neeland se servit d'un canif pour couper la ficelle du paquet. Il déballa la boîte et souleva le couvercle.

— C'est bien ce que je prévoyais.

Le doigt, d'après sa courbure, semblait provenir de la main droite. Le cachet de la poste indiquait qu'on avait expédié le paquet la veille au soir, de Griffin, une petite ville située à une quarantaine de kilomètres à l'ouest. Cette fois, il n'y avait pas de lettres. Les ravisseurs estimaient probablement que Neeland avait déjà reçu le message.

Je mis mon chapeau.

— Je vais au *Blue Moraine*. Autant commencer l'enquête par là.

Neeland acquiesça.

— Je téléphone pour vous préparer le terrain.

Je le quittai et traversai la grande salle du *Parakeet*. C'était le club que Neeland appelait son « quartier général », mais il en avait au moins une demi-douzaine d'autres rien que dans ce comté. On nettoyait la pièce en prévision des activités du soir; seul, un technicien démontait l'une des roulettes pour vérifier son bon fonctionnement.

Le *Blue Moraine* se trouvait dans les collines, à une trentaine de kilomètres de la ville. On l'avait construit de façon à lui donner l'air d'un relais routier, mais cela n'abusait personne – à supposer qu'il y eût quelqu'un à abuser.

Le bar, grand et frais, était désert à l'exception du barman et d'un homme blond et mince, juché sur un tabouret.

– Regan? s'enquit l'homme mince.

J'opinai de la tête.

– Neeland a appelé pour me prévenir de votre venue. Je m'appelle Van Camp. Je dirige l'établissement pour le compte de Mike.

Il commanda deux bourbons.

– En quoi puis-je vous aider?

– Je voudrais que vous me disiez tout ce que vous savez sur Sam Gordon.

Il haussa un sourcil interrogateur.

– Il a des ennuis?

– Possible.

Comme je n'ajoutais rien, il haussa les épaules.

– Pas grand-chose à raconter. Il est absent depuis une semaine. Ici, ce n'est qu'un type parmi les autres. En smoking, il a de l'allure. On pourrait le prendre pour un client. Il est baraqué, il a votre taille et ne boit pas. Je ne l'ai jamais beaucoup fréquenté en dehors des heures de travail. Voilà tout ce que je sais. Je ne fraye pas avec le personnel.

Le barman apporta les consommations et s'éloigna.

– De quoi s'agit-il? s'enquit Van Camp.

– Neeland ne vous en a pas parlé?

– Non.

Je bus une gorgée de mon verre.

– Alors, ça ne vous intéresserait pas.

De nouveau, il haussa les épaules.

– Très bien. Ça ne m'intéresserait pas.

– Quand avez-vous vu Gordon pour la dernière fois?

– Il y a une semaine.

– Où est-il, à votre avis?

197

— Je n'en sais rien. Il fait peut-être la tournée des grands-ducs.
— Vous m'avez dit qu'il ne buvait pas.
Il manifesta une légère irritation.
— Pas pendant le travail. Ce qu'il fait durant ses loisirs, je n'en ai aucune idée.
— Qui pourrait me renseigner?
— Sa femme, je suppose. Demandez donc à Dorothy.
— Combien d'autres employés avez-vous ici? Des gars faisant le même boulot que Gordon, j'entends.
— Trois. Joe, Fred et Pete.
— Comment se prénomme la femme de Joe?
— Que voulez-vous que j'en sache?
— Et la femme de Pete?
Il comprit où je voulais en venir.
— Gordon est venu avec Dorothy, un soir, et il me l'a présentée.
— Vous avez une excellente mémoire. Était-elle donc impressionnante à ce point?
Il me foudroya du regard.
— Questionnez-moi plutôt sur Gordon. C'est lui qui vous intéresse, non?
Je lançai un coup d'œil circulaire dans la salle de bar.
— C'est là-haut que se passent les choses sérieuses? Les tables sont au premier?
Il inclina la tête.
— L'endroit est agréable, dis-je.
Il pinça les lèvres.
— Comme il se doit. Je l'ai fait construire à mes frais.
Je souris.
— Et maintenant, vous vous contentez de le diriger? Neeland vous l'a racheté?
Il leva son verre.
— En quelque sorte.
Cela vous a-t-il laissé un goût d'amertume?
Le barman s'approcha de moi.
— M. Neeland est au bout du fil. Il veut vous parler, monsieur Regan.
Je me dirigeai vers le téléphone mural, à l'extrémité du zinc, et m'emparai du combiné qui pendait.

— Ici Regan.
— Ils ont envoyé un message à la femme de Gordon, annonça Neeland d'une voix soucieuse.
— Elle vous a appelé?
— Oui. Elle menace d'aller trouver la police si je ne paie pas la rançon immédiatement.
— Ne pourriez-vous obtenir un délai de deux jours?
— Elle ne m'a accordé que quelques heures. Elle sait que Gordon réapparaît par morceaux et ça ne lui plaît pas du tout.
— Vous voulez que j'aille lui parler?
— Je ne vois pas d'autre solution. Je lui ai dit que vous passeriez la voir.

De ma main libre, je sortis une cigarette de mon paquet.

— Et si je ne peux rien faire?

Il hésita avant de répondre :

— Dans ce cas, je suppose que je devrai payer les deux cent mille dollars. Je n'ai pas le choix.

Il me donna l'adresse de Dorothy Gordon et raccrocha.

Elle habitait l'un des vieux immeubles en brique rouge du quartier est. Lorsqu'elle ouvrit la porte, je vis qu'elle avait de grands yeux sombres, un petit visage, et qu'elle n'était pas loin d'être jolie.

Apparemment, elle faisait partie de ces femmes qui ne peuvent s'empêcher de triturer un mouchoir dans les moments de détresse.

— Monsieur Regan?
— Oui. je viens vous aider.

Elle secoua la tête.

— M. Neeland est le seul à pouvoir m'aider. Il faut absolument qu'il paie la rançon.
— Pourquoi?

Elle écarquilla les yeux.

— Pourquoi? Mais parce que... parce qu'ils lui coupent...
— Non, je vous demande pourquoi ce serait à Neeland de payer.
— Il a cet argent, non?

— C'est ce que certains s'imaginent. Mais pourquoi Gordon vaudrait-il deux cent mille dollars à ses yeux?

Ma question parut l'horrifier.

— Sam travaille pour lui.

— Ils ont probablement échangé moins de cinquante mots par an.

— Mais... Si je disposais de cette somme, je paierais.

— C'est votre mari. Pour Neeland, il ne représente rien.

Une photographie en couleurs, encadrée, trônait sur l'une des tables basses. Sam Gordon avait les cheveux ondulés et un sourire en coin qui se voulait ravageur. Il avait le physique idéal pour jouer les conducteurs de chariots en Cinémascope. Rien qu'à le voir, on savait qu'il avait de beaux muscles.

Dorothy Gordon tira encore une fois sur son mouchoir.

— Si M. Neeland ne paie pas, je m'adresserai directement à la police.

— Si les ravisseurs l'apprennent, ils tueront certainement votre mari.

Elle eut un geste d'impuissance.

— Je n'ai pas d'autre solution. Je ne peux pas les laisser... maltraiter Sam.

— Depuis combien de temps êtes-vous mariés?

Elle se tamponna les yeux.

— Trois ans.

— Et depuis combien de temps travaille-t-il?

— Seulement un an. Depuis que...

— Elle s'interrompit. J'achevai à sa place :

— Depuis que tout votre argent est dépensé?

Elle rougit.

— Cela ne vous regarde pas.

Je me demandai combien d'argent elle avait apporté au ménage. Généralement, les hommes conscients d'être adulés — et le petit sourire satisfait de Gordon prouvait que c'était son cas — ne se marient pas pour rien.

— Je vais prévenir la police, déclara-t-elle d'un ton définitif.

— Donnez-moi deux heures.

— Pourquoi? Vous n'arriverez pas à retrouver mon mari.

— Je peux toujours essayer. Donnez-moi seulement jusqu'à cinq heures.

Elle parut hésiter, comme si elle n'arrivait pas à prendre la décision toute seule.

— Ecoutez, dis-je, si je n'ai rien découvert d'intéressant à cinq heures, vous appellerez la police. Pour le moment, voyons le message qu'ils vous ont envoyé.

Elle se dirigea vers un secrétaire et rapporta une feuille de papier.

Cette fois encore, le texte était rédigé en lettres capitales :

MADAME GORDON. NOUS TENONS VOTRE MARI ET NOUS EXIGEONS DEUX CENT MILLE DOLLARS EN ÉCHANGE DE SA LIBÉRATION. MIKE NEELAND POURRAIT VERSER CETTE SOMME, MAIS IL RENÂCLE. VOTRE MARI A DÉJÀ PERDU DEUX DOIGTS ET IL LUI EN RESTE ENCORE A PERDRE. POUR LES DÉTAILS, DEMANDEZ À NEELAND.

Je lui rendis le papier.

— Parlez-moi de votre mari. Quel est son emploi du temps?

— D'habitude, il travaille au *Blue Moraine* de neuf heures du soir à quatre ou cinq heures du matin, selon l'affluence aux tables de jeu.

— Et ensuite?

— Il rentre généralement à la maison et dort jusqu'à midi.

— Généralement?

— Toujours. Ensuite, il prend son petit déjeuner — Elle réfléchit un instant — ...et il va au cinéma ou à la plage.

— Seul?

— Avec moi.

— Et puis?

— Nous rentrons, et nous lisons jusqu'à ce qu'il parte travailler.

— Je voudrais avoir une photo de votre mari.

Elle s'approcha du secrétaire et me rapporta un cliché en noir et blanc.

— Mais vous êtes prévenu : si, à cinq heures, je n'ai pas de vos nouvelles, je téléphone à la police.

201

Je remontai en voiture et retournai au *Parakeet*. Eve Neeland était installée dans l'un des boxes de la salle de bar.

— Ah! dit-elle. L'homme à la démarche de détective!

Je commandai un whisky, que je portai à son box. Elle leva les yeux par-dessus le bord de son verre.

— Comment ça marche?

— Ça bouge, c'est tout ce qu'on peut dire.

Je sortis de ma poche la photo de Gordon. Elle y jeta un coup d'œil.

— Il est content de lui, n'est-ce pas?

Elle croisa mon regard et esquissa un sourire.

— Vous n'êtes pas un Adonis. Et j'imagine que vous êtes heureux de vous l'entendre dire. Je vous ai observé.

— Vous observez tous les hommes, non?

— Vous pensez plus précisément à Gordon?

— C'est vous qui le dites.

— Gordon n'est jamais arrivé à rien, mon petit Danny. C'était un paysan qui avait des idées. Sur moi et sur d'autres sujets. Mais je n'aime pas servir de marche-pied.

— Et naturellement, Mike n'est au courant de rien?

— Voilà ce que j'appelle une question idiote.

— Vous vous lassez très facilement, n'est-ce pas?

— De certaines personnes, oui. Mais ce serait peut-être différent avec vous.

— Mike vous intéresse-t-il?

— Presque. Mais les journées sont longues. (Ses yeux gris me sondèrent.) Mike est un travailleur. Il a l'œil à tout, c'est pourquoi il est arrivé jusque-là. Il lui a fallu vingt ans pour édifier son empire. Combien de temps vous faudrait-il, à vous?

— Ce n'est pas mon rayon.

Elle sourit.

— Est-ce qu'une femme a déjà réussi à vous garder longtemps?

— Où est Mike?

— Dans son bureau.

Je vidai mon verre et me levai.

— Vous reviendrez, me dit-elle, le regard braqué sur moi. Un jour ou l'autre.

Mike Neeland épluchait les registres avec l'un de ses comptables, qu'il congédia d'un geste sec.
— Où en êtes-vous? me demanda-t-il.
— Je tiens peut-être une piste. Dorothy Gordon me donne jusqu'à cinq heures pour accomplir quelque chose de spectaculaire. Savez-vous où habite ce Baini?
— Oui, mais à mon avis vous vous engagez dans une impasse. Il ne sait rien de rien.
Neeland fouilla sa mémoire.
— Il a une chambre dans le quartier est, à Jackson Street. Un hôtel minable appelé le *Sterling*.
Au *Sterling*, l'employé de la réception me donna la réponse sans avoir à chercher dans le registre.
— Baini? Le 407.
— Il est là?
— Plus que probable. Pour le moment, il peut difficilement se déplacer.
L'employé m'examina de la tête aux pieds.
— Un accident, je suppose. Je ne suis pas curieux. Je lui ai dit d'aller à l'hôpital mais il n'a pas voulu.
L'ascenseur poussif me déposa au quatrième étage. Je tournai doucement la poignée de la porte du 407, mais c'était fermé à clef. Je frappai.
— C'est toi, Al? s'enquit une voix étouffée.
Si c'était là le sésame permettant d'entrer, autant m'en servir.
— Ouais.
J'attendis une demi-minute avant d'entendre la clef tourner dans la serrure.
En voyant que je n'étais pas Al, Baini écarquilla les yeux et tenta de refermer la porte.
Je plaquai une main sur sa poitrine et l'écartai d'une poussée. Ça n'avait rien de brutal; pourtant, il poussa un cri et tomba à la renverse. Je compris pourquoi lorsque j'eus franchi le seuil : il avait les pieds enveloppés dans des pansements de fortune. Il resta allongé par terre à gémir, jusqu'au moment où il décida enfin de se traîner jusqu'au lit en cuivre. Grimaçant de douleur, il se laissa choir sur le bord du matelas.
Baini était un petit homme d'une vingtaine d'années; ses yeux, noirs et vifs, voyaient beaucoup de choses mais

n'apprenaient jamais rien. Les couleurs de son visage tuméfié variaient du grisâtre au violet. Les gars de Mike avaient dû commencer par là avant d'essayer quelque chose de plus subtil.

— Qui est Al? lui demandai-je lorsqu'il parvint enfin à me regarder.

Il se passa la langue sur les lèvres.

— Le portier. Il m'apporte mes repas.

— Lui as-tu parlé de ton petit accident?

Il me prit sans doute pour un des hommes de Mike Neeland, car il secoua énergiquement la tête.

— Non, m'sieur. Je n'en ai soufflé mot à personne. Absolument personne. Je le jure!

— Et tu ne sais rien concernant Sam Gordon?

Ce nom déclencha en lui une série de réactions, comme chez les chiens conditionnés de Pavlov. Aux endroits où c'était encore possible, son visage pâlit; sa voix, tremblante, grimpa de plusieurs octaves :

— Je n'ai jamais entendu parler de lui, m'sieur. Sincèrement! Je le jure sur la Bible!

Il n'avait probablement pas vu de Bible depuis dix ans, mais ce n'était pas le genre de type à garder un secret à tout prix quand les choses commençaient à se gâter. Je sortis de ma poche la photo de Gordon.

— Tu le connais?

Il acquiesça avec empressement.

— Et comment! C'est Ernie.

— Ernie qui?

— Ernie Wallace.

Une lueur rusée passa dans ses yeux.

— D'autres le connaîtraient-ils sous le nom de Sam Gordon?

Je lui repris le cliché.

— Contente-toi de me dire ce que tu sais d'Ernie. Sans rien omettre. Tu as peut-être passé un sale quart d'heure, mais il pourrait t'arriver pire. J'ai beaucoup plus d'imagination que les gens qui se sont occupés de toi la semaine dernière.

Il se mit à parler avec volubilité pour m'éviter toute tentation.

— Je ne sais pratiquement rien d'Ernie. Ben, Fitz et

moi, on a joué au billard avec lui chez *Swenson*, c'est tout. Nous ne le connaissons que depuis deux semaines. Il ne nous a même pas dit où il habitait.

— A-t-il dit comment il gagnait sa vie?

— Non. Je ne le lui ai pas demandé. Par ici, on ne pose pas de questions de ce genre.

— Et qu'est-ce que vous faites dans la vie, Ben, Fitz et toi?

Il se trémoussa mal à l'aise.

— On saisit les occasions qui se présentent. Vingt billets par ci, trente par là.

— Tout ce qui ne demande pas de travail, c'est ça?

Il hocha la tête.

— Quand tu as pris le paquet – celui qui t'a causé tant de soucis la semaine dernière –, que pensais-tu qu'il contenait?

— Je n'en sais rien, répondit-il précipitamment. Ça ne m'intéresse pas. Je me contente d'exécuter les ordres.

— Tu n'as même pas été tenté de jeter un coup d'œil?

— Non, m'sieur. Ce n'est pas sain de chercher noise aux caïds.

Il essuya son visage luisant de transpiration.

— Ben, Fitz et moi, on fait des commissions de ce genre, c'est tout. Il nous arrive aussi d'avoir à tabasser quelqu'un. On nous demande par téléphone de faire telle ou telle chose, on obéit sans poser de questions. Et le lendemain, au courrier, on reçoit vingt ou trente billets. Cinquante, quelquefois.

— Ernie était-il au courant de vos activités à tous les trois?

Baini haussa les épaules.

— Il a pu apprendre ça par hasard. C'est possible qu'on ait laissé échapper une confidence à un moment ou à un autre.

— Où pourrais-je trouver Fitz et Ben? Comment s'appellent-ils?

— La plupart du temps, ils traînent chez *Swenson*. C'est un bar qui se trouve en bas de la rue. Ben s'appelle Grady; Fitz, lui... c'est son nom. Ils ont tous les deux une chambre dans le quartier, mais j'ignore où exactement.

Baini tressaillit lorsque j'allumai une cigarette, consi-

205

dérant manifestement cela comme un instrument de torture.

Je souris.

– Tu ne diras à personne que je suis venu?

– Non, m'sieur. A personne. (Il secoua la tête d'un air presque peiné.) Je ne sais rien.

Je descendis la rue en voiture et m'arrêtai cinq cents mètres plus loin. *Swenson* était un vieux saloon à l'ancienne, mal éclairé et négligemment balayé. Les mégots de cigarette de la veille au soir, aplatis, jonchaient encore le plancher. C'était le genre d'endroit où, autrefois, on mettait de la sciure par terre. Mais cela remontait à vingt ans; les temps et les quartiers changent.

Je commandai un whisky et une bière pour le faire couler.

Deux tables esquintées et quelques chaises étaient alignées contre un mur. Le billard était occupé par quatre joueurs.

Le miroir du bar m'apprit qu'ils m'observaient. Ils déduisirent de mon costume que j'étais soit un touriste égaré dans cette partie de la ville, soit un type venu proposer des affaires à l'un d'entre eux.

Changeant d'avis, je décidai de ne pas poser de questions ici ni mentionner de noms. On se souviendrait de ma figure et je ne voulais pas de ça.

Je bus ce que j'avais commandé et sortis.

De l'autre côté de la rue, j'entrai dans un café. Le barman ôta son cure-dents de sa bouche – afin de mieux écouter, je suppose.

– Un café, dis-je.

Je passai devant lui pour me diriger vers la cabine téléphonique. Je formai le numéro du *Bar Swenson*. Il y eut un déclic lorsqu'on décrocha à l'autre bout du fil.

– Swenson.

– Je voudrais parler à Ben Grady.

– Il n'est pas là. Ça fait trois ou quatre jours qu'il n'est pas venu.

– Passez-moi Fitz.

Après trente secondes de silence, une voix plus jeune prit le relais.

— Fitz à l'appareil.
— J'ai un petit travail pour vous.
— Qui est à l'appareil? Tony?
— Non, mais je téléphone de sa part. Il y a trente dollars à gagner. Sans se fatiguer.

Il hésita.

— Comment va Tony? Son... euh... son bras cassé le fait beaucoup souffrir?

Le gars faisait fonctionner ses petites cellules grises. Manifestement, Tony avait de l'huile dans les rouages.

— Suffit! dis-je sèchement. Vous savez aussi bien que moi que Tony se porte comme un charme.

Fitz battit en retraite.

— Simple vérification, bredouilla-t-il. Qu'est-ce que vous voulez que je fasse?

— Allez chez vous et attendez une heure. Il se peut que quelqu'un vous apporte un paquet. Il vous dira qu'en faire.

— Ce n'est donc pas sûr?

— Non. Tout dépend de la façon dont ça va se passer de mon côté. Mais ne vous tracassez pas pour ça. Vous trouverez les trente billets demain matin dans votre courrier.

Il aurait peut-être voulu poser d'autres questions, mais il ne s'y risqua pas. Pour lui, je faisais partie des caïds; il se contentait de faire ce qu'on lui disait.

Je retournai boire mon café tout en surveillant *Swenson*. Au bout d'un moment, un jeunot au visage carré et au teint clair en sortit. Il ne devait pas avoir beaucoup plus de vingt et un ans. Il ajusta son feutre et se mit en marche vers l'ouest.

Je lançai une pièce sur le comptoir et sortis. Je laissai à Fitz une bonne avance en le suivant sur l'autre trottoir.

Après avoir parcouru quatre pâtés de maisons, il entra dans un immeuble crasseux de deux étages. J'y pénétrai à mon tour et examinai les boîtes aux lettres. Fitz occupait l'appartement numéro 31.

J'allai dans un drugstore acheter une enveloppe et un timbre. Je glissai trente dollars dans l'enveloppe, que j'adressai à Fitz. Je ne voulais pas qu'il en vînt à se méfier des propositions par téléphone; il allait probablement en recevoir une autre d'ici peu.

Je m'enfermai dans la cabine téléphonique, au fond du magasin, pour appeler le *Parakeet*. J'eus Mike Neeland au bout du fil.

— Vous feriez mieux d'insérer l'annonce dans la rubrique des Objets Trouvés.

Neeland jura à voix basse.

— Vous n'avez rien découvert?

— Je continue à chercher, mais je n'obtiendrai aucun résultat d'ici cinq heures.

Neeland réfléchit.

— Nous pourrions peut-être trouver une astuce. Si on suivait la personne qui ramassera le paquet, cette fois.

— A votre place, Mike, je ne ferais pas le mariole. Ils ont sans doute prévu cette possibilité. Si ça marche encore de travers ce coup-ci, ils risquent de vous fourrer dans le genre de pétrin que vous voulez éviter. Histoire de se venger.

Il émit de nouveau un juron.

— J'enrage de devoir débourser les deux cent mille dollars; mais ce qui me dégoûte le plus, c'est de penser que ces malfrats vont s'en sortir indemnes.

— Pour l'instant, Mike, vous n'avez pas le choix. Dorothy Gordon téléphonera à la police dans un quart d'heure.

Neeland finit par céder.

— Bon. Je vais l'appeler pour lui dire que j'ai décidé de payer.

Je n'avais plus désormais qu'à attendre. Ce soir-là, j'allai au cinéma et je fis la grasse matinée le lendemain.

Dans l'après-midi, Mike me téléphona à mon hôtel.

— J'ai réuni les deux cent mille dollars, mais je n'ai toujours pas de nouvelles des ravisseurs.

— Ils vous feront probablement déposer l'argent à la nuit tombée. Quand l'annonce a-t-elle paru?

— Ce matin, dans l'édition de onze heures.

— Ils vous contacteront sans doute ce soir, à la dernière minute. Pour que vous n'ayez pas le temps de mijoter une entourloupette.

— Je ne mijote aucune entourloupette, dit-il d'un ton mélancolique. J'ai simplement envie d'en finir.

— Rappelez-moi dès que vous aurez du nouveau.

L'attente dura longtemps : Neeland me téléphona à dix heures du soir.

— Ils viennent de me contacter.
— Par téléphone?
— Non. Par télégramme. (Il eut un petit rire.) Tout ce qu'il y a de plus innocent :

PASSERAI PRENDRE MON PAQUET CE SOIR, ONZE HEURES, CROISEMENT NATIONALE ET D57.

J'attendis jusqu'à onze heures moins le quart, puis je pris ma voiture pour me rendre chez Fitz. Au deuxième étage, je frappai discrètement à la porte 31. Fitz n'était pas du genre à passer les soirées chez lui — surtout celle-là — mais je préférais avoir une certitude.

Comme ça ne répondait pas, j'essayais l'une après l'autre les clefs de mon trousseau, jusqu'à ce qu'il y en ait une qui marche.

Je refermai la porte derrière moi et allumai.

Je me trouvais dans un petit studio flanqué d'une kitchenette et d'une salle de bains. Le lit pliant — un enchevêtrement de draps et de couvertures — occupait presque toute la place. Des feuilles de pronostics jonchaient la minuscule table sur laquelle était posé le téléphone, devant la fenêtre. La kitchenette était encombrée de vaisselle sale, et la salle de bains noire de crasse.

J'éteignis la lumière, m'assis sur le lit défait et allumai une cigarette.

Quand vous cherchez quelqu'un pour prendre livraison d'un paquet contenant deux cent mille dollars, vous ne choisissez pas un nom au hasard dans l'annuaire des téléphones. Vous devez trouver un type disposé à exécuter ce genre de travail sans se montrer curieux, et habitué à faire les choses sans poser de questions, en suivant les instructions.

Alors vous allez dans le genre d'endroits où vous avez le plus de chance de trouver quelqu'un de cet acabit. Vous ne vous présentez pas sous le nom de Sam Gordon; vous devenez Ernie Wallace. Vous jouez au billard avec eux. Vous écoutez. Enfin, au bout de plusieurs semaines, vous repérez celui qui vous paraît digne de confiance. Baini, par exemple. Ou Ben Grady. Ou Fitz.

La première fois, vous choisissez Baini. Mais il se fait prendre et ne peut plus vous servir.

Une nouvelle occasion se présente de toucher les deux cent mille dollars. Vous ne pouvez prendre le risque de confier le rôle d'intermédiaire à un parfait inconnu. Vous vous rabattez donc sur Ben ou Fitz.

Mais – à en croire celui qui avait répondu au téléphone chez *Swenson* – Ben n'est pas disponible. Il ne vous reste donc que Fitz.

Je me demandai à qui appartenaient les doigts coupés. A un mendiant ramassé dans la rue? A un type dont la disparition passerait inaperçue? Peut-être étaient-ce les doigts de Ben Brady. Était-ce lui la victime malchanceuse? Cela expliquerait pourquoi le gars de *Swenson* ne l'avait pas vu récemment.

A onze heures vingt, le téléphone sonna. Je décrochai et annonçai :

— Fitz.

— Avez-vous le paquet? chuchota une voix à l'autre bout du fil.

Ainsi donc, Gordon s'impatientait.

— Ouais, répondis-je.

Bref silence.

— Des ennuis?

— Non.

— On vous a suivi?

— Non.

Gordon n'avait donc pas surveillé le lieu du rendez-vous. Cette fois, il adoptait une tactique un peu différente.

Encore un bref silence, puis :

— Portez le paquet à la gare du Nord-Ouest et attendez près du guichet.

Je m'efforçai de prendre un ton aussi neutre que possible, en espérant que ma voix passerait pour celle de Fitz.

— Vous y serez?

— Possible. Ou alors, vous recevrez un coup de téléphone pour vous dire où aller ensuite.

Le chuchotement rendait la voix impossible à identifier. D'ailleurs, ça n'y changerait rien : je n'avais jamais vu ni entendu Gordon.
— Je pars immédiatement, dis-je.
J'attendis. La communication fut coupée.
Je raccrochai à mon tour. J'avais une idée très précise de ce qui était censé se passer à partir de maintenant. Gordon était peut-être à la gare du Nord-Ouest, mais j'en doutais. Sur place, Fitz recevrait probablement un autre coup de fil lui enjoignant de porter la mallette dans un autre lieu public. Cette fois, Gordon se montrerait peut-être; mais, plus vraisemblablement, il continuerait à balader Fitz d'un endroit à un autre. Et lui, il serait à l'affût quelque part sur le parcours, pour s'assurer — avant de réclamer la mallette — que Fitz n'était pas suivi.

J'allumai une cigarette et attendis.

A onze heures et demie, j'entendis des pas et le grincement d'une clef dans la serrure. J'allai dans la salle de bains et n'en sortis que lorsque Fitz eut allumé après avoir fermé la porte.

Il parut stupéfait à ma vue — et à celle de mon 38.
— Pas un bruit, dis-je, et tout se passera au poil.
De toute façon, il était incapable pour le moment d'émettre le moindre bruit. Il était hypnotisé par le revolver.
— Pose la mallette sur le lit.
Il la regarda comme s'il la voyait pour la première fois, puis il obéit.
— Sais-tu ce qu'il y a dedans? demandai-je.
Il fut prompt à nier.
— Non, monsieur. Je ne suis au courant de rien et je ne suis pas curieux.
— D'ailleurs, elle est fermée à clef?
— Oui, monsieur. Mais de toute façon, je n'aurais pas regardé.
Je le palpai du haut en bas pour voir s'il portait sur lui de quoi me nuire. Ceci fait, je rengainai mon revolver. J'étais de taille à mater Fitz s'il tentait de m'échapper.
— Détends-toi, petit.
— Oui, monsieur.
Les gars de son espèce sont toujours polis quand ils ont la trouille.

Je sortis la lame-tournevis de mon canif et m'attaquai à la mallette. Avant d'aller plus loin, je devais m'assurer qu'elle contenait bien l'argent. Je n'aime pas me donner du mal ni prendre des risques pour rien.

Je forçai la serrure et ouvris la valise. Les deux cent mille dollars étaient là, en liasses soigneusement disposées.

Fitz regardait, les yeux exorbités.

— Ce sont des vrais?

Je l'espérais et n'avais aucune raison d'en douter. J'observai Fitz, puis j'arrêtai ma tactique pour la suite des opérations. Si ça marchait, ma tâche s'en trouverait facilitée. J'aime travailler dans l'harmonie.

— Non, répondis-je. C'est de la fausse monnaie. Avec ça, on ne pourrait pas abuser la vieille dame de la confiserie.

Il se tourna vers moi, ébahi. Je lui souris.

— Le syndicat t'a mis à l'épreuve. Je voulais me rendre compte si on pouvait te faire confiance.

J'ignorais s'il y avait un syndicat du crime dans cette ville, mais les novices comme Fitz étaient toujours prêts à le croire. Il avala sa salive.

— Le syndicat?

— Tout juste. Ça fait un bon moment qu'on t'a à l'œil.

Il ne se rendait pas encore très bien compte si c'était une bonne ou une mauvaise chose.

— Nous te croyons mûr pour de plus grosses affaires.

Il se détendit nettement.

— Nous pensons que tu as du cran. Ce n'est pas le cas de Grady ni de Baini.

Il s'empressa de manifester son accord :

— Du menu fretin.

— Exact. Mais toi, tu as de la cervelle.

Très peu de gens plaident non coupable quand on les accuse d'être intelligents. Fitz acquiesça.

— De nos jours, il en faut pour réussir.

Il utilisa sa cervelle d'oiseau pour me poser une question :

— C'est vous qui êtes censé prendre livraison de la mallette?

Je souris.

— Devais-je donner un mot de passe, quelque chose de ce genre?

Fitz secoua la tête.

— Non. J'ai simplement eu un coup de téléphone. Je ne sais pas qui c'était, mais on m'a dit de prendre la mallette et de la rapporter chez moi. Quelqu'un devait passer la chercher dans les vingt-quatre heures.

Je fis claquer ma langue.

— Ah, ce Georgie! Il gagne vingt sacs par an – sans compter les primes – et il bousille un petit travail aussi simple que celui-là. Il aurait pu au moins donner mon signalement.

Je soulevai la mallette et me dirigeai vers la porte. Comme si je venais d'avoir une idée, je me retournai.

— Tu as des projets pour le restant de la nuit?
— Non, monsieur.

Je fis semblant de réfléchir un moment. Puis je me frottai le menton.

— Je crois que tu es mûr. Ça te dirait de rencontrer le patron du district?

Mon allusion aux vingt mille dollars qu'était censé gagner Georgie n'était pas tombée dans l'oreille d'un sourd.

— Oui, oui. Tout ce que vous voudrez.

Je le laissai porter la mallette jusqu'à la voiture. Il avait l'air aussi fier qu'un chien tenant un journal dans sa gueule. En ouvrant la portière, il dut faire un effort pour ne pas caresser la carrosserie.

— Chouette bagnole, apprécia-t-il.

Il s'en achetait déjà une pareille.

— Turk habite une maison en pleine campagne, dis-je en démarrant.

— Turk?
— Le patron du district.

Fitz laissait libre cours à son imagination.

— Une grande propriété?
— Beaucoup de terrains. Beaucoup d'arbres.

Le génial cerveau de Fitz carburait.

— Combien se fait-il le patron du district?
— Cinquante mille par le biais du syndicat. (Je lui fis

213

un clin d'œil.) Mais n'importe qui d'astucieux arriverait à doubler le chiffre.

Fitz grimaça un sourire et me rendit mon clin d'œil. Nous étions des copains, deux complices au parfum.

La promenade fut agréable. Nous parcourûmes une vingtaine de kilomètres dans la campagne, puis je pris deux routes secondaires et je finis par trouver une grande forêt bien sombre. J'arrêtai la voiture.

— Il va falloir faire le reste du chemin à pied; l'allée de Turk est actuellement en travaux. Mais il y a par ici un sentier qui mène droit à la maison.

Nous nous enfonçâmes dans les bois et, au bout d'une centaine de mètres, je décidai qu'il était temps de mettre un terme au rêve de Fitz.

C'était moi qui marchais devant; lorsque je me retournai, je tenais le 38 à la main. Dans l'ombre, Fitz ne le vit peut-être même pas. Je pressai une fois la détente et il s'effondra sans un soupir. En m'agenouillant auprès de lui, je pus constater qu'un pruneau avait amplement suffi.

Je regagnai la voiture. Gordon penserait que Fitz l'avait roulé, et Mike Neeland la même chose des « ravisseurs » de Gordon.

Deux cent mille dollars avaient disparu et j'étais le seul à savoir où ils étaient.

De retour en ville, je déposai la mallette à la consigne automatique de la gare routière. La journée s'avérait fort rentable; j'étais tenté d'en rester là.

Mais je me demandais ce que Gordon allait faire, à présent. Une fois convaincu que Fitz avait décampé avec l'argent, continuerait-il à envoyer des doigts à Neeland, dans l'espoir de lui soutirer encore deux cent mille dollars?

Plus j'y réfléchissais, plus je me rendais compte qu'il y avait encore du fric à ramasser. Que se passerait-il, par exemple, si je ramenais Gordon à Neeland? Avec ses dix doigts? J'avais dans l'idée que Neeland se montrerait extrêmement reconnaissant.

Je me mis à la place de Gordon. Quelle serait ma réaction en découvrant que Fitz n'était pas allé à la gare du Nord-Ouest? Qu'en déduirais-je?

Fitz m'avait-il doublé? Avait-il filé avec l'argent? Les hommes de Neeland l'avaient-ils cueilli? Étaient-ils en train de le cuisiner, dans l'espoir d'obtenir quelques confidences?

M'efforcerais-je plutôt de croire – malgré mes soupçons – qu'un simple contretemps sans gravité s'était produit? Fitz était peut-être tombé en panne de voiture. Mais dans ce cas, l'imbécile n'aurait-il pas eu l'élémentaire bon sens de prendre un taxi?

Je m'agiterais et fulminerais, tout en grillant cigarette sur cigarette. Devais-je aller chez Fitz? Non. Hors de question. Trop dangereux. Les hommes de Neeland risquaient de m'attendre sur place. Devais-je aller à la gare? Non. Inutile. Fitz ne pouvait pas y être.

Je n'avais guère qu'une chose à faire : téléphoner sans relâche à la gare. Et chez Fitz. Cela servirait-il à quelque chose? Je n'en savais rien. Mais c'était préférable que de rester les bras croisés à ne rien faire.

Je retournai chez Fitz et m'introduisis dans son appartement. Je n'eus pas longtemps à attendre : le téléphone se manifesta à une heure moins le quart. Je décrochai.

— Fitz, dis-je.

L'autre bout de la ligne faillit exploser. Cette fois, mon correspondant était trop furieux pour prendre la peine de chuchoter :

— Où diable étiez-vous?

Je n'avais jamais rencontré Gordon ni entendu sa voix, mais ce n'était pas lui. On aurait dit... Il me fallait toutefois en entendre un peu plus pour être vraiment sûr.

— J'ai eu des ennuis avec ma voiture, marmonnai-je.

L'homme était au comble de l'exaspération.

— Pourquoi n'avez-vous pas pris un taxi, bong sang?

Je continuai de parler comme si j'avais la bouche pleine de cornflakes.

— Je croyais en avoir pour une minute à réparer, mais ça m'a pris plus de temps que prévu.

Il jura.

— Pourquoi êtes-vous rentré chez vous?
— Pour me laver. J'étais tous sale.

Je ne le voyais pas, mais je l'imaginai serrant le combiné à le casser en deux.

— Écoutez-moi, espèce d'abruti! glapit-il. Vous allez courir à la gare, et sans perdre une seconde!

Je reconnus alors la voix. C'était celle de Van Camp, le patron du *Blue Moraine*.

— Vous y serez? demandai-je.

— Ne vous en faites pas pour ça. Traînez votre postérieur jusque-là-bas et attendez.

Je raccrochai. Peu m'importait que Van Camp fût ou non au rendez-vous; dans l'affirmative il se planquerait probablement de manière à pouvoir m'observer sans être vu. Si ça se trouvait, il me téléphonait du *Blue Moraine*, décidé à m'envoyer d'un endroit à un autre avant de se montrer.

J'arrivai au *Blue Moraine* quarante-cinq minutes plus tard. C'était l'heure d'affluence pour le genre de distraction qu'offrait le club, et le nombre de voitures garées devant l'établissement m'apprit que ça marchait très fort au premier étage.

Je demandai à voir Van Camp et ne fus pas trop surpris d'apprendre qu'il était là.

J'allai au fond du rez-de-chaussée, frappai à la porte marquée « Privé » et tournai le bouton.

Van Camp était assis à son bureau. Une épaisse fumée remplissait la pièce et le cendrier disparaissait sous les mégots. Van Camp me toisa d'un air irrité.

— Qu'est-ce que vous voulez?

Je fermai la porte derrière moi.

— Le petit jeu est terminé, Van Camp.

— Qu'est-ce à dire?

— J'ai une très bonne oreille. Ce n'était pas à Fitz que vous parliez, tout à l'heure. C'était à moi.

Ses yeux s'étrécirent.

— Fitz? Qui est-ce?

Je souris.

— Baini, Ben Grady et Fitz constituaient ce qu'on pourrait appeler votre réserve de coursiers. Vous avez fait appel à Baini la première fois, mais il a loupé son coup. Il ne vous restait alors que Ben ou Fitz. Selon mes renseignements, Ben n'est pas en ville actuellement. Il ne vous restait donc plus que Fitz. Simple, non? J'ai trouvé ça tout seul.

— Vous racontez n'importe quoi.
La curiosité fut néanmoins la plus forte :
— Ce Fitz dont vous parlez, où est-il?
Je ne sais si je parvins à rougir, mais j'essayai.
— Je l'ignore. Après l'avoir attendu un moment, j'ai fini par forcer la porte de son appartement. On dirait bien qu'il a pris la poudre d'escampette avec la mallette.

Van Camp blêmit sous le coup de la colère, mais il ne dit mot. D'un geste significatif, je remuai ma main dans ma poche.
— J'ai peut-être manqué Fitz, mais je vous tiens.
Il refusait toujours d'avouer.
— Et qu'espérez-vous en tirer?
— Je pense que Mike Neeland pourrait trouver intéressant de vous parler. Vous voyez ce que je veux dire?

Cette perspective ne lui plut pas. Il se mit en devoir de choisir une cigarette dans le coffret en argent posé sur son bureau.
— Combien Neeland vous paie-t-il?
— Cinq mille dollars.
Van Camp cessa de jouer les timides.
— Je vous en offre dix.
Je secouai la tête.
— Je ne tiens pas à me mettre mal avec Neeland. Il a trop d'amis.
— Vingt mille, dit Van Camp.
— Je ne marcherais pas pour le double.
Je soupirai.
— De toute façon, vous bluffez. Si vous aviez vingt mille dollars à votre disposition, vous n'iriez pas vous fourrer dans une histoire d'enlèvement.

J'attendis une proposition plus concrète, en me demandant si j'allais devoir la suggérer moi-même.
De fines gouttes de sueur perlèrent sur le front de Van Camp.
— Ecoutez, dit-il, je suis le directeur de ce club. D'accord? Nous rentrons tous les soirs vingt ou trente mille dollars.
— Ce n'est pas votre argent.
On aurait dit que, avec patience mais acharnement, il expliquait quelque chose à un enfant arriéré.

217

— Peut-être, mais il reste un moment en ma possession. L'encaisseur de Mike ne vient pas chercher la recette avant six heures du matin.

Je fis celui qui ne comprenait pas.

— Que raconterez-vous à Mike quand il s'apercevra que l'argent a disparu?

— Je ne lui raconterai rien du tout, glapit Van Camp. A ce moment-là, je serai hors de l'Etat, en route pour l'étranger.

Je finis par acquiescer.

— Voyons la monnaie.

Van Camp avait une partie de la recette dans son coffre; il monta au premier, dans la salle de jeux, pour ramasser le plus d'argent possible sans bloquer les tables ni éveiller les soupçons. Je le suivis lors de cette opération. Pas trop près pour qu'on ne puisse se souvenir par la suite de nous avoir vus ensemble, mais assez près pour qu'il ne se mît pas dans l'idée d'empocher le fric et de filer par une porte de service.

De retour dans son bureau, nous fîmes le total. Il y en avait pour environ dix-huit mille dollars.

Transpirant sous l'effort, il fourra les billets dans une sacoche, qu'il me tendit.

— Et Gordon? demandai-je.

Ça l'agaça un tantinet de se voir rappeler l'existence de Gordon en cet instant particulier.

— Qu'il crève là où il est.

Ces mots me firent ciller.

— Où est-il?

— Dans la cave d'un petit chalet qui m'appartient, dans les montagnes. Il est ligoté de la tête aux pieds.

Je pris la sacoche sous mon bras et décidai de manifester une certaine ignorance. Ça ne pouvait pas faire de mal.

— Je croyais que vous étiez dans le coup ensemble, Gordon et vous?

— Au début, oui.

Il jeta un coup d'œil à sa montre, pressé de se volatiliser dans la verte nature.

— C'est Gordon qui a déniché Baini, Grady et Fitz. Mais après le premier échec, il s'est déclaré partisan de tout laisser tomber.

218

La suite m'apparut clairement.

— Mais vous ne l'entendiez pas de cette oreille? Et les doigts étaient bien ceux de Gordon?

Il hocha la tête. La question ne l'intéressait plus; il avait d'autres projets en tête.

— Il va falloir vous débarrasser de Gordon, dis-je. Tout de suite.

— Pourquoi s'en soucier? Sans eau ni nourriture, il sera mort d'ici deux jours.

— Peut-être. Mais supposez qu'il s'échappe? Il serait bien capable d'aller trouver la police en faisant croire qu'il s'agissait d'un véritable enlèvement. Les doigts qui lui manquent viendront à l'appui de ses dires. Et à ce moment-là, vous aurez à vos trousses non seulement Neeland mais tout le F.B.I. Vous n'auriez pas une chance de vous en tirer.

Je laissai cette idée faire son chemin dans sa tête avant de poursuivre :

— Si ça vous répugne de mettre la touche finale, je le ferai à votre place.

Van Camp se rangea à mon avis, mais pas de gaieté de cœur.

— D'accord, mais dépêchons-nous.

Nous prîmes sa voiture. Le trajet dura quarante-cinq minutes, et pourtant nous roulâmes à vive allure. Il était trois heures du matin lorsque, après avoir tourné dans un chemin défoncé, nous nous arrêtâmes enfin devant le chalet.

Van Camp descendit de voiture, une torche à la main. Je le suivis. La petite maison en bois n'avait pas l'électricité et dégageait une odeur de poussière. Dans la cuisine, Van Camp se pencha pour saisir un anneau encastré dans le sol recouvert de linoléum.

Il souleva la trappe et le faisceau de sa torche pénétra les ténèbres humides. La cave était à peine plus grande qu'un trou dans le sol; Gordon était allongé dans un coin, les mains liées derrière le dos. Il était bâillonné, et la corde qui lui entravait les pieds était nouée autour de son cou. De toute évidence, il devait manquer d'air.

En cet instant, Gordon n'offrait pas un joli spectacle; ses yeux brillaient de terreur.

— Finissez-en, ordonna Van Camp.

Je ne pris pas la peine de descendre l'escalier de bois. Je pressai la détente, une seule fois. Sous l'impact de la balle, Gordon tressauta et roula face contre terre. Je vis qu'il manquait deux doigts à la main droite. Et cela m'ouvrit des horizons.

Van Camp s'apprêtait à refermer la trappe.

— Je n'ai pas encore terminé, dis-je.

Son regard plongea dans le mien. Il eut à peu près une seconde pour comprendre ce qui allait se passer.

Mon pruneau l'atteignit en plein cœur, et il vacilla. Je le poussai légèrement du bout des doigts. Il tomba dans le trou, et la torche suivit le même chemin sans que j'arrive à la rattraper. Je baissai la trappe et sortis du cottage en m'éclairant avec mon briquet.

J'allai récupérer ma voiture au *Blue Moraine* et j'arrivai en ville à cinq heures. Le soleil commençait juste à pointer.

Je trouvai un café ouvert toute la nuit et pris mon petit déjeuner sans me presser. Après quoi, je déposai les dix-huit mille dollars dans mon casier, à la consigne de la gare routière, et j'allai à mon hôtel savourer quelques whiskies bien mérités.

A six heures et demie, je me présentai au *Parakeet*. Les salles de jeux étaient fermées et les employés partis. D'ici une heure, l'équipe de nettoyage se mettrait au travail.

Mike Neeland était encore dans son bureau. Il avait les yeux cernés de fatigue.

— Ça ne s'est pas passé comme prévu, Danny. Ils n'ont toujours pas relâché Gordon. Sa femme m'a appelé il y a un quart d'heure; elle dit que si je ne m'arrange pas pour le faire libérer immédiatement, elle va téléphoner à la police.

J'allumai une cigarette.

— J'ai reconstitué toute l'affaire, Mike. Il est malheureusement trop tard pour en profiter, mais...

— Que voulez-vous dire?

— L'enlèvement n'en était pas un, répondis-je. Gordon a encore ses dix doigts et, à l'heure qu'il est, il est loin d'ici.

Neeland plissa les yeux.

220

— Les doigts appartenaient probablement à un malheureux clochard ramassé par Gordon. C'est lui qui a monté toute l'opération.

Je pensai un moment aux huit doigts qui restaient à Gordon lorsque je l'avais vu au cottage. Je posai à Neeland une question dont je connaissais déjà la réponse :

— Avez-vous reçu un autre doigt au courrier, aujourd'hui?
— Non.
— Pourtant, vous *auriez dû*.
Il fronça les sourcils.
— Pourquoi? J'avais accepté de payer.
Je souris.
— D'après les emballages des paquets, Gordon a posté les deux premiers doigts dans des villes situées à cinquante ou soixante kilomètres d'ici. Dans ses messages, il promettait une livraison régulière. Votre annonce lui indiquant que vous acceptiez ses conditions n'a paru dans le *Journal* qu'hier matin à onze heures. Par conséquent, à moins d'être renseigné par ailleurs, il aurait théoriquement dû, *avant* ce moment-là, vous envoyer un autre doigt pour que vous le receviez au courrier d'une heure et demie.

Je m'interrompis un instant avant de continuer :
— Mais il savait déjà que l'annonce allait paraître. Il l'avait appris la veille; il n'avait donc pas besoin de couper un autre doigt, ce soir-là, pour vous l'expédier. Il savait que vous alliez payer, parce que quelqu'un le lui avait *dit*. Or qui était au courant? Vous, moi... et Dorothy Gordon.

Et ça s'était effectivement passé ainsi. Sauf que c'était Van Camp — et non Sam Gordon — que Dorothy avait prévenu. De toute évidence, une femme qui laissait débiter son mari en morceaux devait avoir une idée derrière la tête. Van Camp et elle avaient sans doute décidé de tuer Gordon, une fois en possession de la rançon, et de s'enfuir ensemble.

Mike Neeland réfléchissait à mon rapport en arpentant la pièce.

— Ce n'est pas tout, repris-je. Je pense que Gordon a pris l'argent et filé sans sa femme.

— Qu'est-ce qui vous fait croire ça?
— Vous me dites qu'elle vient de téléphoner. Vous aurait-elle appelé si Gordon lui avait apporté l'argent?

Je secouai la tête.

— Non. Elle s'imagine certainement que vous n'avez pas payé. Mais elle finira par comprendre la vérité.

Neeland jura copieusement. Puis il me lança un regard mauvais.

— Je veux que vous vous occupiez immédiatement de Dorothy Gordon. Pigé?

J'acquiesçai.

— Très bien, Mike. Et je vous ferai ce petit travail gratuitement. Je n'ai pas été très efficace en la circonstance.

Il repoussa ma suggestion d'un geste bref.

— Non, je veillerai à ce que vous touchiez les cinq mille dollars habituels pour cette mission.

Le téléphone sonna. Neeland décrocha, écouta, et son visage s'assombrit encore. Finalement, il reposa brutalement le récepteur sur son socle.

J'attendis poliment. Neeland écumait.

— Pour couronner le tout, il semble que Van Camp ait filé avec la caisse du *Blue Moraine*. Il doit être en Amérique du Sud à l'heure qu'il est!

Je me levai et mis mon chapeau.

— Je vais de ce pas m'occuper de Dorothy Gordon.

Il m'arrêta à la porte.

— Danny...
— Oui?
— Danny, quand vous en aurez terminé, revenez ici.
— Naturellement. Je vous ferai mon rapport.
— Ce n'est pas ce que je veux dire, Danny. Je voudrais que vous restiez avec moi. Dans l'organisation.

Je pensai à l'organisation, au *Blue Moraine* — qui, à seulement deux heures du matin, rapportait déjà dix-huit mille dollars — et aux autres clubs que Mike possédait.

Et je pensai aussi à Eve Neeland.

Je regardai Mike dans les yeux.

— Je vous ai entendu dire un jour que vous ne vouliez pas d'un collaborateur intelligent auprès de vous.

Il eut un petit sourire.

— Vous êtes un malin, Danny, c'est vrai, mais vous avez une qualité encore plus importante.
— Ah oui? Laquelle?
Son visage se fit solennel.
— Vous êtes digne de confiance.
Les larmes ne me montèrent pas aux yeux, mais je m'arrangeai pour qu'il me vît déglutir.
— Merci, patron. Vous pourrez compter sur moi.

*You can trust me*
Traduit par Gérard de Chergé

© **Droits réservés.**

# Le vieux père Emmons

par

Talmage POWELL

Le faible cri émanant de la chambre du vieil homme pénétra le sommeil de Charlie Collins. Ses sens le firent s'éveiller. Puis la lumière s'alluma et il se rendit compte que Laura quittait le lit jumeau voisin du sien.

— Je crois avoir entendu Père, dit-elle.
— Oui, moi aussi j'ai entendu quelque chose.

Rejetant les couvertures, il enfila sa robe de chambre et tous deux se précipitèrent vers la pièce que le vieil homme avait voulu occuper lorsqu'il était venu habiter chez eux, une pièce d'angle avec plusieurs fenêtres, ce qui lui donnait beaucoup de soleil en hiver et permettait de faire des courants d'air au cœur de l'été.

Le lit du vieil homme était vide, car il avait gagné la salle de bains adjacente où il achevait de vomir.

Charlie et Laura se hâtèrent de le rejoindre.

— Père, dit Laura, tu aurais dû nous appeler!
— Je l'ai fait, mais vous n'avez pas répondu, rétorqua le vieux d'un ton accusateur.
— Nous nous sommes précipités ici dès que nous vous avons entendu, dit Charlie.

Le vieil homme cherchait le verre à dents sur l'étagère de porcelaine à côté de l'armoire à pharmacie. Charlie prévint aussitôt son geste, rinça le verre et le remplit d'eau.

Le vieux se rinça la bouche, se gargarisa bruyamment, ses lèvres évoquant un cratère dans son visage émacié, au teint grisâtre. Sous la chemise de nuit à l'ancienne mode, il n'avait vraiment que la peau et les os.

— Je vais téléphoner au docteur, dit Laura.
— Je ne veux pas du docteur, déclara son père d'un ton belliqueux en se dirigeant vers le lit.
— Ce doit être les pickles qu'on a mangés en dînant, avança Charlie.
— Ce n'est pas la première fois que je mange des pickles et je sais ce qui m'a rendu malade!

Charlie et Laura échangèrent un regard, puis le mari demanda:
— Quoi donc, monsieur?
— J'ai un bon estomac, et c'est rare que j'aie des vomissements, persista l'autre d'un ton de mauvais augure. Je sais très bien ce qui m'a rendu malade comme ça!

Il se remit au lit, rabattant drap et couvertures sur sa tête. Laura toucha le bras de son mari et tous deux quittèrent la chambre. Dans le couloir, elle lui chuchota:
— Quand il s'est mis quelque chose dans le crâne, ce n'est pas la peine de chercher à discuter.
— On appelle le médecin?
— Non, Charlie, je suis certaine que, maintenant, ça va aller. C'est sûrement dû à ces pickles. Recouche-toi... Il faut que tu te lèves pour aller au travail demain... C'est-à-dire aujourd'hui! Moi, je vais rester aux aguets.

Charlie eut le sentiment qu'il n'arriverait pas à se rendormir. Il s'étendit sur son lit et fuma, en pensant à Laura installée dans un fauteuil près de la porte de son père.

Lorsqu'il avait épousé Laura, il croyait le faire en toute connaissance de cause. Fille unique, elle se consacrait à son père depuis la mort de sa mère, qui remontait à des années. Elle avait expliqué à Charlie qu'elle souhaitait que son père vienne habiter avec eux, et lui avait accepté sans la moindre hésitation. Ce n'était pas comme s'ils étaient encore des adolescents : ils avaient tous deux passé la trentaine.

La première femme de Charlie s'était tuée dans un accident de voiture dix ans auparavant, en revenant d'un bridge chez des amis un jour de verglas. Laura ne s'était jamais mariée, n'ayant d'ailleurs guère eu l'occasion de rencontrer des hommes.

Très prosaïquement, c'est dans un super-marché que tous deux avaient fait connaissance. D'ailleurs, Charlie estimait qu'ils étaient des gens très prosaïques. Bien qu'elle fût agréablement faite et eût un visage plaisant, Laura n'était pas une beauté. Lui-même, grand et pas mal de sa personne encore qu'un peu maigre, avait l'air de quelqu'un qui passe des heures à travailler dans un bureau, ce qui était exactement le cas.

Les nombreuses objections que le vieil Emmons s'était acharné à soulever avaient gâté ce qui aurait dû être pour Laura et Charlie un des plus beaux moments de leur vie. Charlie l'avait déploré encore plus pour Laura que pour lui-même, car il pensait avoir compris la mentalité de son futur beau-père et se jugeait assez adulte pour fermer les yeux sur ce genre de choses.

Mais à présent, au bout de seulement quelques semaines de mariage, Charlie n'en était plus aussi sûr. A la longue, un tempérament constamment hargneux arrivait d'autant mieux à vous excéder, qu'il s'accompagnait d'incessantes doléances.

Charlie finit par s'assoupir, se réveilla en sursaut, et en resta mal fichu toute la journée.

Tout en roulant vers chez lui en voiture, il espérait que Laura ait pu faire la sieste. Quand il l'avait quittée ce matin-là, elle semblait vraiment exténuée.

Le père Emmons était dans le living-room, riant de sa bouche édentée devant un vieux film de W.C. Fields que diffusait la télévision. Charlie lui dit cordialement bonsoir et les yeux caverneux de son beau-père lui décochèrent un regard noir.

– Déjà de retour?

Charlie laissa passer et s'enquit :

– Où est Laura?

– Sortie faire les courses... Pouvez pas vous taire? M'empêchez d'entendre ce qu'ils disent dans le film!

Charlie exhala un gros soupir en hochant la tête et, traversant la maison, gagna la cour de derrière où il pénétra dans la partie du garage où il s'était installé un atelier de menuiserie. L'endroit était glacial. Charlie alluma le réchaud à butane et se mit au travail.

Il se rendit compte qu'il passait là de plus en plus de

temps. Cette pensée lui fit abandonner son rabot et, s'asseyant sur un chevalet de sciage, il alluma une cigarette. Il se demanda s'il était déjà en train de devenir un de ces maris qui se consacrent à une marotte quelconque, parce qu'un de leurs beaux-parents leur rend la vie impossible. Il jeta la cigarette par terre et l'écrasa sous son talon. Bon sang! Il allait falloir que le vieux change un peu ses façons!

Charlie regagna la maison. Le living-room était désert, mais Laura devait être de retour, car il y avait un filet plein de provisions sur la petite table proche de la porte de devant... C'est alors qu'il entendit les voix de Laura et de son père, se disputant dans la chambre du vieil homme.

— Je te répète qu'il me cache mes pilules! disait Emmons.

— Non, père, répondait patiemment Laura. Elles étaient dans l'armoire à pharmacie, là où tu les avais rangées, derrière le bicarbonate de soude.

— Tu es de mèche avec lui!

— Père...

— Je m'en rends compte à présent! Il te monte contre moi!

— Non, Père. Nous t'aimons tous les deux et nous désirons que tu sois heureux.

Le vieux eut un grognement expressif et Laura sortit dans le couloir pour aller récupérer son filet.

— Je vais me dépêcher pour le dîner, dit-elle en voyant son mari. On faisait la queue au super-marché et ça m'a mise en retard.

Remarquant l'air fatigué de sa femme, Charlie préféra garder pour lui ce qu'il s'apprêtait à dire.

— Je vais te donner un coup de main!

Charlie se calma, et ne parla de rien tout au long de la semaine qui suivit.

Puis, le mardi, Laura l'appela au bureau. Le vieux monsieur était tombé dans l'escalier de la cave... Si Charlie pouvait rentrer tout de suite?

Il expliqua la situation à son patron, courut au parking, et conduisit comme un fou jusque chez lui.

Laura vint lui ouvrir.

— Comment va-t-il? demanda vivement Charlie.

— Il va, répondit-elle en passant le revers de sa main sur son front. Je n'aurais peut-être pas dû te téléphoner, mais quand je l'ai entendu tomber...
— Mais oui, bien sûr! Qu'est-ce que dit le docteur?
— Que mon père est un homme indestructible, ou bien alors qui a beaucoup de chance, répondit-elle avec une sorte de grimace. Il vient juste de partir.
— Il doit revenir?
— Non. Il désire simplement que je lui amène mon père demain à son cabinet, pour un check-up.

Elle aurait donc besoin de la voiture. En conséquence, pour se rendre au bureau, Charlie devrait prendre le bus dont l'horaire le faisait arriver avec quinze minutes de retard ou trois quarts d'heure d'avance.

— Bon, soupira-t-il. Je crois qu'il vaut mieux que j'aille le voir.
— Charlie...
— Oui?
— Ne le... Enfin, je veux dire...
— Je serai la patience même! lui assura Charlie, avec un rien d'amertume dans le ton.

Il ouvrit doucement la porte de la chambre et entra dans la pièce sur la pointe des pieds. Le vieil homme avait les yeux clos. Comme Charlie s'approchait du lit, les yeux s'ouvrirent, le regardèrent.

— Comment vous sentez-vous, monsieur?
— Je survivrai, répondit doucement l'autre. Oui, je survivrai encore longtemps.
— Nous l'espérons bien. Comment cela vous est-il arrivé?
— Je suis tombé dans l'escalier de la cave.
— Je sais : Laura me l'a dit au téléphone.
— J'aurais pu me tuer.
— Mais, Dieu merci, vous en avez réchappé! Le médecin dit que ce ne sera rien.
— J'aurais pu me tuer... répéta le vieillard comme si Charlie n'avait pas parlé. Et tout ça à cause d'un carton plein de vieilles chaussures qui était vers le haut des marches.

Charlie s'efforça de comprendre la réaction de son interlocuteur.

— Je voulais les descendre hier soir...
— Mais vous ne l'avez pas fait, rétorqua l'autre dans un chuchotement d'agonisant.
— Non, je... Laura m'a appelé pour... Mais je me demande pourquoi je vous donne toutes ces explications!

Il surprit un éclair de satisfaction au fond des orbites, et se sentit ridicule. Sa bouffée de colère se dissipa, faisant place à tout autre chose.

— Vous me haïssez, murmura le vieil homme.

Et c'était vrai. Charlie en prenait conscience pour la première fois, mais Emmons semblait en être déjà profondément convaincu.

— Vous êtes encore sous l'effet du choc, se contraignit à dire Charlie. Vous savez bien que nous tenons beaucoup à vous.

Tournant les talons, il quitta la chambre. Il alla se réfugier dans son atelier, où il mit le tour en marche, faisant voler les copeaux.

Il finit par se rendre compte que Laura l'appelait de la maison. Il arrêta le tour, éteignit le radiateur, et se hâta de traverser la cour. Il n'avait pas le droit de se conduire aussi puérilement avec Laura, en s'attendrissant sur lui-même parce qu'il n'avait pas la poigne nécessaire pour s'affirmer maître chez lui.

*  *
*

Charlie veilla tard ce soir-là dans son atelier, pour être sûr que son beau-père était allé se coucher. Il façonna les pieds d'une table de cocktail sans avoir bien la tête à ce qu'il faisait. Quand il réintégra la maison, il se lava les mains dans la cuisine, réfléchissant à ce qu'il dirait.

Laura était assise sur le divan, les jambes repliées sous elle, regardant la télévision. En la rejoignant, Charlie se sentit hésiter devant la mise au point dont la nécessité s'était précédemment imposée à lui. Il s'assit à côté de sa femme, qui le regarda et lui sourit. Comme je l'aime! pensa-t-il. Si les circonstances avaient été différentes, s'ils avaient eu des enfants avec eux au lieu de...

— Comment se présente cette table, Charlie?

229

— Pas mal du tout.
— Est-ce que je pourrai y jeter un coup d'œil demain?
— Bien sûr, Laura...

Le bruit des chevaux qui galopaient et des coups de feu qui se tiraient sur le petit écran meublait le silence entre eux.

— Je voulais te parler... finit-il par dire, mal à l'aise.
— Au sujet de Père?
— Euh... oui.
— Tu veux qu'il s'en aille?
— Je crains bien que oui.
— Pourquoi craindre, Charlie? questionna-t-elle, presque gentiment.

Il la regarda fixement.

— Moi, je ne crains pas de dire que je serai heureuse lorsqu'il sera mort.
— Laura...
— Pourquoi vouloir le nier? Tu éprouves le même sentiment, et il n'y a rien d'étonnant à cela. C'est comme s'il infectait tout ce qu'il touche!
— Alors, nous allons le mettre dans une maison de retraite.

Même face à l'attitude nouvelle de sa femme, Charlie eut l'impression de témoigner d'un total manque de cœur en disant cela.

— Non, Charlie, nous ne le mettrons pas dans une maison de retraite. Dès le commencement, j'ai compris qu'il nous faudrait un jour discuter de cela...
— Mais si nous le gardons ici...
— Nous ne le garderons pas, Charlie.
— Mais tu viens de dire...
— Que je serai heureuse quand il sera mort? Et c'est la vérité. Nous allons le garder ici, avec nous, jusqu'à ce qu'il meure.
— Je vois... fit-il d'un air sombre, sans bien comprendre.
— Tu penses que je puis hésiter entre le devoir filial et l'amour que tu m'inspires, Charlie?

Elle bougea légèrement et sa main vint caresser la joue de son mari.

— Je t'aime, Charlie. Et je ne me sens aucun devoir envers lui. Son avarice et sa mesquinerie ont tué ma mère, gâché mon enfance. Si la question était aussi simple, il n'y aurait pas de problème.
— Je ne comprends vraiment pas, Laura...
— Non, bien sûr que non. Tu n'as jamais su qu'il était très riche.
— Riche?
Elle se pencha vers lui :
— Il vaut plus d'un quart de million de dollars, Charlie.
— Mais avant que je t'épouse, tu vivais dans cette vieille baraque...
— Je sais. Toutefois, ça n'est pas tellement inhabituel, crois-moi. Sans pousser à l'extrême, comme ces cas que l'on voit dans les journaux, où un reclus volontaire est mort dans la crasse, avec un million de dollars caché sous son matelas, mon père est et a toujours été avare. J'ignorais moi-même qu'il avait autant d'argent jusqu'à ce que meure ma mère et que j'aie certains papiers à signer. Je me suis alors informée et quand j'ai appris... C'est bien simple, Charlie : depuis lors, j'attends sa mort. Je suis son unique héritière et tout me reviendra...

Les murs parurent osciller et la télé devenir une sorte de dessin animé peint par Dali. Charles se passa une main sur le visage et la sentit tout humide. Le choc ne lui venait pas d'avoir appris soudain que le père Emmons était si riche, mais de découvrir ce nouvel aspect de Laura...

— Tu penses que je suis mauvaise, Charlie?
— Non, je me rends bien compte que des années passées ainsi à ses côtés n'ont pas pu le rendre cher à ton cœur...
— Il ne s'est jamais douté de mes sentiments. N'est-ce pas encore un plus grand sacrifice que j'aie agi ainsi sans que ce soit par amour filial?
— Si, acquiesça Charlie d'une voix rauque. Si, Laura.
— Si nous le faisons partir d'ici, il y a le risque qu'une infirmière l'épouse pour son argent.
— Oui, un grand risque!

231

— Ou encore, pour se venger, il est fichu de tout léguer à une œuvre de charité. Je l'en sais capable, Charlie.

— Oh! le connaissant comme je le connais, je n'en doute pas non plus.

— Nous n'avons donc pas d'alternative, n'est-ce pas?

— Apparemment pas, non.

Laura lissa sa robe sur ses genoux et regarda pensivement le tapis.

— Un quart de million, Charlie.

— Je n'arrive pas à imaginer ce qu'autant d'argent peut représenter!

— Des voyages autour du monde. De beaux vêtements. L'hypothèque qu'on remboursera... Pense à tout cela, Charlie, quand il se montrera particulièrement éprouvant.

— Je n'y manquerai pas.

Elle leva lentement les yeux vers lui :

— Il nous faut gagner cet argent, Charlie.

— Et nous montrer toujours gentils avec lui. Aussi longtemps qu'il vivra.

— Oui...

— As-tu peur, Charlie?

— Peur de prendre soin d'un vieillard jusqu'à ce qu'il meure? (Il rit doucement.) Oh! non, pas du tout, Laura!

Quand il se réveilla le lendemain matin, Charlie eut l'impression d'avoir rajeuni de cinq ans. Il fredonna tout en se rasant, et la chance inespérée qui venait de lui échoir le fit se regarder dans la glace en disant à son image :

— Tu vas être riche, mon garçon!

Charlie sentit sourdre en lui un sentiment d'amour et de respect pour le vieil Emmons. *Quand je dépenserai cet argent*, pensa Charlie, *je veux que ce soit sans l'ombre d'un remords. Je veux sentir que je l'ai bien mérité. Et que vous vous souveniez que j'ai adouci vos derniers jours, Père Emmons.*

Le vieillard remarqua le changement. Deux jours plus tard, lorsque Charlie lui apporta une boîte de ses bonbons au sucre d'orge préférés, les yeux du père Emmons parurent s'enfoncer encore plus profondément dans les orbites, comme s'enveloppant de méfiance.

Ils étaient dans la chambre du vieux monsieur, la belle chambre ensoleillée.

— Charlie, dit le vieil homme, qu'est-ce que vous manigancez?

— Je ne vois pas ce que vous voulez dire, Père.

— Cette façon de m'avancer une chaise, de m'appeler « père », de m'apporter des friandises?

— Mais, je...

— Sans compter que cela fait deux jours qu'il n'y a pas eu d'accidents, Charlie.

— D'accidents?

— Vous savez bien ce que je veux dire : rien dans mes aliments qui me rende malade. Mes pilules qui restent à leur place. Pas de boîtes encombrantes dans l'escalier de la cave.

— Il s'agissait d'accidents, rien de plus, dit Charlie. J'espère que ce sont bien les bonbons que vous aimez?

— Prenez-en un, lui dit le vieil homme d'un air soupçonneux.

Charlie le regarda, puis prit un des petits sucres d'orge dans la boîte.

— Non, pas celui-là! dit vivement le vieillard en s'emparant du bonbon. Celui-là est pour moi... Tenez, prenez celui-ci.

Charlie défit le papier, croqua un bout du sucre d'orge, tandis que le vieux l'observait avec attention.

— C'est bon, Charlie?

— Oui, mais si j'avais votre...

— Eh bien, qu'alliez-vous dire, Charlie? Si vous aviez quoi? Allez, parlez!

— Si j'avais votre faible pour les bonbons au sucre d'orge, je choisirais une meilleure marque.

— J'aime ceux-là, déclara Emmons en le regardant fixement, jusqu'à ce que Charlie finisse par concéder :

— Oui, au fond, ils sont assez bons...

Charlie alla dans sa chambre et, refermant la porte, s'y adossa, le cœur battant. Son premier impair depuis la conversation qu'il avait eue avec Laura.

— Le vieux me soupçonne déjà de manigancer quelque chose... d'être au courant de sa fortune... de vouloir le tuer.

*Le tuer.*
Charlie plaqua impulsivement ses mains sur ses oreilles, passa dans la salle de bains et y prit deux comprimés d'aspirine. Par la petite fenêtre, il vit son beau-père traverser la cour de derrière en suçant un bonbon dans un grand remuement de mâchoires qui creusait ses joues décharnées.
Charlie se trouvait dans le living-room, essayant de se concentrer sur la lecture du journal, lorsque le vieil homme rentra dans la maison, suçant toujours un bonbon. Il flottait dans ses vêtements au point d'avoir presque l'air d'un épouvantail.
— Vous en voulez un autre, Charlie? demanda-t-il en sortant de sa poche une poignée de petits sucres d'orge.
— Non, merci, je...
— Ils sont vraiment bons, vous savez!
Comme le geste paraissait sincèrement amical, Charlie prit un des bonbons et le vieil homme gagna sa chambre dont il referma la porte.
Charlie alla dans la cuisine et jeta le petit sucre d'orge à la poubelle.
— Le dîner sera prêt dans quelques minutes, lui dit Laura, affairée devant le fourneau à gaz.
— Parfait, répondit-il d'un air absent.
Sortant de la cuisine, il traversa la cour, ouvrit la porte de son atelier et tourna le commutateur électrique.
La petite pièce était pleine du butane qui s'était échappé par le robinet ouvert du radiateur. L'étincelle électrique et le butane produisirent une réaction chimique qui envoya tout le garage exploser dans le ciel crépusculaire. Propulsé avec force, un morceau de plâtras abattit l'antenne T.V. de la maison d'en face. Dans le pâté d'immeubles proche, entendant l'explosion, une femme piqua une crise de nerfs en hurlant quelque chose à propos des Russes. Charlie eut à peine le temps de penser que le vieux père Emmons avait encore de la défense.

*Old man Emmons*
Traduction de Maurice-Bernard Endrèbe

© 1962, by H.S.D. Publications, Inc.

# Le coup du siècle

par

Henry SLESAR

Harrison Fell avait un sourire nettement plus large et un pas nettement plus alerte lorsqu'il pénétra dans le hall de l'agence de publicité *Bliss & Bakerfield*. La réceptionniste eut droit à un « Bonjour! » retentissant, le coursier à un « Hello! » inhabituel; Hilda, la secrétaire de Fell, reçut pour sa part l'œillet qu'il portait à sa boutonnière. Pour un homme que le téléphone arabe de l'agence donnait déjà comme lessivé, Harrison Fell paraissait étrangement insouciant.

— Appelez-moi le grand chef, dit-il à Hilda avec un sourire éclatant. Dites-lui de se préparer à un choc. Dites-lui que je vais déposer une bombe H sur ses genoux. Allons, pressons, pressons! Dites à Bliss que je désire le voir!

Hilda déglutit, puis décrocha son téléphone. Elle échangea quelques mots avec la secrétaire de Bliss et lança le compte à rebours pour le dépôt de la bombe. Lorsqu'elle informa son patron que Bliss l'attendait de pied ferme, Fell bondit de son fauteuil pivotant comme s'il s'agissait d'un siège éjectable.

Dans l'escalier qui séparait les deux étages, l'agent de publicité perdit un peu de son exubérance. C'était un homme fort, large d'épaules, aux costumes taillés sur mesure, aux cheveux brillantinés, au teint perpétuellement bronzé et à l'ambition dévorante. Un mois auparavant, il était encore une étoile étincelante au firmament de l'agence. Puis Wilton Stark, chef de publicité de la

*Société Holdwell* – fabricants de coffres-forts –, avait demandé qu'on lui retirât la responsabilité du dossier.

Pour Fell, tout le monde – sauf lui – était responsable de l'échec de la campagne publicitaire *Holdwell* : le rédacteur était un ivrogne, le maquettiste un communiste, le réalisateur de télévision un drogué. Mais Bliss, vieux renard plein de sagesse dans la forêt de la publicité, avait calmement désigné le seul et unique responsable.

Plein de confiance, Fell entra dans le bureau directorial. Bliss ne se départit par pour autant de son expression glaciale. Le petit homme tiré à quatre épingles hérissa sa moustache et grogna :

– Cinq minutes. Je n'ai que cinq minutes à vous accorder, Harrison.

– Il ne m'en faudra pas davantage, patron: Je sais quoi prescrire à la *Holdwell* pour ce qui la gratouille.

– Nous avons déjà parlé de tout cela, Harrison.

– A force de chercher, j'ai trouvé l'aiguille dans la botte de foin et je vais l'enfoncer dans cette baudruche de Stark. C'est la meilleure idée publicitaire qu'on ait jamais conçue pour un coffre-fort! Prêt pour l'envoi?

Bliss soupira.

– Faut-il absolument que vous parliez de cette manière, Harrison? Je ne vous comprends pas la moitié du temps.

– Là, patron, vous allez comprendre. Vous connaissez le nouveau coffre que la *Holdwell* se prépare à mettre sur orbite?

– Le 801?

– Celui-là même. Eh bien! nos autres idées étaient peut-être un peu minces, mais cette fois, j'en tiens une du feu de Dieu. C'est une idée qui a du muscle, patron. Attendez que je vous l'expose...

– J'attends.

D'un geste mélodramatique, Fell sortit de sa poche une coupure de journal. Il la déposa sur le bureau de Bliss et recula d'un pas, les bras croisés. Bliss vit la photographie – sur deux colonnes – d'un homme aux cheveux clairsemés et aux grands yeux candides.

– Qu'est-ce que c'est? s'enquit-il.

– C'est mon candidat pour un test publicitaire. Le 801,

le premier coffre *véritablement* impossible à fracturer!

— Sammy « Doigts agiles » Morrissey, lut Bliss. Vous ne comptez tout de même pas le faire participer à une réclame pour la *Holdwell*?

Fell éclata de rire.

— Où trouver un meilleur garant? C'est ça qui cloche dans la campagne que nous menons en ce moment, patron. Qui diable s'intéresse au témoignage du Client Satisfait? Cet homme-là, par contre, est bien placé pour savoir si un coffre est vraiment à l'épreuve des cambrioleurs. C'est le plus fameux perceur de coffres-forts de toute la pègre!

— Parlez-vous sérieusement, Harrison?

— Et comment! Vous ne pigez donc pas? Nous allons demander à Sammy d'essayer de percer le 801. En public, avec des journalistes et tout le tralala. Le grand jeu! Ça nous fera une réclame sensationnelle et nous aurons de quoi lancer une grande campagne publicitaire!

— Mais s'il est encore en prison...

— On l'a libéré sur parole il y a un an. Et depuis, il est resté bien sage, parfaitement honnête. Au fond, c'est un peu une retraite forcée. Mais il a toujours le coup de main, patron; s'il ne vient pas à bout du 801, personne ne le pourra!

Bliss examina la photo d'un air songeur en lissant sa moustache. Lorsqu'il leva la tête, il y avait dans ses yeux une lueur d'admiration réticente.

— Ma foi, ce n'est pas une mauvaise idée...

— Soyez franc, patron. C'est le coup du siècle!

Bliss tendit la main vers le téléphone.

— Ne nous emballons pas. Voyons d'abord ce qu'en pense Stark.

Fell ouvrit le coffret à cigares de Bliss et choisit un panatela. Le patron ne protesta pas.

*\*\**

Le costume de Fell, son chapeau, son œillet et sa personnalité détonnaient de manière flagrante dans la pension où vivait Sammy Morrissey. Il gara sa Jaguar entre un camion de boucherie et une antique Chevrolet, admonesta les garnements chevelus qui lorgnaient ses enjoliveurs, puis il gravit très dignement les marches branlantes du perron, comme s'il montait l'escalier de l'University Club. La logeuse, une femme qui sentait le gin, l'accueillit et le guida jusqu'au dernier étage, où Sammy Morrissey vivait dans l'honnêteté et la pauvreté.

Fell fut déçu par Sammy. C'était un petit homme rabougri, d'apparence inoffensive, dépourvu de rouerie et même de caractère. Il avait un regard fixe plutôt que sournois. Ses yeux ronds avaient la couleur du jean délavé. Il ressemblait davantage à un chef scout sur le retour qu'à un maître du crime. Fell soupira intérieurement, en essayant d'imaginer les effets d'éclairage dont pourrait se servir un photographe pour donner à Sammy « Doigts agiles » un air plus dangereux que dans la réalité.

— Asseyez-vous, dit poliment Sammy. J'ai bien reçu votre lettre, monsieur Fell, mais je ne...

— Cela n'a rien de très compliqué, déclara Fell avec courtoisie, en s'installant sur l'unique chaise un tant soit peu rembourrée. Mon client, la *Société Holdwell*, sort un nouveau modèle de coffre-fort qu'elle estime inviolable. Nous voudrions simplement que vous nous aidiez à prouver que c'est vrai.

— Ouais, ça je comprends, dit Sammy. Mais c'est justement là le problème, monsieur Fell; c'est pas à moi qu'il faut demander de percer un coffre. J'ai complètement arrêté ce genre d'activité.

— Oh! l'expérience n'a rien d'*illégal*, le rassura Fell en souriant. La police est dans le coup, tout est parfaitement en règle. Voyez-vous, nous pensons qu'un homme de votre réputation...

— J'essaie de me faire oublier, monsieur Fell.

Fell se rembrunit. Ça n'allait pas être simple.

— Sammy... je peux vous appeler Sammy, n'est-ce pas? Sammy, vous savez ce qu'est un spot publicitaire?

— Ouais, bien sûr, j'en vois tout le temps.

— Eh bien, Sammy, c'est de cela qu'il s'agit. Nous vous demandons de participer à notre réclame, de donner votre témoignage...

— Témoignage? répéta Sammy avec nervosité.
— Ce ne sera pas comme au tribunal, expliqua Fell. Vous n'aurez qu'à approuver notre produit, c'est tout. Vous expliquerez aux gens que vous avez essayé par tous les moyens de fracturer le 801 mais que vous avez échoué.
— Un coffre impossible à forcer, ça n'existe pas, monsieur Fell.
— Comment cela?
— Pardonnez-moi de vous le dire, mais c'est vrai. Avec du temps devant soi et de bons outils, on vient à bout de n'importe quel coffre. De toute façon, ça ne m'intéresse pas, monsieur Fell; j'ai changé d'activité et...

Fell grinça des dents.
— Tâchez de comprendre, Sammy. Nous vous offrons mille dollars rien que pour *essayer* d'ouvrir ce coffre, en utilisant toutes les méthodes possibles et imaginables. Nous vous donnerons trois heures pour y arriver, et il y aura un tas de spectateurs. Des journalistes, des flics...

Sammy pâlit.
— Des flics?
— A titre de témoins, pour bien prouver que l'expérience est légale. Le 801 n'est pas très grand – il fait à peu près un mètre vingt de côté – mais il est doté d'un nouveau système de serrure à minuterie, que les techniciens de la *Holdwell* estiment infaillible. Ils sont tellement sûrs de leur affaire, Sammy, qu'ils vous lancent un véritable défi. Ils enfermeront dans le coffre une enveloppe contenant cinquante billets de mille dollars. Si vous parvenez à ouvrir le coffre en moins de trois heures, cet argent sera pour vous.

Sammy battit des paupières.
— Vous rigolez, monsieur Fell? Cinquante mille dollars?
— Cinquante mille dollars, Sammy... qui vous reviendront si vous gagnez le pari. Ce sera le plus gros coup de votre carrière, et vous n'aurez pas les flics aux trousses après l'opération. Avouez que c'est tentant!
— Ça oui, dit Sammy. Seulement...
— Je sais, l'interrompit Fell d'un ton aigre. Vous avez changé d'activité. Mais cette nouvelle activité est-elle aussi rémunératrice que ma proposition, Sammy?

— Non, dut admettre Sammy. Loin de là.
— Pour vous, ce sera une aubaine financière. Pour nous, une aubaine commerciale. Alors, votre réponse?

Sammy caressa d'un air pensif son front dégarni. Enfin, il acquiesça.
— C'est d'accord, monsieur Fell. J'accepte.
— Splendide! C'est un plaisir de traiter avec vous, Sammy.
— Pareillement, bredouilla Sammy.

L'expérience promotionnelle du 801 eut un retentissement qui dépassa les prévisions de Harrison Fell. Les journalistes de cinq quotidiens nationaux, de neuf journaux de province et de deux grandes agences de presse se présentèrent à l'usine de la *Société Holdwell*, à Long Island City, pour l'Opération Effraction. Le *New Yorker* envoya Stanley, son meilleur reporter; quatre magazines d'actualité judiciaire étaient représentés, ainsi que six autres revues couvrant diverses spécialités. Côté représentation officielle, Fell dut se contenter d'un commissaire principal; mais celui-ci amena avec lui, à titre de garde d'honneur, trois agents de police à la forte carrure. A la vue des uniformes bleus, Sammy « Doigts agiles » déglutit nerveusement et chercha des yeux la sortie. A mesure que le délai fixé – neuf heures – approchait, la foule grossissait. Une trentaine de cadres de la *Société Holdwell*, accompagnés d'une quinzaine de concurrents envieux, pénétrèrent dans l'entrepôt en brique réquisitionné pour l'occasion. Bliss, le président de l'agence, se tenait sur l'estrade; à côté de lui, radieux, Wilton Stark – le chef de publicité de la *Holdwell* – serrait les mains et se comportait comme si c'était lui qui avait eu l'idée de l'expérience. On servit à boire en abondance, et l'atmosphère devint bientôt joyeuse, bruyante et enfumée, comme pour un réveillon de la Saint-Sylvestre. Pendant que les nombreux spectateurs jouaient des coudes, se poussaient, renversaient de l'alcool, racontaient des blagues et s'amusaient comme des fous, Sammy et le 801 attendaient en silence le moment du combat.

Finalement, Harrison Fell, s'adjugeant le rôle du maître de cérémonie, se jucha sur une chaise pour attirer l'attention.

— Messieurs! Messieurs, s'il vous plaît! Puis-je vous demander un peu de silence?

Il lui fallut du temps pour l'obtenir, mais il y parvint.

— Messieurs, je tiens à vous remercier d'être venus si nombreux, et je suis certain que vous ne regretterez pas le déplacement. Permettez-moi de vous présenter sans plus tarder les invités d'honneur de la soirée. A ma droite...

Cette annonce, digne d'un arbitre de combat de boxe, suscita les rires de la foule.

— A ma droite, le Holdwell 801, mille cent cinquante kilos, champion du monde des coffres-forts. A ma gauche, Sammy « Doigts agiles » Morrissey, cinquante et un kilos!

Le petit Sammy recueillit encore plus d'applaudissements; le commissaire principal lui-même s'y joignit.

Ravi de tenir la vedette, Fell reprit :

— Ainsi que vous le savez tous, Sammy Morrissey détient le record du monde toutes catégories dans sa spécialité : l'ouverture des coffres-forts. Cependant, la *Société Holdwell* est persuadée que le 801 résistera à Sammy. Elle en est tellement convaincue qu'elle lance cet incroyable défi...

Il sortit de sa poche une grande enveloppe blanche.

— Cette enveloppe, messieurs, contient cinquante billets de mille dollars. Cinquante mille dollars! Monsieur Grady, voulez-vous, je vous prie, ouvrir la porte du coffre?

Grady, un gardien de la *Holdwell*, s'exécuta.

— Monsieur Grady, veuillez placer cette enveloppe à l'intérieur du 801.

Grady fit ce qu'on lui demandait.

— A présent, monsieur Grady, veuillez fermer à clé la porte du coffre et régler le mécanisme sur neuf heures du matin?

D'un geste puissant, Grady claqua la porte en acier et tourna les boutons.

— Voilà qui est fait, monsieur, dit-il avec un petit salut.

— Messieurs, le sort en est jeté! dit Harrison Fell à la foule silencieuse. La *Société Holdwell*, ici présente, met

241

au défi le plus grand perceur de coffres-forts d'Amérique, l'honorable Sammy « Doigts agiles » Morrissey, retraité, d'ouvrir le 801 avant midi. En cas de succès, le contenu de ce coffre deviendra la propriété exclusive de M. Morrissey. Etes-vous prêt, Sammy?

La pomme d'Adam de Sammy s'agita, affolée.

— Je suis prêt, dit-il dans un souffle.

— Monsieur Grady, veuillez remettre à M. Morrissey les instruments qu'il a demandés.

Grady s'avança, poussant devant lui un long établi métallique équipé de toutes sortes d'outils.

— M. Morrissey désire-t-il examiner son équipement pour s'assurer que tout est en ordre?

— J'ai déjà vérifié, dit Sammy.

— Tout y est? Mèches, perceuses, leviers, ciseaux à froid, tuyau, chalumeaux, pinces monseigneurs, explosifs?

— Tout y est, monsieur Fell.

— Alors, messieurs, nous commençons. Ceux d'entre vous qui en auront assez d'observer les efforts de M. Morrissey seront les bienvenus dans la salle à manger directoriale, dans le bâtiment principal. On y servira des rafraîchissements. Allez-y, Sammy... et que le meilleur gagne!

Il descendit de la chaise sous les applaudissements frénétiques. Sammy attendit que la foule se calme; puis, l'air circonspect, il s'approcha du coffre.

Dans un silence étrange, presque inquiétant, Sammy tourna autour du 801. Ses pieds étant chaussés d'espadrilles, il se déplaçait sans bruit, comme un chat guettant une souris indifférente. Solidement campé sur ses quatre pieds semblables à des pattes d'éléphant, le coffre en métal gris avait un air de défi; une allure belliqueuse, provocante. Sammy le contourna lentement, sans même le toucher; la concentration fripait son petit visage de chef scout.

Soudain, il posa un doigt sur la surface métallique et gratta légèrement. Au fond de la salle, un journaliste pouffa.

Sammy n'y prêta aucune attention. Il semblait avoir oublié la présence de la foule. Il gratta le coffre, le pelota, le tapota, le caressa. Il tripota amoureusement ses boutons compliqués. Il se pencha pour examiner ses portes, ses invisibles gonds, ses pênes, ses rangées de chiffres minuscules. On avait disposé un lampadaire aux quatre coins; Sammy en déplaça un de quelques millimètres afin de supprimer une ombre. Puis, immobile, accroupi à la manière d'un Bouddha contemplatif, il se remit à examiner la porte du coffre.

Les témoins s'agitèrent, impatients de voir Sammy passer à l'action.

Sans se presser, Sammy alla prendre sur l'établi une perceuse électrique et une pince-monseigneur démontable.

Lorsqu'il brancha la perceuse, le commissaire principal ricana et chuchota quelque chose à l'oreille d'un des policiers. Cela ne troubla pas Sammy, qui appliqua la mèche dans l'angle supérieur gauche de la porte et mit l'appareil en marche. L'assistance sursauta en entendant le crissement du foret contre l'acier. Puis la mèche cassa, et Sammy regarda tristement son outil. Il y eut quelques rires étouffés.

Sammy choisit alors sur l'établi deux instruments moins sophistiqués : un pointeau en métal et un marteau de forgeron. Il retourna auprès du 801, examina de près les boutons plats, puis haussa les épaules. Quelle que fût son idée, il savait qu'elle ne marcherait pas; avec un fair-play de professionnel, il remit les outils à leur place.

Non loin de là, Harrison Fell donna un coup de coude à Wilton Stark. Un mois plus tôt, Stark aurait rougi d'un tel sans-gêne; en cet instant, il rendit à Fell son sourire, l'air ravi. Au milieu de la foule, un photographe de presse prit un cliché de Sammy en pleine action.

A ce stade de l'opération, la scène n'avait pas grand-chose de spectaculaire : Sammy observait le 801 avec une expression éperdue. Il se trouvait manifestement devant un problème nouveau et déroutant. Il plaqua ses mains sur la paroi latérale du coffre et poussa; ses piteux efforts demeurèrent sans effet. Son regard presque implorant rencontra celui de Fell. Il murmura sa requête à l'oreille de Fell, qui fit signe aux trois policiers de s'avancer pour aider Sammy « Doigts agiles » à renverser le 801 sur le côté. Le fait de voir les représentants de la loi coopérer avec un perceur de coffres-forts libéra un peu la tension des spectateurs. Un gloussement parcourut la salle.

Sammy s'agenouilla et entreprit d'inspecter le fond du coffre; Fell savait que cela ne l'avancerait à rien. Le fond de certains coffres constituait en effet un point faible, mais ce n'était pas le cas du 801. Sammy inséra une mèche au carbure neuve dans sa perceuse électrique et se mit à l'œuvre. Lorsque la mèche cassa, il contempla d'un air las l'extrémité brisée. D'un geste découragé, il fit signe de remettre le 801 d'aplomb.

A dix heures moins le quart, le coffre était indemne et Sammy empoignait le chalumeau à acétylène. Pendant une demi-heure, la flamme blanche lécha la porte en acier laminé du 801.

Lorsque Sammy renonça enfin, la porte présentait une auréole de la taille d'une grande assiette, mais le coffre était toujours aussi solide.

La chemise de Sammy était trempée, ses yeux plus pâles et plus pathétiques que jamais.

– Il n'y arrivera pas, chuchota Wilton Stark à Fell. Celui-là, il ne l'aura pas!

Harrison Fell eut un sourire confiant, mais ce fut avec une certaine nervosité qu'il vit Sammy tendre la main vers la fiole de nitroglycérine. C'était là le véritable test du 801, et cela nécessitait de faire reculer l'assistance jusqu'aux portes de la salle. Les experts du laboratoire de la *Holdwell* n'avaient pas réussi à fracturer le coffre en utilisant une petite quantité de nitro – juste de quoi faire sauter le coffre sans détruire le bâtiment – mais l'instant était néanmoins fatidique.

– En arrière, tous! cria Fell avec autorité. Tout le monde vers la sortie, s'il vous plaît!

Le 801 n'avait pas de trou de serrure, aucune ouverture où placer l'explosif; Sammy résolut le problème en fixant la fiole avec du ruban adhésif. Après quoi, il prit un marteau sur l'établi, recula de dix pas et lança l'outil de toutes ses forces. C'était bien visé : la masse métallique atteignit le récipient et l'explosif fit son travail. Sammy se jeta par terre, les bras sur la tête. L'explosion fit vibrer les vitres de toutes les fenêtres du bâtiment; mais une fois la fumée dissipée, on put constater que le 801 était toujours intact, d'une impénétrabilité presque insolente.

Sammy se trouvait maintenant dans une situation critique. Onze heures approchaient, et il n'arrivait à aucun résultat. Les deux tiers de la foule sortirent profiter de l'hospitalité que leur offrait la *Société Holdwell* dans la salle à manger directoriale. A onze heures et demie, il ne restait plus qu'une demi-douzaine de témoins pour regarder Sammy, accroupi, titiller en vain les serrures avec une épingle.

A l'aide d'un stéthoscope, Sammy écouta le bruit des cliquets. Mais le fameux « doigté » de Sammy n'était qu'un mythe. Sammy avait ouvert des coffres en les perçant, en les fracturant, en les éventrant, en les attaquant au chalumeau; par contre, il n'avait jamais réussi à en ouvrir un rien qu'au toucher. D'ailleurs, à sa connaissance, personne n'avait jamais réalisé cet exploit. Et pourtant, en cet instant, Sammy essaya, le front dégoulinant de sueur, les yeux vitreux, les lèvres sèches, le souffle court, les main tremblantes. Il faisait cela en désespoir de cause; c'était sa dernière chance.

A minuit moins le quart, la foule regagna la salle pour assister au dernier round du combat.

Cinq minutes plus tard, dans le silence le plus total, Sammy tripotait encore le mécanisme.

Il ne resta bientôt plus que quelques secondes.

Sammy se redressa. Il vacillait comme un homme ivre. Avec un grognement de bête aux abois, il s'approcha en titubant de l'établi et entreprit de chercher un instrument qui existait uniquement dans son imagination. Il éparpilla les outils à droite et à gauche, en saisit un qu'il délaissa, en prit un autre, qu'il foudroya du regard avant de le jeter au loin. Enfin, il s'empara du marteau de forgeron et retourna près du coffre. Rassemblant toutes les forces qui restaient dans ses maigres bras, il abattit la masse contre la porte avec un *bong*! retentissant. Les vibrations se propagèrent dans son corps par l'intermédiaire du manche; il relâcha son étreinte et le marteau tomba par terre. Essoufflé comme un cheval hors d'haleine, Sammy demeura immobile face au 801, la tête baissée, les épaules voûtées, l'air vaincu.

Il était minuit. Le 801 avait remporté le combat.

L'ovation qui monta de la foule n'était pas destinée à l'inébranlable coffre métallique; elle s'adressait à Sammy. Les flics eux-mêmes applaudirent ce perdant qui, à leurs yeux, n'avait pas démérité. Fell se précipita pour serrer la main du petit malfrat et l'étouffer entre ses bras épais. Les flashes crépitèrent. Certains journalistes, sous le coup de l'excitation, se ruèrent vers les téléphones comme s'ils venaient d'assister au lancement d'un vaisseau spatial. Wilton Stark, un sourire triomphant sur les lèvres, s'évertuait à distribuer des brochures de documentation aux reporters des magazines. Depuis le fond de la pièce, on fit passer une bouteille à Sammy, qui s'adjugea avec reconnaissance une bonne rasade d'excellent whisky.

Ensuite, Fell remonta sur sa chaise pour prononcer le discours de clôture. Il remercia les spectateurs d'être venus, remercia Sammy d'avoir fourni un si noble effort, cita en exemple l'ingéniosité et la persévérance américaines, puis il remit à Sammy « Doigts agiles » Morrissey la part du perdant : mille dollars en espèces.

— Merci, dit Sammy en prenant l'argent. C'est un sacré coffre que vous avez là.

L'assistance applaudit à tout rompre.

La fête se poursuivait encore lorsque Sammy s'éclipsa, humble et anonyme.

Le lendemain matin, la secrétaire de Fell ne répondit pas au joyeux salut de son patron.

— Un message pour vous, dit-elle d'un ton cassant. Wilton Stark vous demande de le rappeler immédiatement.

Fell sourit et épousseta son revers.

— Encore des lauriers, soupira-t-il. Appelez-le moi, mon chou, voulez-vous?

Hilda obtempéra. En entendant Stark beugler comme un taureau blessé à l'autre bout du fil, Harrison Fell considéra le récepteur d'un air surpris.

— Eh bien, Wilton, qu'est-ce qui ne va pas?

— Je vais vous le dire, moi, ce qui ne va pas! hurla Stark. Ce matin, à l'heure prévue, le coffre s'est ouvert et nous avons regardé dedans. Et savez-vous ce que nous avons trouvé? Un enveloppe contenant cinquante bouts de papier verts. Du *papier*, Fell, vous entendez?

– Du papier? répéta Fell d'une voix étranglée. Et l'argent?

– Pas d'argent! tonna Stark. Rien que du papier! Les cinquante mille dollars ont disparu, Fell, et vous en êtes responsable!

– Mais ce n'est pas possible! J'ai mis moi-même l'argent dans le coffre.

Il s'affala dans son fauteuil.

– Quelqu'un a dû échanger les enveloppes...

La voix crépitante de Stark continuait à déverser un flot d'invectives et de menaces, mais Harrison Fell n'écoutait plus.

– Sammy... murmura-t-il.

– Quoi donc?

– Sammy! gémit Fell. Il m'avait bien dit qu'il avait changé d'activité. J'aurais mieux fait de l'écouter! Pourquoi diable ne l'ai-je pas écouté? Il n'est plus perceur de coffres-forts... Il est pickpocket!

*Be my Valentine*
Traduit par Gérard de Chergé

© 1962, by H.S.D. Publications, Inc.

# Table

| | |
|---|---|
| Une amère victoire *(Elijah Ellis)* | 7 |
| Le contrat *(Robert Colby)* | 18 |
| La pêche miraculeuse *(Richard Hardwick)* | 39 |
| Et maintenant, adieu! *(Gil Brewer)* | 65 |
| Tue-moi gentiment *(C.B. Gilford)* | 76 |
| Le facteur commun *(Richard Deming)* | 97 |
| Le maître des tambours *(Arthur Porges)* | 120 |
| Lucrezia *(H.A. de Rosso)* | 127 |
| Une femme en lamé or *(Jonathan Craig)* | 145 |
| Le dernier repas *(Donald Honig)* | 174 |
| Lafayette, me voici! *(Michael Brett)* | 185 |
| Vous pouvez me faire confiance *(Jack Ritchie)* | 192 |
| Le vieux père Emmons *(Talmage Powell)* | 224 |
| Le coup du siècle *(Henry Slesar)* | 235 |

*Achevé d'imprimer en mai 1996
sur les presses de l'Imprimerie Bussière
à Saint-Amand (Cher)*

POCKET - 12, avenue d'Italie - 75627 Paris Cedex 13
Tél. : 44-16-05-00

— N° d'imp. 1077. —
Dépôt légal : avril 1986.
*Imprimé en France*